» LA GAJA SCIENZA «

VOLUME 1286

L'UOMO DEL LABIRINTO

Romanzo di
DONATO CARRISI

LONGANESI

Longanesi & C. © 2017 – Milano
Gruppo editoriale Mauri Spagnol

www.longanesi.it

ISBN 978-88-304-4827-8

L'UOMO DEL LABIRINTO

Ad Antonio.
Mio figlio, la mia storia più bella

1

Mentre per la maggioranza dell'umanità quel 23 febbraio era solo un mattino come un altro, per Samantha Andretti poteva essere l'inizio del giorno più importante della sua giovane vita.

Tony Baretta aveva chiesto di parlarle.

Sam si era rigirata nel letto per tutta la notte come l'indemoniata di alcuni film dell'orrore, provando a ipotizzare i motivi che spingevano uno dei ragazzi più carini della scuola – e del creato – a voler scambiare frasi di senso compiuto proprio con lei.

L'inizio dei fatti, però, doveva essere collocato al giorno precedente. Per prima cosa, la richiesta non era stata fatta direttamente a lei, e nemmeno da lui in persona. Fra i preadolescenti certe cose prevedevano il rispetto di regole precise. Certo, l'iniziativa partiva sempre dall'interessato. Ma poi c'era tutta una procedura. Tony si era servito di Mike, uno del suo giro, che l'aveva riferito a Tina, la compagna di banco di Sam. Tina poi l'aveva detto a lei. Una frase semplice, diretta, ma che, nell'imperscrutabile universo delle scuole medie, poteva significare molte cose.

« Tony Baretta vuole parlarti » le aveva sussurrato in un orecchio Tina durante l'ora di ginnastica, saltellando per la contentezza e con gli occhi e la voce che brillavano – perché una vera amica gioisce per le cose belle che ti riguardano come se fossero capitate a lei.

« Chi te l'ha detto? » aveva chiesto subito Sam.

« Mike Levin, mi ha fermata mentre tornavo dal bagno. »

Se Mike si era rivolto a Tina, la materia era confidenziale e doveva rimanere tale. « Ma cosa ti ha detto, esattamente? » aveva chiesto lei, per essere sicura che Tina avesse capito *veramente* bene – a scuola nessuno aveva dimenticato la storia della povera Gina D'Abbraccio, soprannominata « la vedova » perché quando un ragazzo le aveva chiesto se avesse o meno un cavaliere per il ballo di fine anno, lei aveva scambiato quella semplice curiosità per un invito, e così si era ritrovata in abito lungo di tulle color pesca ad attendere in lacrime un fantasma.

Tina aveva ribadito pedissequamente: « Mi ha detto: 'Di' a Samantha che Tony vuole parlare con lei' ».

Ovviamente, mentre commentavano la cosa, Samantha le aveva fatto ripetere quelle parole ancora e ancora. Proprio per avere la garanzia che Tina non avesse travisato o magari per timore che qualche alieno avesse deciso di clonare la sua compagna al solo scopo di burlarsi di lei.

Non era dato sapere il « quando » e il « dove » sarebbe avvenuta la chiacchierata con Tony, e ciò per Sam era un ulteriore elemento di frustrazione. Forse sarebbe accaduto nel laboratorio di scienze o in biblioteca, immaginava. Oppure dietro le gradinate della palestra dove Tony Baretta si allenava con la squadra di basket e Samantha con quella di pallavolo. Erano escluse entrata e uscita da scuola, e non sarebbe successo nemmeno in mensa o nei corridoi – troppi occhi e orecchie indiscreti. A pensarci bene, però, non possedere altri dettagli, oltre che una tortura, era anche il bello della cosa. Sam non avrebbe saputo descrivere meglio la strana alternanza di euforia e depressione che era seguita a quella semplice richiesta, perché l'argomento dell'incontro poteva essere una sorpresa o una delusione ma lei era comunque grata – sì, grata – per ciò che le stava capitando.

E stava capitando proprio a lei – Samantha Andretti – e non a qualcun altro!

Sua madre aveva torto nel dire che certe cose che succedono a tredici anni si apprezzano meglio da adulti, quando le rivedi nel passato. Perché al momento Sam era felice di una felicità che era soltanto sua, che nessun altro sulla faccia della terra avrebbe potuto comprendere o provare. E ciò faceva di lei una privilegiata... O, forse, una povera illusa che stava per andare a sbattere il muso contro un'atroce verità: in fondo, Tony Baretta era noto per fare lo sbruffone con le ragazze.

Il fatto era che lei a Tony non ci aveva mai pensato. Non in quel senso almeno. La natura aveva iniziato a operare misteriosamente sul suo corpo e Sam si era già abituata alla piccola condanna mensile che avrebbe dovuto scontare per gran parte della vita, ma fino a quel momento non aveva potuto apprezzare gli effetti positivi di quella « mutazione ». Samantha non si era mai resa conto di essere carina – o forse lo sapeva anche prima, ma la cosa non era ancora rilevante. In realtà, le nuove forme che avevano iniziato a incuriosire i ragazzi erano una rivelazione anche per lei.

Tony se n'era accorto? Era a questo che mirava? Metterle le mani sotto la maglietta o – *gesùperdonami* e *signoresantoaiutami* – anche più sotto?

Ecco perché il mattino del 23 febbraio – il giorno dei giorni! –, mentre spossata dall'insonnia osservava il bagliore dell'alba invadere il soffitto della propria stanza, Sam si era persuasa che la frase di Tony Baretta non fosse reale, bensì solo il frutto di un'allucinazione. O, probabilmente, lei ci aveva pensato troppo e, nel passaggio fra i meandri della fervida fantasia di ogni preadolescente, l'idea aveva perso credibilità. C'era un solo modo per scoprire se si era ingannata. E per questo non doveva far altro che sollevare il proprio corpo stanco da un letto di sudore, prepararsi e andare a scuola.

Così, dopo aver ignorato i rimproveri della madre sul fatto che non si fosse nutrita abbastanza a colazione – non riusciva a respirare, figurarsi a mangiare, diamine! –, Sam si mise lo zaino in spalla e infilò velocemente la porta di casa per andare incontro, impavida ma anche un po' rassegnata, al proprio ineluttabile destino.

Alle otto meno cinque, le strade del quartiere in cui viveva la famiglia Andretti erano pressoché deserte. Chi lavorava era già uscito da un pezzo, i disoccupati erano impegnati a smaltire a letto i postumi della sbornia della sera prima, gli anziani attendevano le ore più calde della giornata per mettere la testa fuori dall'uscio e gli studenti avrebbero atteso fino all'ultimo minuto prima di avviarsi. In effetti, era un orario insolito anche per Sam. Avrebbe voluto passare da Tina, come faceva spesso. Ma poi pensò che probabilmente l'amica non era ancora pronta e lei non aveva la pazienza per aspettarla mentre finiva di prepararsi.

Non quel giorno.

Nel tragitto lungo il marciapiede di mattoni grigi incrociò solo un fattorino intento a cercare l'indirizzo a cui consegnare della merce. Non si accorse nemmeno di lui, e l'uomo registrò appena la ragazzina tranquilla che gli passava accanto – guardandola, nessuno avrebbe potuto immaginare il tumulto che si portava dentro. Sam superò la casa verde dei Macinsky, con quel brutto cagnaccio nero che si acquattava nella siepe spaventandola ogni volta, e poi anche la villetta che un tempo era appartenuta alla signora Robinson e che adesso cadeva a pezzi perché i parenti non si mettevano d'accordo sull'eredità. Costeggiò il campo di calcio dietro alla chiesa della Santissima Misericordia. C'era anche un giardino con il piccolo parco giochi con le altalene, lo scivolo e il grande tiglio su cui padre Edward affiggeva i volantini con le attività della parrocchia. Mentre tutt'intorno era silenzio, in fondo alla strada deserta si vedeva già il vialone su cui scorreva il traffico frenetico diretto in centro.

Ma Sam non notava niente di tutto ciò.

Il paesaggio davanti ai suoi occhi era come uno schermo su cui la mente proiettava il volto sorridente di Tony Baretta. A guidarla lungo il percorso era solo la memoria inconscia di passi familiari, ripetuti centinaia di volte prima di allora.

Tuttavia, giunta a metà strada dall'istituto in cui frequentava la seconda media, Sam fu colta dal dubbio se fosse vestita in modo adeguato per l'appuntamento. Aveva indossato i jeans preferiti – con gli strass sulle tasche posteriori e piccoli strappi all'altezza delle ginocchia – e, sotto un bomber nero di un paio di taglie più grande, la felpa bianca che le aveva regalato il padre al ritorno dall'ultimo viaggio di lavoro. Ma il vero problema erano le occhiaie causate dalla lunga veglia notturna. Aveva provato a nasconderle col fondotinta della madre, ma non era del tutto convinta di esserci riuscita – ancora non le era permesso truccarsi e non era pratica.

Rallentò il passo e osservò le auto parcheggiate lungo la carreggiata. Scartò subito la Dodge grigio metallizzato e una Volvo beige perché non facevano al caso suo, erano troppo sporche. Finalmente intravide ciò che le occorreva. Dall'altro lato della strada c'era un minivan bianco con i finestrini a specchio. Samantha attraversò per raggiungerlo e si guardò. Ma dopo aver verificato che il fondotinta in effetti copriva bene le borse sotto gli occhi, non riprese subito il cammino. Rimase invece a contemplare il proprio volto riflesso, incorniciato da lunghi capelli castani – adorava i suoi capelli. Si domandò se davvero fosse abbastanza carina per Tony e provò a immaginare di vedersi con gli occhi di lui. Cosa ci trova in me? E mentre si interrogava, per un istante prolungò il fuoco dello sguardo oltre la superficie riflettente.

Non può essere, si disse. E osservò meglio.

Dall'altra parte del vetro, nell'ombra, c'era un coniglio gigante. E la stava osservando, immobile.

Samantha avrebbe potuto scappare – una parte di sé le diceva di farlo, e in fretta – e tuttavia non fuggì. Era affascinata da quello sguardo che emergeva dall'abisso, come ipnotizzata. *Non sta succedendo sul serio*, si disse. *Non sta capitando a me*, si ripeté con la tipica incredulità delle vittime, che invece di sottrarsi al proprio destino ne sono inspiegabilmente attratte.

La ragazzina e il coniglio si fissarono per un tempo infinito, come spinti da una morbosa curiosità reciproca.

Poi, improvvisamente, il portellone del minivan si spalancò, sottraendole la vista del proprio riflesso. Nel momento in cui il suo volto di bambina svaniva davanti a lei, Samantha non colse alcuna paura nei propri occhi. Semmai, un lampo di sorpresa.

Mentre il coniglio la trascinava nella tana, Sam non immaginava che quella sarebbe stata l'ultima volta che avrebbe rivisto se stessa per molto molto tempo.

2

La prima cosa che emerse dall'oscurità furono i suoni, come un'orchestra che accorda gli strumenti prima di un concerto. Suoni caotici oppure ordinati, ma sempre lievi. Note elettroniche, cadenzate. Ruote di carrelli che scorrono da una parte all'altra e tintinnio di vetri che urtano fra loro. Squillo discreto di telefoni. Passi veloci ma leggeri. Il tutto mischiato a voci incomprensibili e distanti, ma comunque umane – quanto tempo era che non udiva delle voci? E sentiva il proprio respiro. Regolare, ma cupo. Era come respirare in una caverna. No, c'era qualcosa che le premeva la faccia.

Il secondo dato che la sua mente indebolita registrò fu l'odore. Disinfettante per ambienti. E medicina. Sì, c'è odore di medicinali, pensò.

Provò a orientarsi. Non aveva cognizione del proprio corpo, sapeva solo di essere supina. Teneva gli occhi chiusi perché le palpebre erano pesanti, tanto pesanti. Ma doveva sforzarsi di sollevarle. Doveva farlo in fretta, prima di essere sopraffatta dagli eventi.

Controllare il pericolo. Questo è l'unico modo.

La voce che aveva appena parlato proveniva da qualche parte dentro di lei. Non era un ricordo. Era un istinto. Qualcosa che si era formato nel tempo, attraverso l'esperienza. Aveva dovuto imparare a sopravvivere. Ecco perché, nonostante il torpore, una parte di lei era sempre allerta.

Apri gli occhi – apri quei maledetti occhi! E guarda.

Si dischiuse una leggera fessura nel campo visivo. Lacrime si riversarono nelle iridi, ma non era una reazione emotiva, semmai di fastidio – ormai concedeva raramente a quel bastardo la soddisfazione di vederla piangere. Per un attimo temette di incontrare il buio, scoprì invece una luce bluastra che inondava lo spazio intorno a lei.

Sembrava di stare sul fondo dell'oceano. Confortevole, tranquillo.

Ma poteva essere uno sporco trucco, lo sapeva bene, aveva sperimentato sulla propria pelle quanto potesse essere rischioso fidarsi. Appena gli occhi si abituarono alla nuova condizione, iniziò a muoverli per esplorare l'ambiente circostante.

Era distesa su un letto. La luce blu proveniva da alcuni neon sul soffitto. Intorno a lei, una grande stanza coi muri bianchi. Nessuna finestra. Ma in fondo, sulla sinistra, c'era un'enorme parete a specchio.

A lui non piacciono gli specchi, le disse ancora la voce. Com'era possibile?

E poi c'era una porta socchiusa e, oltre, un corridoio illuminato. Era da lì che provenivano i suoni che udiva.

Non era reale. Non aveva senso. Dove mi trovo?

Davanti alla porta stazionava una figura umana, di spalle, vestita di scuro – riusciva a intravederla nello spiraglio lasciato dal battente. Sul fianco portava una pistola. Che scherzo è questo? Cosa significa?

Solo allora si accorse che, a poca distanza dal letto, c'era un tavolino con un microfono e un registratore. Accanto, una sedia di ferro, vuota. Ma sulla spalliera era poggiata la giacca di un abito da uomo. È vicino, pensò. Tornerà. E sentì un'ondata di paura crescerle dentro come una marea.

La paura no, si disse. La paura era il vero nemico. Devo andarmene da qui.

Non sarebbe stato facile, non credeva di averne le forze. Provò a muovere le braccia, sollevò i gomiti e li puntò sul materasso per tirarsi su. Lunghi capelli castani le scivolarono sul volto. Le membra erano pesanti, riuscì a issare parzialmente il busto ma ricadde subito indietro. Qualcosa le tratteneva il volto: una maschera d'ossigeno collegata a una valvola sul muro. E al braccio aveva una flebo. Strattonò il tubo, sfilando l'ago dalla vena. Ma appena si privò anche del gas benefico, si accorse che le mancava il respiro. Tossì. Provò a ingoiare l'aria che la circondava, ma aveva una consistenza più densa del fresco refolo che aveva inalato fino ad allora. Gli occhi le si riempirono di vivacissimi puntini neri.

Il buio riprendeva il sopravvento, ma non si arrese.

Scostò il lenzuolo che la copriva dalla vita in giù e, in mezzo alle ombre che le offuscavano la vista, intravide un tubicino che partiva dal suo inguine e terminava in una sacca trasparente in cui si era raccolto del liquido giallastro.

Ancora supina, mosse la gamba destra con l'intenzione di scendere dal letto. Ma qualcosa tratteneva la sinistra. Un peso. Colta alla sprovvista dalla zavorra, perse l'equilibrio e si sentì precipitare verso il basso. Crollò su una superficie dura e fredda, sbatté la faccia. La gamba sinistra franò per ultima sul pavimento, e produsse un suono sordo, di pietra.

Il rumore aveva richiamato l'attenzione di qualcuno, perché sentì chiaramente la porta aprirsi e richiudersi. Poi scorse un'ombra correre verso di lei: qualcosa tintinnava sul suo fianco – un moschettone pieno di chiavi. L'ombra appoggiò una tazza fumante per terra e l'afferrò per le ascelle. « Sta' tranquilla » la incoraggiò una voce maschile mentre lei veniva tirata su. « Tranquilla » ripeté lo sconosciuto mentre maneggiava il suo corpo quasi esanime con delicatezza. « Non è nulla. »

Si sentiva quasi soffocare, stava per perdere i sensi. Così abbandonò il capo sul torace dell'uomo.

Sapeva di acqua di colonia e portava la cravatta, cosa che le parve crudele e assurda.

I mostri non mettono la cravatta.

L'uomo la issò sul letto e, dopo averle scostato i capelli dalla faccia, le riposizionò la mascherina sulla bocca. L'ossigeno le riempì i polmoni, dandole sollievo. Dopo averla fatta distendere per bene, le sistemò un cuscino sotto la gamba sinistra, che era ingessata dalla caviglia fin sopra il ginocchio. « Starai più comoda » le disse, premuroso. Infine, passò alla cannula della flebo che si era staccata e le infilò nuovamente l'ago nel braccio. Mentre compiva queste operazioni, lei non smetteva di osservarlo con stupore.

Non era più abituata alla gentilezza. E, soprattutto, a una presenza umana.

Cercò lo stesso di metterlo a fuoco. Lo conosceva? Le sembrava di non averlo mai visto. Gli attribuì circa sessant'anni, aveva un aspetto atletico. Portava occhiali tondi dalla montatura scura. I capelli erano arruffati. Oltre al moschettone con le chiavi attaccato alla cintura, aveva un tesserino con la foto appuntato sul taschino di una camicia blu. Le maniche erano arrotolate fino ai gomiti.

Quando ebbe finito, l'uomo recuperò la tazza fumante che aveva lasciato sul pavimento e l'appoggiò su un comodino su cui c'era anche un telefono giallo.

Un telefono? Non può essere un telefono!

« Come ti senti? » le chiese.

Non rispose.

« Riesci a parlare? »

Tacque e lo guardò con occhi sgranati, pronta a saltargli addosso.

Le si avvicinò. « Capisci le mie parole? »

« Questo è un gioco? » La frase scaturì rauca, soffocata dalla mascherina dell'ossigeno.

« Cosa? » domandò lui.

Si schiarì la voce. « Questo è un gioco? » ripeté.

« Non so cosa intendi, mi spiace. » Poi aggiunse: « Sono il dottor Green ».

Non conosceva nessun dottor Green.

« Sei al Saint Catherine, è un ospedale. Va tutto bene. »

Cercò di assimilare le parole, ma non ci riusciva. Saint Catherine, ospedale – erano informazioni al di fuori della sua portata.

No, non va tutto bene. Chi sei tu? Cosa vuoi da me, veramente?

« Capisco che tutto questo ti scombussoli » disse l'uomo. « È normale, è ancora troppo presto. » La fissò un attimo in silenzio, con compassione.

Nessuno mi guarda così.

« Ti hanno portato qui due giorni fa » proseguì l'altro. « Hai dormito per quasi quarantott'ore. Ora però sei sveglia, Sam. »

Sam? Chi è Sam? « Questo è un gioco? » chiese per la terza volta.

Forse l'uomo aveva colto la perplessità nell'espressione del suo volto, perché adesso sembrava preoccupato. « Tu sai chi sei, vero? »

Ci pensò un momento, aveva paura di rispondere.

L'uomo si sforzò di sorriderle. « Ok, una cosa alla volta... Dove pensi di essere adesso? »

« Nel labirinto. »

Green lanciò una breve occhiata verso lo specchio, poi tornò a rivolgersi a lei. « Ti ho detto che siamo in un ospedale, non mi credi? »

« Non lo so. »

« È già qualcosa, mi sta bene. » Si accomodò sulla sedia di ferro, si sporse in avanti, poggiando i gomiti sulle ginocchia e intrecciando le mani, in un atteggiamento confidenziale. « Perché pensi di essere in un labirinto? »

Lei si guardò intorno. « Non ci sono finestre. »

« È strano, hai ragione. Ma, vedi, questa è una stanza speciale: siamo nel reparto ustionati. Ti hanno portata qui perché i tuoi occhi non sono più abituati alla luce naturale, potrebbe rivelarsi nociva proprio come se avessi un'ustione. Ecco anche il motivo delle lampade ultraviolette. »

Sollevarono insieme lo sguardo ai neon blu.

Quindi l'uomo si girò verso la parete a specchio. « Da lì medici e parenti possono osservare un paziente senza esporlo a rischio di infezione... Lo so, sembra una stanza per gli interrogatori della polizia, come quelle che si vedono in tv o al cinema» provò a scherzare. «A me ha fatto subito questo effetto.»

«A lui non piacciono gli specchi» disse lei, di getto.

Il dottor Green tornò serio. «Lui?»

«Gli specchi sono proibiti.» Infatti fino a quel momento aveva evitato di voltarsi verso la parete a sinistra.

«Chi ha proibito gli specchi?»

Non disse nulla, pensò che il silenzio potesse bastare. L'uomo le riservò un altro sguardo indulgente. Era dolce come una carezza, ma una parte di lei provò rabbia. Non era ancora sicura di niente.

Non mi faccio fregare.

«Be', mettiamola così» disse Green senza attendere una risposta. «Se gli specchi sono proibiti ma qui ce n'è uno, allora forse non ti trovi più nel labirinto. Giusto?»

Il ragionamento non faceva una piega. Ma dopo tanti inganni – dopo tanti *giochi* – era faticoso anche solo provare a fidarsi di qualcuno.

«Ricordi come sei arrivata nel labirinto?»

No, nemmeno questo si ricordava. Era consapevole che ci fosse un «fuori» ma, per quanto ne sapeva lei, era sempre stata lì dentro.

«Sam.» Pronunciò di nuovo quel nome. «È venuto il momento di chiarire alcune cose, perché purtroppo non abbiamo molto tempo.»

A cosa si riferiva?

«Anche se siamo in un ospedale, io non sono propriamente un dottore. Il mio compito non è curarti, ci sono persone molto più capaci che si stanno occupando della tua salute. Il mio lavoro è trovare uomini malvagi come quello che ti ha rapita e poi ti ha tenuta prigioniera nel labirinto.»

Rapita? Di che sta parlando?

Le girava la testa, non era sicura di voler ascoltare altro.

«Lo so che è doloroso, ma dobbiamo farlo. È l'unico modo che abbiamo per fermarlo.»

Che voleva dire «fermarlo»? Non era certa di volerlo fare. «Come sono arrivata qui?»

«Probabilmente sei riuscita a fuggire» disse subito Green. «Due notti fa, una pattuglia ti ha trovata su una strada in una zona disabitata, vicino alle paludi. Avevi una gamba rotta ed eri senza vestiti.» Quindi aggiunse: «Forse stavi fuggendo, a giudicare dalle escoriazioni che hai addosso».

Si osservò le braccia, piene di piccole ferite.

«È un vero miracolo che tu ce l'abbia fatta.»

Non ricordava niente.

«Eri in stato di shock. Gli agenti ti hanno portata in ospedale e hanno avvertito il dipartimento. Hanno cercato un riscontro fra le denunce di scomparsa e sono risaliti alla tua identità... Samantha Andretti.»

Infilò una mano nella tasca della giacca appesa alla spalliera, ne estrasse un foglietto e glielo consegnò.

Lei lo osservò attentamente. Era un volantino con la foto di una ragazzina sorridente, coi capelli e gli occhi castani. Sotto l'immagine era stampata una parola in rosso.

SCOMPARSA.

Provò una stretta allo stomaco. «Questa non sono io» disse, e gli restituì il foglietto.

«È normale che ora tu dica così» affermò Green. «Ma non devi preoccuparti, hai già fatto grandi progressi rispetto a quando ti hanno ritrovata. Per renderti docile e controllarti meglio, il rapitore ti drogava con farmaci ipnotici, ne hanno riscontrata una notevole quantità nel tuo sangue.» Poi indicò la flebo attaccata al suo braccio. «Ti stanno somministrando una specie di antidoto. E sta funzionando, perché adesso sei cosciente. Presto recupererai anche la memoria.»

Voleva crederci – *Dio quanto lo voleva.*

«Sei salva, Sam.»

A quelle parole, una strana quiete si impossessò di lei. «Salva» si ripeté. Sentì una piccola lacrima formarsi all'angolo dell'occhio. Sperò che rimanesse lì, immobile, perché non poteva permettersi di abbassare la guardia.

« Purtroppo però non possiamo aspettare che le cure facciano completamente effetto, ecco perché sono qui. » Poi la fissò. « Dovrai aiutarmi. »

« Io? » chiese, sbigottita. « Come posso aiutarla io? »

« Ricordando il maggior numero di cose, anche le più insignificanti. » Indicò nuovamente la parete a specchio. « Lì dietro ci sono degli ufficiali di polizia, assisteranno alla nostra conversazione e trasmetteranno ogni dettaglio che riterranno rilevante agli agenti che là fuori sono impegnati a catturare il tuo sequestratore. »

« Non lo so se sono capace. » Era stanca, spaventata e voleva solo riposare.

« Ascolta, Sam: tu vuoi che quell'uomo paghi per ciò che ti ha fatto, vero? E, soprattutto, non vorresti mai che facesse la stessa cosa a qualcun altro... »

Stavolta la lacrima scivolò sulla guancia, si andò a fermare sul bordo della mascherina d'ossigeno.

« Come avrai capito, non sono un poliziotto » proseguì l'altro. « Non ho una pistola e non vado in giro a inseguire i criminali e a farmi sparare addosso. Anzi, a dire il vero, non sono nemmeno tanto coraggioso. » Rise alla sua stessa battuta. « Ma una cosa posso assicurartela: lo prenderemo insieme, io e te. Lui non lo sa, ma c'è un posto da cui non può scappare. Ed è lì che avverrà la caccia: non là fuori, ma nella tua mente.»

L'ultima frase del dottor Green la fece rabbrividire. Anche se non riusciva ad ammetterlo, aveva sempre saputo che *lui* le era entrato nella testa – come una specie di parassita.

«Che ne dici: ti fidi di me?»

Dopo un istante, gli tese la mano.

Green approvò la decisione con un gesto del capo, quindi le ridiede il volantino. «Bene, brava la mia ragazza.»

Mentre lei cercava di prendere confidenza con il volto nella fotografia, il dottore si girò verso il tavolino con il microfono e il registratore, e azionò l'apparecchio.

«Quanti anni hai, Sam?»

Osservò bene la fotografia. «Non saprei... Tredici? Quattordici?»

«Sam, hai idea di quanto tempo hai trascorso nel labirinto?»

Scosse il capo. *No, non lo so.*

Il dottor Green annotò qualcosa. «Sei sicura di non riconoscere proprio nulla di te in quella foto?»

Scrutò meglio l'immagine. «I capelli» disse e con la mano si accarezzò una ciocca. «Li adoro.»

Accarezzarmi i capelli è il mio passatempo preferito, nel labirinto.

Il ricordo la colse all'improvviso, come un rapido flash giunto da chissà dove.

Li pettino con le dita per scacciare il tempo, in attesa di un nuovo gioco.

« Nient'altro? »

Vorrei uno specchio. Ma lui non vuole darmelo. La colse un dubbio. « Sono... carina? » chiese, timorosa.

« Sì, lo sei » confermò l'altro con tenerezza. « Ma voglio essere sincero con te... Io so perché lui proibiva gli specchi. »

La colse un senso di angoscia.

« Vorrei che ti voltassi verso la parete a sinistra e lo scoprissi da sola... »

Nel silenzio che seguì, percepì solo il proprio respiro che accelerava – un'affannosa ricerca di ossigeno. Guardò negli occhi il dottor Green per capire se doveva avere paura. Ma lui sembrava imperturbabile. Comprese che si trattava di una prova, e che non poteva evitarla. Così iniziò a voltare il capo sul cuscino. Sentì l'elastico della mascherina tendersi sulla guancia.

Adesso vedrò la ragazzina del volantino e non mi riconoscerò, si disse. Ma la verità era mille volte peggio.

Quando incontrò se stessa nel riflesso, impiegò un po' a visualizzare l'immagine che le veniva restituita.

« Sei stata rapita un mattino di febbraio, mentre andavi a scuola » le spiegò il dottore.

La vecchia bambina coi capelli castani nello specchio cominciò a piangere.

« Mi spiace » disse Green. « È successo quindici anni fa. »

3

«... *Quindici anni senza notizie, senza un indizio, una speranza. Quindici anni di silenzio. Un incubo lunghissimo, che si è concluso in modo felice e inaspettato. Perché nessuno, fino a due giorni fa, sarebbe stato in grado di immaginare che Samantha Andretti era ancora viva...* »

Bruno cercava di seguire la cronaca dell'inviata del telegiornale che stazionava davanti all'ingresso del Saint Catherine, ma l'ascolto era impedito dai colpi del manico di scopa con cui il vecchio Quimby stava percuotendo l'altrettanto vetusto condizionatore del bar, sperando che si convincesse a funzionare di nuovo.

«Cristo, Quimby, la vuoi piantare? Non è che quello si aggiusta solo perché lo picchi con un bastone» esclamò Gomez, uno fra i più assidui frequentatori del locale, da uno dei séparé in fondo alla sala.

«Che cazzo ne sai tu di condizionatori?» domandò il barista, indispettito.

«So che dovresti mettere mano al portafoglio e assicurare ai tuoi clienti un po' di aria fresca» affermò il grassone sudato, sollevando una bottiglia di birra mezza piena dal mucchio che aveva davanti.

«Certo, potrei farlo se in questo posto tutti pagassero regolarmente.»

Le animate discussioni fra Quimby e gli avventori erano uno spettacolo abbastanza comune per chi frequentava il Q-Bar. E non ci voleva molto a far perdere la calma al titolare. Al momento, però, a parte Gomez, l'unico spettatore presente era Bruno Genko, che quel pomeriggio non era in vena di cazzeggiare.

Genko era seduto a uno degli sgabelli del bancone, stringeva in una mano un bicchiere di tequila e continuava a fissare lo schermo del televisore posto su un ripiano in alto. Le pale dei ventilatori sulla sua testa muovevano aria calda e umida mista a odore di sigaretta. L'alcolico non era ancora riuscito a scacciare del tutto il sapore di quando, mezz'ora prima, aveva vomitato anche l'anima nel vicolo sul retro. Non aveva usato il bagno del locale perché non voleva che qualcuno si accorgesse che stava male.

Aveva comunque un aspetto orribile e la nausea minacciò di tornare allorché, per un attimo, gli ricomparve in mente il contenuto della tasca destra della sua giacca di lino.

Il talismano.

Genko cancellò la visione svuotando in un solo sorso il bicchiere. È il caldo, si disse per farsi forza mentre il ricordo svaniva. Nessuno deve saperlo. Così, ignorò il battibecco, i colpi di scopa e il rantolo del condizionatore e provò a concentrarsi su ciò che diceva la tv.

La notizia della riapparizione di Samantha Andretti teneva banco da più di quarantott'ore sui network locali e nazionali e aveva relegato in secondo piano perfino l'eccezionale ondata di calore che si stava abbattendo sulla regione, con temperature ben al di sopra degli standard e un tasso di umidità mai registrato prima.

« ... *Secondo fonti non ufficiali, in questo momento la ventottenne Samantha Andretti riceve supporto psicologico da un esperto, nella speranza che possa presto fornire elementi utili alla cattura del mostro che l'ha rapita e tenuta prigioniera... A detta di alcuni, a breve ci saranno importanti sviluppi della vicenda...* »

« Naaa, quelli dei tg non sanno un cazzo. » Quimby liquidò con un gesto della mano l'inviata sullo schermo e, contemporaneamente, l'intera categoria dei giornalisti. Poi riprese il proprio posto dietro al bancone. « Ma se cambi canale, la canzone è identica. Ormai è la quinta o sesta volta da stamattina che sento la stessa cosa: vanno avanti a ripetere la storia degli 'sviluppi imminenti' perché non sanno più cosa raccontare. »

« Eppure, avrei scommesso che i poliziotti avrebbero fatto a gara per passare soffiate ai media» azzardò Bruno.

«L'ispettore capo ha blindato l'indagine per non dare alcun vantaggio al figlio di puttana che stanno cercando... Se non lo prendono, qualcuno farà scontare al dipartimento di aver ignorato per anni che Samantha Andretti era ancora viva. Sai che bella figura per la polizia.» Quimby si bloccò, un'improvvisa consapevolezza lo fece rabbrividire: «Dio mio, quindici anni... Non ci posso pensare».

«Già» convenne Genko, agitando il bicchiere vuoto.

Quimby recuperò la bottiglia di tequila e gli somministrò un'altra dose della dolce medicina. «La questione è come ha fatto a sopravvivere per così tanto tempo...»

Bruno Genko conosceva la risposta, ma non poteva dirgliela. E forse Quimby non voleva nemmeno ascoltarla. Il fatto era che anche il barista, come la maggior parte della gente normale, voleva credere alla favola dell'eroina coraggiosa che era riuscita a resistere e, alla fine, anche a scampare al proprio mostro. Ma, in verità, ce l'aveva fatta solo perché così aveva voluto il suo carceriere. Lui aveva deciso di non ucciderla, certo. Ma anche di nutrirla e di assicurarsi che non si ammalasse.

In altre parole, si era preso cura di lei.

Giorno dopo giorno, le aveva riservato un affetto

malato. Proprio come fanno gli esseri umani con gli animali dello zoo, si disse Bruno portando la tequila alle labbra. Possiamo anche essere buoni con quelle bestie, ma in fondo al cuore sappiamo bene che la loro vita vale meno della nostra. E Samantha Andretti aveva sperimentato la violenza di quell'ipocrisia. Era stata l'animale nella gabbia, la creatura da ammirare. L'avere su di lei un potere di vita o di morte era il vero appagamento del sadismo del rapitore. Ogni giorno, lui aveva scelto di farla vivere. Sicuramente si era sentito nobile per questo, perfino magnanimo. E forse aveva ragione il mostro. In fondo, l'aveva protetta da se stesso.

Ma tutto questo Quimby e la gente comune non potevano saperlo. Non avevano visitato gli inferni in cui si era addentrato Bruno. Perciò li compativa e, di solito, li lasciava parlare liberamente. Perché in mezzo alle loro chiacchiere poteva nascondersi l'informazione preziosa, quella che fa svoltare un'indagine.

Per tutti, Bruno Genko era un investigatore privato. In realtà, il suo mestiere era ascoltare.

Il Q-Bar era perfetto per carpire voci, indiscrezioni o semplici soffiate. Era il locale di riferimento dei tutori della legge da quando, circa vent'anni prima, il tenente Quimby si era beccato una pallottola in un rene durante una normale operazione di rastrellamento. Congedo anticipato, carriera finita, ma col denaro dell'assicurazione aveva rilevato il pub. Da allora, ogni volta che i poliziotti dovevano festeggiare qualcosa – che fosse il pensionamento di un collega, la nascita di un erede, un diploma o un anniversario – si ritrovavano al Q-Bar.

Anche se non aveva mai indossato una divisa, Bruno bazzicava regolarmente il locale e ormai era considerato uno di famiglia. Certo, doveva accettare gli sfottò e le battutacce. Ma ci stava, era il prezzo da pagare per raccogliere informazioni che gli sarebbero tornate utili nella sua attività. Quimby era il suo principale confidente. Tutti gli sbirri, perfino gli ex, sanno che bisogna sempre diffidare degli investigatori privati. Ma il vecchio non lo faceva per ricevere qualche tipo di tornaconto. Era una questione di vanità. Forse condividere notizie riservate con un civile lo faceva sentire come se appartenesse ancora al corpo. Ovviamente, Bruno non spingeva mai Quimby a parlare perché, davanti a una domanda diretta, l'ex poliziotto non gli avrebbe detto una parola. Così si limitava ad appostarsi nel locale, a volte anche per ore, aspettando che fosse l'altro a cominciare.

Anche quel giorno.

Ma oggi è diverso, non è rimasto molto tempo.

Mentre attendeva, infilò una mano nella tasca della giacca di lino per prendere il fazzoletto e tergersi il sudore sulla nuca. Le dita sfiorarono il foglio di carta spiegazzato – l'aveva chiamato « talismano » perché non se ne separava mai. Una vampata risalì lungo lo stomaco, ebbe paura di vomitare di nuovo.

« Ieri sera erano qui Bauer e Delacroix, sono passati prima di attaccare il turno di straordinario » disse Quimby all'improvviso.

Bruno domò la nausea e dimenticò il foglio, perché i due sbirri nominati dal barista erano gli agenti ufficialmente incaricati del caso di Samantha Andretti. Ecco, ci siamo, si disse. Aveva trascorso ore in attesa di quel momento, e adesso veniva ripagato.

Infatti, dopo aver menzionato Bauer e Delacroix, il barista gli rabboccò la tequila nel bicchiere, senza che gli fosse stato richiesto. Segno che aveva voglia di chiacchierare. Poi Quimby si sporse sul bancone. « Mi hanno confermato la storia dell'esperto che sta parlando con la ragazzina, pare sia un profiler con le palle: uno specialista nella cattura di serial killer fatto venire apposta da non so dove » spiegò. « Uno che usa metodi poco ortodossi... »

Genko sapeva che era statisticamente improbabile sopravvivere a uno psicopatico. Quando ciò accadeva, però, la polizia aveva a disposizione un prezioso testimone e anche un lasciapassare per accedere ai meandri di una natura criminale complessa. Un intrico multiforme di fantasie, pulsioni irrefrenabili, istinti e oscene perversioni. Per questo avevano convocato un professionista per scandagliare la mente di Samantha Andretti.

Bruno notò anche che Quimby continuava a riferirsi a lei come se avesse ancora tredici anni. Non era il solo. Molti, anche in tv, dicevano « la ragazza » o « la ragazzina ». Era inevitabile, perché nella memoria della gente c'era ancora l'ultima foto diffusa subito dopo la scomparsa. Tuttavia, benché i media non fossero ancora entrati in possesso di un'immagine recente da mostrare al pubblico, Samantha era una donna ormai.

« La ragazza è ancora sotto shock » confidò Quimby a bassa voce. « Ma al dipartimento sono ottimisti. »

Bruno non voleva sembrare troppo curioso, però era sicuro che l'altro fosse venuto a conoscenza di qualcosa. « In che senso, ottimisti? »

« Delacroix lo conosci: parla poco e non si sbilancia mai... Ma Bauer è convinto di prenderlo, quel bastardo. »

« Bauer è uno sbruffone » commentò lui, finse di non essere interessato e tornò nuovamente a dedicarsi alla tv.

Quimby abboccò. « Sì, ma pare che abbiano una pista... »

Una pista? Possibile che Samantha avesse già fornito qualche dettaglio determinante? « Ho sentito dire che stanno cercando la prigione allestita dal rapitore. » Bruno lo disse distrattamente, per ravvivare un po' la conversazione. « La polizia ha circondato una zona disabitata a sud, a ridosso delle paludi. È lì che un'autopattuglia si è imbattuta in Samantha, no? »

« Già... Hanno creato un perimetro di sicurezza e non fanno passare nessuno. Vogliono tenere alla larga i curiosi. »

« Non troveranno mai quel posto. » Bruno cercava di apparire scettico, in modo che l'altro si sentisse in dovere di smentirlo. « Non l'hanno individuato in quindici anni, chissà com'è mimetizzato. »

« Samantha Andretti era a piedi e s'è pure rotta una gamba, perciò dopo la fuga non può aver fatto molta strada, non ti pare? » Quimby sembrava contrariato dalla sua diffidenza.

L'investigatore decise di gettare un osso all'ego ferito dell'ex sbirro. « Secondo me, la chiave di tutto è lei: se collabora, allora c'è qualche speranza di catturare il mostro. »

« Collaborerà » si disse sicuro Quimby. « Ma hanno anche altro per le mani... »

Dunque la pista non veniva dalla ragazza. Da cosa, allora? Bruno tacque e bevve un sorso. La pausa strategica servì per dare tempo al barista, che doveva decidere se raccontargli o meno il resto.

« La storia del ritrovamento, in realtà, non corrisponde completamente alla versione che hanno fatto trapelare » affermò Quimby. « La pattuglia che l'ha notata sul ciglio della strada, senza vestiti e con una gamba rotta, non passava di lì per caso... »

Bruno ponderò rapidamente le implicazioni che comportava quell'informazione. Perché mai mentire sulle modalità del ritrovamento? Cosa non doveva essere svelato? « I poliziotti sono stati avvisati » azzardò. « Qualcuno ha segnalato la presenza di Samantha. »

Quimby si limitò ad annuire.

« Un buon samaritano, dunque. »

« Una telefonata anonima » lo corresse l'altro.

4

Genko uscì sulla soglia del Q-Bar e l'afa venne subito ad abbrancarlo, stringendogli la gola e il torace in una morsa. Il caldo era qualcosa di vivo, una bestia invisibile che non lasciava scampo. Bruno faceva fatica a respirare ma si infilò lo stesso una sigaretta fra le labbra, la accese e aspettò che la nicotina entrasse in circolo.

Tanto, che male gli poteva fare?

Si guardò intorno. Alle tre del pomeriggio le vie del centro erano deserte. Uno spettacolo insolito per l'ora, la zona e per un giorno feriale. Negozi e uffici chiusi. Nessun passante. Un silenzio spettrale. Solo i semafori continuavano assurdamente a disciplinare la circolazione in strade svuotate dal traffico.

A causa delle temperature proibitive, le autorità erano state costrette a ricorrere a misure straordinarie al fine di salvaguardare la salute dei cittadini. Si raccomandava alla popolazione di dormire di giorno e di uscire di casa soltanto nelle ore notturne. Per facilitare la transizione, erano stati modificati i turni di servizio di polizia, vigili del fuoco e personale ospedaliero. Gli uffici pubblici aprivano nel tardo pomeriggio per chiudere all'alba. Perfino i tribunali svolgevano la loro attività a partire dalle ore serali. Aziende e società si erano conformate al cambiamento: intorno alle venti, operai e impiegati affollavano le strade per raggiungere il posto di lavoro come in una normale ora di punta. Nessuno si lamentava. Anzi, grandi magazzini ed esercizi commerciali avevano addirittura registrato un incremento degli affari, perché la gente non vedeva l'ora di fuggire dalle proprie case. Col calare del sole, tutti sbucavano fuori dai nascondigli, come topi.

Da circa una settimana, le giornate cominciavano al tramonto.

Il tempo è impazzito, si disse Bruno rammentando ciò che era accaduto un anno prima a Roma, dove una tempesta si era abbattuta sulla città causando un blackout e una devastante inondazione. Effetti dell'inquinamento, del surriscaldamento globale e, comunque, della maniera del cazzo in cui veniva trattato il pianeta. Chissà quanto ci sarebbe voluto perché il maledetto genere umano si autodistruggesse senza nemmeno accorgersene. Un vero peccato. Ma poi si ricordò del talismano nella propria tasca e considerò che, in fondo, il problema non lo riguardava più.

Così decise di fregarsene e di contribuire ulteriormente al degrado generale: diede un paio di tiri alla sigaretta e gettò il mozzicone sul marciapiede rovente, schiacciandolo sotto la suola della scarpa. Quindi si avviò verso la propria auto parcheggiata dietro l'angolo.

Una telefonata anonima.

Mentre guidava la vecchia Saab per le strade vuote, Genko continuava a rimuginare sull'informazione ricevuta da Quimby. L'aria condizionata non funzionava da anni, così teneva i finestrini aperti. Vampate improvvise lo investivano per poi ritirarsi, sembrava di procedere in mezzo a un incendio. Bruno aveva bisogno di un rifugio, non per sottrarsi alla calura bensì a quell'idea. *Smettila di pensarci, non ti riguarda.* Ma il dubbio lo tormentava. Chi aveva fatto la chiamata? Perché l'informatore non aveva soccorso personalmente Samantha? Perché omettere le proprie generalità? Quello sconosciuto avrebbe potuto diventare l'eroe della vicenda, eppure aveva preferito rimanere nell'ombra. Di cosa aveva paura? O cosa cercava di nascondere?

Genko sapeva di non essere abbastanza lucido per ragionare. Troppa tequila, oppure solo quel maledetto foglio nella tasca. Poteva rintanarsi nella stanza d'albergo che aveva prenotato una settimana prima, completare la sbronza iniziata al Q-Bar e precipitare in un sonno profondo con la speranza di non svegliarsi più.

Non sarà così indolore, vecchio mio, rassegnati.

Decise che era meglio non stare da solo. Ma c'era

soltanto una persona che poteva sopportarlo in quelle condizioni.

Quando Linda gli aprì la porta, Bruno comprese dalla sua espressione di avere un aspetto orribile.

« Cristo, ma sei pazzo ad andare in giro con questo caldo? » lo rimproverò, tirandolo dentro. « E hai anche bevuto » aggiunse con una smorfia di disgusto. Linda attribuiva alla temperatura e all'alcol la colpa del pallore e delle occhiaie.

Genko non la smentì. « Posso entrare? »

« Sei già entrato, idiota. »

« Ok, allora posso restare un po' qui o hai da fare? » Aveva i vestiti impregnati di sudore e le vertigini.

« Ho un cliente fra un'ora » disse l'altra, sistemandosi il kimono di seta blu sulla pelle di bronzo. La scollatura svelava seni piccoli e sodi.

« Devo stendermi qualche minuto, mi basterà. » Si addentrò nella casa in cerca del divano. A differenza del Q-Bar, l'aria condizionata funzionava e c'era una bella penombra perché le tapparelle erano abbassate.

« Puzzi di vomito, lo sai? Potresti fare anche una doccia. »

« Non voglio darti troppo disturbo. »

« Mi disturba di più se mi appesti l'appartamento. »

Bruno si sedette sul sofà bianco, in tinta con la

moquette, che troneggiava in salotto in mezzo ai mobili laccati di nero e agli unicorni. Ce n'erano ovunque e di diverse fogge – poster, statuine, peluche, perfino alcuni prigionieri di ampolle con la neve. Erano la passione di Linda. «Sono un unicorno» si era definita lei una volta. «Una bellissima creatura leggendaria: nessuno sano di mente ammetterà mai di credere all'esistenza degli unicorni, ma da sempre gli uomini insistono a cercarli sperando che siano reali...»

Su una cosa aveva ragione. Era davvero bella. Per questo gli uomini la cercavano. Ed erano disposti a pagare caro il privilegio di stare con lei.

«Vieni, lasciati aiutare» disse quando vide che non riusciva nemmeno a sfilarsi la giacca. Gli tolse i mocassini e gli distese le gambe sul divano, poi sprimacciò un cuscino e glielo piazzò dietro la nuca. Gli sfiorò la fronte con una carezza. «Ma hai la febbre.»

«È solo il caldo» mentì lui.

«Vado a prenderti dell'acqua fresca, con quest'afa è facile disidratarsi... Specie se si beve tequila di pomeriggio» lo rimbrottò. «E metto questo straccio nell'asciugatrice» aggiunse recuperando la giacca di lino. «Magari riesco a togliere un po' di cattivo odore.» Quindi sparì nel corridoio.

Bruno fece un respiro profondo. Gli doleva il capo e si sentiva indolenzito. E, anche se non voleva ammetterlo, aveva paura. Da settimane faceva fatica a prendere sonno. Lo stress lo divorava e, quando il fisico non ce la faceva più a reggere l'ansia, si addormentava di schianto. Non era dormire, era una resa. Infatti, dopo mezz'ora al massimo trascorsa nell'oblio, la realtà lo ridestava rammentandogli che il suo destino era segnato.

Poteva parlarne a Linda, condividere con lei quel peso. Forse sarebbe stato perfino liberatorio. In fondo, una parte di lui aveva voluto andare lì per questo, non poteva negarlo. Non era semplicemente una buona amica. Anche se fra loro esisteva un limite che non avevano mai valicato, per lui Linda era ciò che più si avvicinava a una moglie.

Quando sei anni prima gli aveva telefonato in lacrime per chiedergli aiuto, si prostituiva già da tempo ma ancora si chiamava Michael. La metamorfosi non era completa, la donna bellissima era imprigionata in sembianze maschili e un'ombra di barba incorniciava il viso angelico – zigomi alti, labbra carnose, occhi azzurri. Michael si era rivolto a Bruno per sfuggire alla persecuzione di un cliente. All'epoca, il transessuale si concedeva per poco e andava con chiunque. Così si era imbattuto in un tizio che prima se lo scopava e poi lo picchiava, accusandolo di averlo costretto a un atto contro natura. Però poi tornava sempre a cercarlo, pentito. E la storia ricominciava, ogni volta con lo stesso epilogo.

Michael non sapeva per quanto ancora sarebbe stato in grado di resistere. Aveva provato ad allontanare il persecutore, ma senza successo. Diventava sempre più arduo mascherare i lividi dei pestaggi. Era spaventato a morte.

Lavorando all'inferno, Bruno riusciva a immaginare come sarebbe finita. I transessuali erano le vittime preferite di violenti e disadattati carichi di livore. Così, quando aveva guardato in fondo agli occhi di Michael, l'investigatore privato aveva compreso subito che la situazione era grave e che nessun poliziotto l'avrebbe aiutato. Se non fosse intervenuto lui, quell'angelo fragile e impaurito sarebbe certamente morto.

Per convincere il persecutore a sparire non sarebbero bastate le minacce e nemmeno le percosse; non si estirpa un'ossessione con il dolore fisico, è come pretendere di spegnere un incendio usando l'arte della persuasione. Il modo più sicuro per fermare quell'uomo era ucciderlo, ma Genko non era un assassino, perciò aveva escogitato un piano. Siccome il tizio lavorava come broker per una nota banca d'affari, Bruno aveva pagato un hacker per entrare nel sistema informatico della società e spostare ingenti somme dai conti degli investitori a quello personale dell'uomo. Poi gli era bastato attendere che qualcuno si accorgesse del furto. L'uomo aveva rimediato una condanna a dieci anni per truffa e appropriazione indebita. In galera avrebbe potuto sfogare liberamente i propri istinti, oppure essere in balia di quelli altrui. Michael era finalmente libero.

«Che significa?»

La voce di Linda tremava appena e, anche senza guardarla, Bruno capì subito che era sconvolta. Voltò leggermente il capo e la vide, immobile sulla soglia, con la giacca di lino appoggiata a un braccio e un foglio fra le mani. E subito gli fu tutto chiaro: prima di mettere l'indumento nell'asciugatrice, aveva svuotato le tasche per non rovinarne il contenuto.

«Che cos'è?» gli chiese di nuovo, stavolta quasi con rabbia.

Bruno si tirò un po' su. Ci siamo, si disse. Non ne aveva parlato con nessuno, perché temeva che l'idea si materializzasse. Se invece le parole rimanevano prigioniere della carta, allora forse c'era ancora una speranza di scamparla.

No, non c'è alcuna speranza.

«È un talismano» rispose.

Linda, però, sembrava disorientata.

«Sai cos'è un talismano? È un oggetto a cui attribuiamo il potere di proteggerci. Un po' come i tuoi unicorni.»

«Che cazzo dici, Genko?» Era irritata. «Qui sopra dice che morirai...»

Sapeva cos'era accaduto. Dopo aver riconosciuto che si trattava di un referto medico, lei aveva scorso velocemente il testo, ma le frasi le erano risultate incomprensibili perché la mente andava alla disperata ricerca di altro. E l'aveva trovato solo all'ultima riga. La risposta a una domanda terribile. Due parole.

« Prognosi: infausta. »

Era successo lo stesso a Genko quando i suoi occhi avevano esplorato il documento. Ciò che c'era scritto prima dell'ultima riga non contava. Anzi, poteva esserci scritta qualunque cosa. Tanto, che differenza faceva? Quelle parole facevano parte di un tempo che se n'era andato, e ormai tutto il passato aveva perso valore, la vita che aveva preceduto quel momento non aveva più senso. Quei due termini freddi, formali, costituivano uno spartiacque. Niente sarebbe più stato come prima.

« Che succede? » chiese lei, impaurita. « Perché? »

Bruno si alzò, andò a prenderla perché lei non riusciva a muoversi. Le tolse il referto dalle mani e la portò con sé sul divano. « Senti, adesso provo a spiegarti ma tu devi ascoltarmi. Va bene? »

Annuì, ma stava per mettersi a piangere.

« Ho una specie di infezione » e si indicò il torace. « Un batterio mi si è infilato nel pericardio, non so come e non lo sanno neanche i dottori. » Un mostro alieno gli stava mangiando il cuore. « Dicono che non c'è rimedio, perché l'abbiamo scoperto troppo tardi. »

Linda era confusa. « Dovresti essere in ospedale. Dovrebbero almeno provare qualcosa... Non possono lasciarti morire così, senza fare niente. » La voce stava diventando stridula, quasi isterica.

Bruno le strinse le mani, poi scosse il capo. Non ebbe la forza di rivelarle che, quando aveva chiesto se esisteva una cura, il medico gli aveva consigliato il ricovero in un hospice. Ma a Genko non andava di rinchiudersi in un posto dove si va solo per morire.

« La cosa positiva è che accadrà all'improvviso, praticamente non me ne accorgerò neanche. Una piccola esplosione nel petto, e me ne andrò in pochi secondi. Sarà come un colpo di pistola. » Una pallottola invisibile, sparata dritta al cuore – l'immagine non gli dispiaceva.

« E quanto tempo... » Non riusciva a chiederlo. « Insomma, quanto tempo... »

« Due mesi. »

« Soltanto? » Era sconvolta. « E da quanto tempo lo sai? »

« Da due mesi » affermò lui, senza pensarci troppo.

La notizia la spiazzò. Linda non riusciva a dire nulla.

« Il termine è scaduto oggi. » Bruno rise, ma un bolo acido di terrore gli precipitò nello stomaco. « È curioso: fino a ieri avevo davanti un traguardo, dovevo solo aspettare la fine del conto alla rovescia. Ma da oggi... Da oggi che succede? » Chinò il capo, lo sguardo perso sulla moquette. « Mi sento come il condannato a morte a cui non hanno comunicato l'ora dell'esecuzione. » Rise di nuovo, stavolta sinceramente. « Ieri sera fissavo l'orologio, mi aspettavo che a mezzanotte accadesse qualcosa. Come Cenerentola, ci pensi? Che idiota... » In realtà, era arrabbiato: aveva passato sessanta giorni preparandosi al momento cruciale. E adesso non esistevano più regole. Una silenziosa anarchia governava gli eventi. « Ecco perché questo foglio è un talismano » disse ripiegando per bene il referto. « Mi protegge contro il caos. Perché si può anche impazzire aspettando di morire. »

Linda, però, non ce la faceva a essere altrettanto lucida. « E me lo dici soltanto ora? »

« Non riuscivo ad ammetterlo nemmeno a me stesso... Se l'avessi rivelato a qualcuno, sarebbe diventato tutto vero: stavo per morire. » Poi si corresse: « *Sto* per morire. O forse sono già morto, dipende dai punti di vista ». Sarebbe stato un interessante problema filosofico. Quand'è che si comincia a morire? Quando si contrae la malattia letale o quando la si scopre?

Linda si alzò dal divano. « Adesso faccio un paio di chiamate e annullo gli appuntamenti. Oggi non ti muovi da qui » disse con ritrovata determinazione.

Bruno le prese delicatamente la mano. « Non sono venuto qui a morire, anche se in pratica potrebbe accadere in questo istante. » Stava provando a smorzare la tensione e anche ad alleggerirle i sensi di colpa.

« Allora perché? Per dirmi addio? » Ce l'aveva con lui.

Si avvicinò e le baciò la fronte. « Ho capito: hai paura che mi infili una pistola in bocca e la faccia finita subito, senza aspettare. Lo ammetto: ho preso in considerazione l'idea e non lo escludo se le cose dovessero andare troppo per le lunghe. Ma non sarà tenendomi qui che eviterai il peggio, perché il peggio è già scritto su quel foglio. »

« Non puoi pretendere che mi rassegni, lo capisci? »

Lo capiva, perché sapeva che lei lo amava. « Hai sentito i telegiornali, la donna che quarantott'ore fa è riuscita a scappare al suo carceriere dopo quindici anni di prigionia? »

« Sì, ma che c'entra con te? »

« Ho pensato che, se una ragazzina di tredici anni può resistere all'orrore per così tanto tempo, allora tutto è possibile... Perfino un miracolo. »

Lei lo guardò, confusa.

« No, non penso che guarirò » affermò, fugando ogni illusione al riguardo. « Ma forse non è solo un caso che stia accadendo tutto adesso... » Una telefonata anonima, ricordò. Ma non poteva rivelare a Linda la soffiata ricevuta da Quimby.

« Promettimi che non ti ammazzerai... »

« Non posso. Ma ti assicuro che al momento è l'ultimo dei miei pensieri. » Poi cambiò subito argomento: « Ho bisogno di un favore » disse. « Una settimana fa ho prenotato una camera all'Ambrus Hotel, un piccolo albergo vicino al ponte della ferrovia. » Prese il portafoglio ed estrasse un bigliettino. « La stanza è la 115 ed è pagata per altri sette giorni. » In verità, non pensava di occuparla così a lungo. Si era trasferito lì perché temeva che, se fosse morto in casa, nessuno avrebbe ritrovato il cadavere. Lo atterriva l'idea di putrefarsi lentamente sul pavimento perché non aveva amici e parenti che si interessassero a lui. In albergo era più semplice. Una mattina, la donna delle pulizie sarebbe entrata nella camera e l'avrebbe trovato stecchito. Ma non spiegò a Linda quella parte del piano. « Nella stanza c'è una cassaforte e la combinazione è: undici-zero-sette. »

« È la mia data di nascita » si sorprese lei.

« Lo so, per questo l'ho scelta. Però, ora ascolta bene: quando verrai a sapere che... » Non riusciva a dirlo. « Sì, insomma, quando accadrà ciò che deve accadere, va' lì e recupera il contenuto della cassaforte... Troverai un plico sigillato. »

« Cosa c'è dentro? »

« Non importa e non ti riguarda » la ammonì. « Non devi assolutamente aprirlo. Te ne sbarazzerai al più presto, chiaro? E non gettarlo, devi distruggerlo e assicurarti che non rimanga nulla. »

Linda non comprendeva la necessità di simili sotterfugi. « Perché non lo fai tu? »

Eluse la domanda. « Il portiere ha già ricevuto istruzioni, ti lascerà passare. »

Linda non insistette, ma Genko era sicuro che avrebbe mantenuto la parola. Si alzò e si infilò la giacca di lino, poi guardò l'ora. Le sedici – doveva proprio andare.

« Mi telefoni più tardi? » gli domandò con occhi da cerbiatta.

Bruno si avvicinò e le accarezzò il viso. « Magari me ne scordo e pensi che invece sono crepato... »

« Basta che non ti scordi di essere ancora vivo » disse lei, prendendo di nuovo la sua mano e portandosela alle labbra per baciarla. « Ricorda: finché c'è aria nei polmoni, non è finita. »

Gli piaceva l'idea semplice eppure illuminante contenuta in quella frase: finché avesse avuto aria nei polmoni non avrebbe dimenticato di essere ancora vivo. « Sta' tranquilla: ho una cosa da sbrigare prima che accada l'irreparabile... » E si avviò verso la porta d'ingresso.

Linda non sapeva cosa credere. « Dove vai? »

Bruno si voltò, le sorrise. « All'inferno. »

5

«La casa delle cose» era un capannone situato in una zona industriale, poco fuori città. Qualcuno aveva rilevato un'ex area di stoccaggio riconvertendola in un grande deposito per privati. Con una modica spesa annuale, si poteva affittare un box e metterci la roba di cui non si aveva più bisogno – perlopiù si trattava di vecchio mobilio e ciarpame vario.

Bruno arrivò nei pressi dell'entrata e, piegato nell'abitacolo della Saab, si mise a frugare nel cassettino del cruscotto in cerca della chiave che apriva la sbarra automatizzata. La trovò andando a tentoni, quindi la infilò nell'apposita serratura posta su una colonnina, con la speranza che funzionasse ancora.

La barriera si sollevò.

Percorse una serie di viali interni, che scorrevano ortogonali in mezzo alle file dei box. Così scoprì che il luogo ormai non ospitava più soltanto oggetti, perché alcune saracinesche erano parzialmente sollevate e all'interno si riconoscevano chiari segni di presenza umana. Gli affittuari avevano trasformato i depositi in abitazioni di fortuna. Bruno non si meravigliò, conosceva il fenomeno. La popolazione della « casa delle cose » era costituita essenzialmente da soggetti di sesso maschile. Uomini senza famiglia che avevano perso il lavoro per via della crisi, oppure mariti divorziati che, per pagare gli alimenti, non erano più in grado di permettersi un appartamento e nemmeno una stanza. A volte, entrambe le cose. Poveri e disperati. E incattiviti. Genko si sentiva addosso i loro occhi pieni di vergogna e rancore – nascosti nell'ombra delle loro tane, scrutavano con sospetto il passaggio della Saab. Ma in fondo erano soprattutto impauriti perché, dopo quel posto, non rimaneva che la strada.

Giunse nei pressi del box che aveva preso in affitto molti anni prima.

Scese dall'auto e si chinò per aprire il pesante lucchetto. La saracinesca era chiusa da troppo tempo e, quando la sollevò fino all'altezza della propria testa, produsse un forte clangore metallico. La luce accecante del sole si arrestava sul confine esatto di quell'antro, come se non avesse il coraggio di varcarlo. Mentre il rumore e il pulviscolo si diradavano, Genko ne approfittò per pulirsi le mani sporche di grasso sui fianchi della giacca di lino e per lasciare che gli occhi si abituassero alla penombra.

Poco a poco, apparve una serie di scaffali che arrivavano al soffitto. Su un ripiano erano schierate con ordine cinque scatole grigie di cartone, ognuna contrassegnata da un'etichetta che indicava un anno, un codice e il contenuto.

Non amava recarsi lì. In quel buco aveva esiliato le prove disonorevoli dei suoi pochi fallimenti. In fondo, in quelle scatole era rinchiuso anche un pezzo della sua vita. C'erano gli errori a cui non poteva più rimediare, le occasioni sprecate, i peccati che nessuno avrebbe potuto o voluto perdonare.

Ma forse qualcosa si può ancora fare, si disse. Perché si era messo in testa di lasciare un segno.

Scelse una scatola, la terza, e la estrasse dal mosaico delle altre, sollevò il coperchio e iniziò a consultare i documenti. Finalmente, trovò ciò che gli serviva.

Una cartelletta sottile, che conteneva appena un foglio, uno soltanto.

Ma, come aveva in parte anticipato a Linda, quel pezzo di carta poteva essere la chiave per accedere all'inferno.

6

Le mani. Le mani erano diverse. Queste non sono le mie mani. Queste mani appartengono a un'altra.

Eppure era lei a comandare il movimento delle dita, quindi doveva esserci per forza una spiegazione. Non si era più voltata verso la parete con il grande specchio, non ne aveva il coraggio. Però continuava a fissarsi le mani, cercando di capire come fosse potuto accadere.

Quindici anni, e non se n'era accorta.

« Sam. » La voce del dottor Green attraversò un deserto di silenzio per riportarla indietro da quei pensieri. « Sam, devi fidarti di me. »

Spostò lo sguardo sul registratore. Eccomi, sono qui.

« Lo so che ora ti sembra tutto assurdo. Ma se mi lascerai fare il mio lavoro rimetteremo a posto le cose, te lo garantisco. » L'uomo era sempre seduto accanto al letto e le aveva lasciato un po' di tempo per elaborare la rivelazione di non avere più tredici anni. « La terapia fa effetto, il tuo organismo si sta liberando dalla droga che ti è stata somministrata. La memoria sta già tornando. »

Mosse gli occhi verso la flebo collegata al suo braccio. In quel liquido che stillava lentamente c'erano le risposte, i fotogrammi di un incubo lunghissimo.

Non so se voglio ricordare.

Il dottor Green sembrava riporre grandi aspettative in lei. Si accorse che, stranamente, non voleva deluderlo. Era un buon segno? In fondo, lo conosceva appena. Sì, era una cosa buona. Perché ogni volta che lui le ripeteva di fidarsi, lei gli credeva un po' di più. « Va bene » disse.

Green sembrava soddisfatto. « Andremo per gradi » premise. « La memoria di una persona è uno strano meccanismo. Non è come questo registratore, non basta rimandare indietro il nastro per riascoltare. Anzi, molto spesso i ricordi vengono incisi l'uno sull'altro e si confondono fra loro. Oppure la registrazione non è completa o ci sono buchi o difetti: la mente li ripara a modo suo, mettendoci toppe che sono in realtà falsi ricordi e possono confondere. Per questo è necessario adottare alcune regole per distinguere ciò che è reale da ciò che non lo è. Finora è tutto chiaro? »

Annuì.

Green attese qualche istante prima di proseguire. « Adesso, Sam, voglio che torni con me nel labirinto. »

La proposta la terrorizzò. Non voleva tornare lì.

Mai più. Voleva restare in quel letto comodo, in mezzo ai suoni del mondo in frenetico movimento dietro la porta della sua stanza, i rumori dell'ospedale mescolati alle voci ovattate della gente. *Ti prego, non riportarmi nel silenzio.*

« Tranquilla, ci sarò io con te stavolta » la rassicurò.

« D'accordo... Andiamo. »

« Iniziamo da qualcosa di semplice... Voglio che ripensi al colore dei muri. »

Chiuse gli occhi. « Grigi » disse senza esitare. « I muri del labirinto sono grigi. » L'immagine era apparsa fugacemente nel suo campo visivo.

« Che grigio è? Chiaro o scuro? È uniforme oppure, per esempio, ci sono crepe o macchie di umidità? »

« È sempre uguale. E le pareti sono lisce. » Le sembrò di accarezzarle. Dischiuse gli occhi per un istante e si accorse che Green prendeva nota sul taccuino. La sua presenza la confortava. Così come le pareti candide della stanza d'ospedale, un bianco attenuato dalla luce blu dei neon che ricordava il fondo dell'oceano.

« Sai dirmi se ci sono dei rumori? »

Scosse il capo. « I suoni non possono entrare nel labirinto. »

« Odori? »

Provò a dare una definizione precisa alle sensazioni che confluivano rapide nella memoria, e che venivano da chissà dove. « Terra... C'è odore di terra bagnata. E poi, muffa... » Quindi mise insieme le informazioni: niente finestre, né suoni, odore di umido. « È una grotta. »

« Stai dicendo che il labirinto è sottoterra? »

« Sì... Mi sembra di sì... Anzi, ne sono sicura » si corresse alla fine.

« Chi l'ha chiamato così? »

« Sono stata io » ammise subito.

« Perché? »

Rivide se stessa percorrere un lungo corridoio su cui si affacciavano diverse stanze.

Il luogo è ben illuminato da lampade al neon sul soffitto. Non ha freddo, ma nemmeno caldo. Cammina a piedi scalzi ed esplora l'ambiente circostante. Due file parallele di porte di ferro. Alcune sono aperte e introducono in camere vuote. Altre, invece, sono chiuse a chiave. Arriva in fondo al corridoio e svolta a destra: la scena si ripete. Altre porte, altre stanze grigie. Tutte uguali. Continua ad andare avanti e incontra un bivio. Qualunque direzione scelga, poco dopo si ritrova di nuovo al punto di partenza. Almeno così sembra. Non c'è modo di orientarsi. Apparentemente, non c'è un'uscita. E nemmeno un'entrata. Come sono arrivata qui?

« Il luogo in cui mi trovo non ha una fine. E nemmeno un inizio. »

« Perciò non ci vive nessuno, a parte te » concluse il dottor Green.

« No, non sembra una casa » ribatté lei, decisa. È un labirinto, te l'ho già detto.

Ma Green voleva capire meglio. « Per esempio, c'è un bagno? »

È uno sgabuzzino piccolo e angusto. E ha solo il water. E puzza. Puzza tantissimo. Non si può nemmeno tirare lo sciacquone. Non vuole farla lì.

« Non voglio farla lì » disse con un po' di imbarazzo, e scrutò la reazione di Green. « Allora me la tengo. Me la tengo per tutto il tempo. »

Però non è possibile trattenerla così a lungo. Si tiene la pancia e sente già le gocce calde che le bagnano le mutandine.

« Perché non la fai e basta? » chiese il dottor Green. « Cosa ti blocca? »

« Mi vergogno » ammise.

È in piedi e fissa il water – la ceramica ingiallita e sbeccata, un rivolo di ruggine che scende nello scolo. L'acqua stagnante è coperta da una patina opaca. Prova ribrezzo. Saltella da un piede all'altro, non ce la fa più.

« Perché ti vergogni? » Poi azzardò: « Sei davvero sola? »

La domanda la gelò.

È accovacciata in precario equilibrio sulla tazza, la vescica si libera con un getto fortissimo. Il suono dell'orina che esce si disperde nell'ambiente vuoto.

« Riesci a vedere o sentire qualcuno? »

« No. »

Green si limitò a prendere atto del dato, senza commentarlo.

Forse l'aveva deluso. Forse avrebbe dovuto spiegare meglio come stavano le cose. « Il labirinto mi guarda » disse d'impulso, e notò subito che l'affermazione aveva risvegliato l'attenzione dell'altro. Infatti, il dottore si voltò impercettibilmente verso lo specchio, come a voler mandare un segnale ai poliziotti che assistevano alla scena. « Il labirinto conosce ogni cosa » ribadì.

« Ci sono telecamere? »

Scosse il capo.

« Allora come fa? Spiegami, per favore... »

« Il cubo » disse. Ma si accorse subito che lui non capiva. « È stato il primo gioco. »

« Parlamene. »

« Mi sono svegliata e stava lì... »

Dopo aver vagato per ore in cerca di aiuto, entra in una delle stanze e si distende per terra. Si addormenta subito, esausta. Quando riapre gli occhi, ci mette un po' a ricordare dove si trova – pochi attimi di quiete prima del ritorno della paura. E l'oggetto è per terra, a un metro dalla sua faccia. Una visione familiare, che appartiene al passato. Un cubo pieno di colori. Verde, giallo, rosso, bianco, arancione e blu.

Io so come si chiama. Cubo di Rubik, così si chiama.

« Sei facce. Su ognuna ci sono nove quadratini. Ogni piccolo quadrato ha un colore diverso. »

« Lo conosco » confermò Green. « Quando ero bambino era un gioco molto popolare. Non ci crederai, ma la gente impazziva per risolverlo. »

« Invece ci credo » disse, perché anche lei stava impazzendo. Ma ciò a cui associava l'oggetto non era affatto divertente.

Green sembrò accorgersi del suo turbamento e quasi si scusò. « Va' avanti, ti prego... »

« Quando l'ho trovato, i colori erano mischiati. »

Cosa deve farci? Passarci il tempo? È assurdo. Non sa dove si trova, chi l'ha portata lì. Ha paura. Ha fame. « Vi prego, voglio tornare a casa mia... » Ma nessuno risponde.

« Sono rimasta accucciata in un angolo a osservare quel coso per non so quanto tempo. Non volevo nemmeno toccarlo. Se lo facevo, allora sarebbe successo qualcosa di brutto – me lo sentivo. Ma pensavo sempre a una cosa, cioè che ero lì e non potevo uscire. E quel pensiero mi faceva male. Non c'era modo di mandarlo via. » Fece una pausa. « O forse sì. »

« Allora che hai fatto? »

Sollevò gli occhi pieni di lacrime su di lui. « Ho preso il cubo. »

Lo osserva, poi inizia a far ruotare le facce multicolori. Tutto pur di mandare via il fastidio del tempo che non vuole passare. La mente non riesce a concentrarsi, è distratta dall'ansia. Ma, poco a poco, la pressione si attenua, il terrore prende una distanza – arretra pur rimanendo vicino. Ora può tenerlo a bada. L'attenzione è tutta per quei colori che si combinano fra loro. E, dopo pochi minuti, riesce a completare uno dei lati, quello arancione. Lo ripone per terra, il terrore torna a braccarla. Lei scruta l'oggetto sul pavimento. Ha corretto parte dell'imperfezione. Il lato finito è ordine, pulizia. Le dà sicurezza. Deve esserci per forza una spiegazione per ciò che le sta capitando. E in quel momento, i suoi sensi allertati percepiscono qualcosa.

Un cambiamento.

La mente impiega pochi attimi a decifrare il nuovo segnale. Un odore. Come il cubo, anche quello è familiare. Si alza dall'angolo ed esce in corridoio. Si guarda intorno. Non c'è nessuno. Inizia a cercare, cauta. Si lascia guidare dall'olfatto, ma teme che sia solo un'allucinazione. No, non lo è: è reale. Giunge sulla soglia di una delle stanze. La porta di ferro è socchiusa. La spinge con il palmo della mano. Al centro dell'ambiente c'è un sacchetto di carta.

McDonald's.

«Hamburger, Coca-Cola e patatine fritte» elencò, e poi precisò a beneficio di Green: «Tante patatine».

Non pensa di dover essere prudente, è la fame a decidere per lei. Si precipita verso il cibo e mangia con vo-

racità. Non si domanda come sia arrivato lì, chi l'abbia acquistato. Sta imparando la sua prima lezione.

La sopravvivenza.

Solo quando è sazia, il cervello comincia a razionalizzare l'accaduto. Torna nella stanza dove ha lasciato il cubo: deve continuare a risolvere il rebus. Passeggia per i lunghi corridoi, con la testa china sul gioco. Con un po' di difficoltà, ha completato anche un altro lato – verde – e si sta dedicando al terzo – rosso. Non è affatto semplice gestire tre colori diversi. Passa davanti a una delle stanze e, con la coda dell'occhio, intravede qualcosa. Torna indietro e si blocca.

Il premio per aver terminato il secondo lato del cubo è un materasso con delle coperte e un cuscino.

In poco tempo ha fatto enormi progressi: ha lo stomaco pieno e non deve più dormire per terra. Ma finire il terzo lato è più difficoltoso del previsto.

« Forse sono passati giorni, ma poi ho capito che non ce la facevo a terminare il lato rosso. Non ero brava come pensavo. Intanto, niente cibo e niente acqua. »

« Allora, che è successo? » chiese Green. « Come hai fatto a sopravvivere? »

È distesa sul materasso. I vestiti cominciano a starle larghi, e non ha quasi più forze. Da quant'è che non beve e non mangia? Dorme per quasi tutto il tempo, è preda di incubi. A volte non sa nemmeno se dorme oppure è sveglia. Quella che la tormenta non è propria-

mente fame, perché non si manifesta come voglia di cibo. Sono crampi improvvisi all'addome, come se il suo stomaco cercasse di uscire e si scavasse una via dentro di lei.

Dopo un po', forse qualche giorno, le fitte cessano. Ma allora diventa anche peggio. Perché sopraggiunge la sete. Nessuno gliel'ha mai detto, che la sete è peggio della fame. Perché ti fa perdere la ragione. Perché, mentre ti senti prosciugare, non fai altro che pensare a bere. E ti strapperesti a morsi le vene dai polsi e succhieresti il tuo stesso sangue pur di appagare quel bisogno...

Sa che c'è un modo per mandar via la smania, ma non l'ha ancora messo in pratica. Perfino l'idea le fa troppo schifo.

Ma se vuole sopravvivere, non ha scelta.

Così, con le poche forze che le rimangono, si trascina fino allo sgabuzzino. Davanti alla tazza lurida, osserva la brodaglia melmosa e maleodorante. Per prima cosa, infila una mano. Ne saggia la consistenza. Poi chiude gli occhi e la tira su, mentre all'idea un conato la scuote. Non pensarci. Non devi pensarci. Come quando da piccola si sbucciava un ginocchio e, se si concentrava, il dolore svaniva. Adesso deve dimenticare il sapore. Allora affonda la bocca nella conca del palmo. Inizia a succhiare. Il liquido filtra fra le labbra e i denti, lo deglutisce senza trattenerlo in bocca... Quando torna nella stanza, si sente sporca dentro. È ancora viva. Ma non è un sollievo, perché sa già che dovrà rifarlo.

Intanto il maledetto cubo sta sopra il cuscino e la fissa.

Ma lei è così arrabbiata che lo afferra e inizia a disfare i lati che ha completato...

« Me ne sono pentita quasi subito, e ho cominciato a piangere. Ero disperata, e ho provato a rimettere a posto i colori. »

« Mi dispiace » disse Green, e sembrava sincero.

« Sono riuscita a finire solo il lato verde, poi mi sono addormentata... Quando ho riaperto gli occhi, nella stanza c'erano un cestino con una zuppa fredda e una bottiglia di gassosa calda. »

Il dottore annuì. « E come ti sei spiegata quel regalo? »

« Non era un regalo » lo corresse. « Ogni volta che avevo bisogno di qualcosa di semplice – cibo, biancheria pulita o uno spazzolino da denti – bastava che finissi il primo lato. Non sapevo che gusto c'era a costringermi a quel gioco stupido, visto che completare un solo lato era abbastanza facile. Poi ho capito... » Chiuse gli occhi, una lacrima scivolò lungo la guancia, infilandosi nella mascherina d'ossigeno. « Se avessi completato i sei lati, lui mi avrebbe lasciata andare. »

« Lui chi? »

« Il labirinto » rispose.

« È questo che è successo? Hai portato a termine il gioco e il labirinto ti ha liberata? »

Scosse il capo, ora piangeva. « Non sono mai arrivata oltre il quarto lato. »

7

Per il mondo la notizia del giorno era la riapparizione di Samantha Andretti. Per Bruno Genko, invece, era che per lui non era ancora giunta la fine del mondo.

Mentre guidava la Saab coi finestrini aperti, la radio trasmetteva *Take The Money And Run* della Steve Miller Band. Per quanto la sua situazione fosse disperata, l'ascolto del brano gli aveva messo allegria. Ma era durata poco. Quella canzone non suonava per lui, era per coloro che potevano ancora immaginare il proprio futuro. Bruno invece era incastrato nel presente. E presto sarebbe diventato passato. Molti credono che un moribondo rimpianga ciò che non ha fatto o che ha rimandato nel corso della vita. Invece la cosa più difficile per lui era non essere più capace di gustare i piccoli piaceri, come una canzone spensierata alla radio.

Perché ogni volta diventava l'ultima volta.

Gonfio di livore, Genko spense la radio e si concentrò sulla strada. Aveva lasciato la città per recarsi nell'interno, verso la zona delle paludi. Man mano che si allontanava dalla costa, il caldo si faceva più opprimente. Ma Bruno si rese conto che, nonostante fosse triste, aveva smesso di avere paura.

Samantha aveva cambiato tutto.

In realtà, il tempo supplementare che gli veniva concesso senza che lui l'avesse chiesto non era un dono, bensì una tortura. Ecco perché aveva bisogno di qualcosa che desse uno scopo a quell'intervallo prima dell'inevitabile finale.

Un ultimo compito... Finché c'è ancora aria nei polmoni, si disse ripensando alla frase di Linda.

Accanto a lui, sul sedile del passeggero, il vento continuava a sollevare la copertina della cartelletta che poco prima aveva portato via dal deposito. Il documento all'interno era l'unica speranza che avesse.

Presto sarebbe giunto a destinazione, ormai mancava poco. Chissà se il profiler che si occupava di Sam le aveva già rivelato quanto fosse cambiato il mondo in tutto il tempo in cui era stata assente. Chissà se lei aveva domandato della sua famiglia. Le avevano detto che la madre non aveva retto al dolore? Qualcuno aveva trovato il coraggio di rivelarle che un brutto male se l'era portata via sei anni prima?

La paziente ricoverata al Saint Catherine era stata riconosciuta ufficialmente come Samantha Andretti anche grazie a un campione di DNA conservato nel fascicolo della scomparsa. Altrimenti la polizia si sarebbe trovata con un grosso problema da risolvere visto che il padre di Sam, dopo la morte della moglie, si era trasferito per rifarsi una vita e aveva fatto perdere le proprie tracce. Ancora non riuscivano a trovarlo per dirgli che la sua unica figlia era viva. Ed evidentemente, la notizia ripetuta di continuo in tv non l'aveva raggiunto.

Per Genko era determinante che l'uomo non riapparisse nelle ore successive.

Percorse la statale incrociando solo un paio di veicoli che procedevano in senso opposto. Quando la strada iniziò a addentrarsi nell'area palustre, Genko non incontrò più un'anima. La striscia d'asfalto sembrava sospesa nell'aria, perché tutt'intorno c'era solo un acquitrino verde, immobile come la bassa vegetazione che lo ricopriva. Poi attraversò un fitto bosco di betulle morte, i tronchi anneriti si specchiavano nell'acqua putrida. I riflessi ballavano sulla superficie una danza di spettri.

Bruno individuò in lontananza la prima autopattuglia, uno dei tanti posti di blocco con cui era stata circoscritta la zona del ritrovamento di Samantha. A bordo del mezzo c'erano due agenti, uno dei quali scese e gli mostrò la paletta, intimandogli a distanza di fare inversione. Genko, invece, proseguì. Per non creare inutili allarmismi, rallentò l'andatura e tenne le mani bene in vista sul volante. Giunto in prossimità degli sbirri, attese che quello con la paletta si avvicinasse al finestrino della Saab.

«Non può passare di qui, deve tornare subito indietro» disse, perentorio.

«Lo so, agente. Ma è una cosa importante, mi lasci spiegare, la prego.» Sapeva che il tono accondiscendente era un balsamo per le orecchie dei tutori della legge. Bruno Genko si odiava quando era costretto a leccare il culo alla polizia.

«Non mi interessano le sue spiegazioni. Le consiglio di fare come ho detto» intimò, portandosi una mano alla fondina sul fianco.

Il tipo era un duro, doveva andarci piano. «Sono un investigatore privato, mi chiamo Genko. Se vuole le mostro la licenza, ce l'ho nel portafoglio.»

«Nessuno è autorizzato a passare» rispose l'ottuso in divisa.

«Ma io non voglio passare» precisò lui, e per un attimo spiazzò l'interlocutore. «Sono qui per conferire con gli agenti Bauer e Delacroix. Può chiamarmeli, per favore?»

«Non credo che vogliano essere disturbati.»

«Mi scusi, signore, ma mi permetto di dissentire.» I paroloni a volte servivano per confondere chi era dotato di scarsi strumenti di valutazione. «Credo di possedere informazioni sul caso di Samantha Andretti che gli agenti che le ho testé nominato troveranno sicuramente di grande utilità.» Poi indicò con un cenno del capo la cartelletta sul sedile. « Ho con me alcuni documenti che ritengo debbano visionare subito. »

L'altro allungò la mano. « Li dia a me, glieli faccio avere io. »

« Non posso, sono riservati. »

« Se sono importanti, deve darmeli. »

« Le ripeto che non posso. »

Lo sbirro stava perdendo la pazienza. « Potrei arrestarla per intralcio alla giustizia, lo sa? »

« No, non può » affermò Bruno, dismettendo i panni del mite cittadino e inchiodandolo con lo sguardo. « Secondo la legge, un investigatore privato in possesso di materiale utile alla soluzione di un caso di polizia ne è personalmente responsabile finché non lo consegna all'autorità incaricata dell'indagine. Perciò, con tutto il rispetto, non posso affidarlo al primo agente che incontro. Lo capisce questo, vero? »

L'ottuso rimase muto per qualche secondo, senza perdere l'aria marziale. Poi si avviò verso l'auto di servizio.

Trascorse un lungo quarto d'ora di silenzio durante il quale Genko fumò un paio di sigarette appoggiato al cofano della Saab, mentre gli agenti lo fissavano dall'altro lato della strada. Si udivano solo le cicale della palude.

Poi, in fondo alla strada, l'orizzonte cominciò a deformarsi.

Di lì a poco, nell'aria calda e rarefatta emerse il muso di una berlina marrone. Sembrava un miraggio. Sebbene non si percepisse ancora il rumore del motore, l'auto procedeva a forte velocità, sollevando una nuvola di polvere dietro di sé.

A bordo dovevano essere alquanto incazzati, suppose Genko.

La berlina frenò bruscamente e ne scesero due uomini robusti, in camicia e cravatta. Uno biondo che sembrava uscito da una rivista e l'altro di colore con un'aria serafica – tipica coppia di sbirri da telefilm, pensò Bruno vedendoli.

« Non so se devo prenderti a calci nel culo o spaccarti la faccia » lo aggredì subito Bauer. « Se hai acquisito delle prove senza consultarci, posso sbatterti in prigione senza neanche passare da un giudice » lo minacciò.

Delacroix mandava avanti il collega, limitandosi a controllare la situazione, ma era pronto a intervenire. I due agenti di pattuglia osservavano la scena divertiti. Bruno sapeva cosa pensavano: ora sono cazzi tuoi, investigatore privato.

« Calma, ragazzi. » Genko sfoderò il più conciliante dei sorrisi. « Nessuno ha preso iniziative qui, chiaro? Sto facendo solo il mio dovere di bravo cittadino.» Era consapevole di quanto fosse irritante per un poliziotto un atteggiamento strafottente. Ma doveva far credere loro di avere per le mani qualcosa di grosso.

«Genko, ti consiglio di tirare subito fuori ciò che hai: consegnacelo e sparisci» intervenne Delacroix. «È già una pessima giornata anche senza di te.»

«Per favore» finse di supplicarli lui.

«Non abbiamo tempo da perdere.»

«Vi chiedo solo cinque minuti.»

Bauer era rosso in volto per la rabbia e madido di sudore. «Sarà meglio per te che si tratti di qualcosa d'importante.»

Bruno si spostò verso il lato passeggero della Saab, infilò una mano nel finestrino aperto e recuperò la cartelletta dal sedile. Mentre tornava verso di loro, la aprì ed estrasse il foglio che conteneva. Quindi lo porse a Delacroix.

«Cosa sarebbe?» chiese l'altro sprezzante, senza neanche guardare.

«Un contratto.»

I due sbirri sembravano interdetti, entrambi abbassarono lo sguardo per leggere le poche righe.

Genko volle anticipare il succo della questione. «Quindici anni fa, mentre voi poliziotti andavate a caccia di farfalle, i genitori di Samantha Andretti si sono rivolti a me perché li aiutassi a fare luce sulla scomparsa della loro unica figlia. »

Ricordava ancora il giorno in cui li aveva incontrati fra i séparé di una tavola calda affollata, un lunedì mattina. Sam era sparita da settimane e loro non dormivano da chissà quante notti. Si tenevano per mano. Gli avevano spiegato di aver ricevuto il suo contatto da un poliziotto del dipartimento. Aveva fatto intendere loro che, se non avessero tentato anche altre vie oltre quella ufficiale, forse non avrebbero avuto più speranze di scoprire che fine avesse fatto la loro bambina.

Il poliziotto pietoso aveva detto la verità: le possibilità di risolvere un caso di scomparsa si assottigliavano rapidamente col passare delle ore. Dopo appena tre giorni erano pressoché nulle. A meno che non ci fosse una pista, ovviamente. Ma per Samantha non c'erano indizi, né testimoni. Sembrava che fosse evaporata al pallido sole di una fredda mattina di febbraio, lungo il tragitto per andare a scuola.

Bruno non si occupava di ritrovare ragazzini scomparsi, e poi era trascorso troppo tempo. A distanza di settimane, le prove erano contaminate e la memoria dei testimoni ormai era corrotta. Aveva provato anche a spiegarlo ai due, ma loro avevano insistito. « Sappiamo che lei è molto bravo, abbiamo ricevuto ottime referenze. La supplichiamo, non ci lasci soli con questo dubbio.» Così aveva detto il padre di Sam.

Una delle regole fondamentali dell'investigazione privata è non empatizzare col cliente.

Sembrava cinico, ma Genko sapeva bene che era essenziale non farsi condizionare dalle ragioni emotive che spingono il committente di un'indagine. L'odio o la pietà sono contagiosi. Spesso costituiscono un ostacolo al ragionamento, che invece deve restare lucido e imparziale. A volte, i sentimenti diventano perfino un pericolo.

C'era un tizio che aveva rubato dei soldi al suo capo per curare la moglie malata di cancro. Bruno l'aveva rintracciato ma, mosso dalla compassione, gli aveva concesso del tempo per rimettere insieme la somma sottratta e restituirla al legittimo proprietario. Solo che aveva sottovalutato la determinazione del ladro che, pur di salvare la donna che amava, non aveva esitato a ingannarlo per darsi nuovamente alla fuga.

Genko era consapevole che con gli Andretti correva un grosso rischio. Per questo aveva accettato il caso ma solo con precisi limiti. «Mi pagherete il doppio della tariffa normale e in anticipo. Non mi chiamerete per domandarmi come procedono le indagini, non avrò alcun obbligo di aggiornarvi puntualmente. Sarò io a cercarvi quando sarò pronto a comunicarvi qualcosa. Se non mi farò vivo entro un mese, allora saprete che non ho trovato nulla.»

I due erano sembrati confusi davanti a simili condizioni, Genko sperava di averli scoraggiati. Invece, con sua grande sorpresa, avevano firmato senza fiatare il contratto che, a distanza di anni, adesso si trovava sotto gli occhi di Bauer e Delacroix.

«Che cazzo significa?» Il biondo sollevò lo sguardo furente su Genko.

«Significa che, secondo quel foglio, sono incaricato di seguire il caso.»

«Questo contratto è vecchio, è passato troppo tempo» replicò con calma Delacroix e glielo restituì.

Ma Bruno non se lo riprese. «Stai scherzando, vero? Non c'è mica una scadenza: l'incarico è in vigore finché non viene revocato.»

Bauer stava di nuovo scattando verso di lui, ma Delacroix lo fermò con un gesto della mano. «Be', visto che Samantha Andretti è stata ritrovata, mi sembra che non ci sia più bisogno di te. Ma se vuoi continuare a cercarla, fai pure...» Alla battuta, il collega biondo si placò e si mise a ridere. Poi Delacroix provò di nuovo a rendergli il foglio.

Anche stavolta, Bruno ignorò il gesto. «I giornali dicono che Sam è stata trovata per caso due notti fa da una pattuglia di passaggio in questa zona. Com'è che invece a me risulta una segnalazione anonima?»

Il sorriso svanì improvvisamente dal volto di Bauer. L'espressione di Delacroix, invece, non lasciava trasparire alcuna reazione.

« Capisco che la polizia adesso rischi un calo di popolarità per non aver cercato adeguatamente la ragazza all'epoca » rincarò la dose Bruno. « Ma prendersi addirittura il merito del ritrovamento, facendo sembrare eroi due agenti di passaggio, mi pare francamente un po' troppo. » Lo disse osservando i due poliziotti accanto all'autopattuglia che, sentendosi chiamare in causa in quanto esponenti della categoria, distolsero lo sguardo imbarazzati.

« Non siamo tenuti a confermare niente, né a condividere informazioni riservate con te. » Pur conservando il proprio aplomb, Delacroix volle fargli capire che lo scherzo stava durando troppo.

« Ed è proprio qui che ti sbagli » ribatté Genko e indicò il contratto. « Secondo l'articolo undici, comma *b*, i genitori di Samantha mi hanno dato mandato di rappresentarli presso la polizia, nominandomi addirittura tutore della figlia in assenza di altri familiari. » La clausola conteneva la previsione che, nel caso lui avesse ritrovato l'allora minorenne, sarebbe stato responsabile della sua incolumità finché non l'avesse riportata a casa. La circostanza non si era mai avverata, ma adesso quel cavillo poteva tornargli utile per altri scopi.

« L'accordo non è più valido » protestò Bauer con

la solita veemenza. « Samantha è maggiorenne. Inoltre la madre è morta e il padre è introvabile. »

« Anche se non è più minorenne, bisogna stabilire se è in grado di intendere e volere. Sinceramente, ne dubito visto che è in stato di shock... Non rimane che il padre. Ma finché non l'avrete rintracciato, e finché non mi avrà personalmente revocato l'incarico, il mio compito è rappresentare al meglio le esigenze della mia cliente: Samantha Andretti. »

Delacroix era meno impulsivo del collega e molto più pragmatico. « Andremo da un giudice e gli faremo annullare il contratto. Non credo ci vorrà molto a convincerlo: gli basterà darti un'occhiata. »

Era vero, Genko lo sapeva: un giudice avrebbe scambiato le sue buone intenzioni per il tentativo di speculare sul caso a quindici anni di distanza. Perciò finse di pensarci su, ma aveva previsto anche la mossa successiva. « Va bene, allora vi propongo un patto. »

I due agenti non dissero nulla, in attesa del resto.

« Nel mio archivio c'è un fascicolo bello spesso con le risultanze della mia indagine di quindici anni fa. » Sperava che una menzogna così ben argomentata facesse breccia nella coppia. In realtà, il fascicolo millantato conteneva solo il foglio che avevano davanti. Perché il caso di Samantha Andretti era il più rognoso che gli fosse mai capitato. Esattamente come la polizia, anche Genko non aveva trovato nulla.

Non esiste azione umana che non lasci tracce. Specie se si tratta di un atto criminale.

La lezione rientrava a pieno titolo nell'addestramento di ogni investigatore privato. Anzi, si poteva dire che il mestiere si basava proprio su questo semplice assunto, che faceva il paio con un'altra regola aurea.

Non esiste il crimine perfetto, esiste solo l'indagine imperfetta.

Ecco perché, fra i pochi fallimenti della carriera di Bruno Genko, il caso Andretti rappresentava forse il più clamoroso. Perché lui, per tutto quel tempo, era arrivato addirittura a dubitare che ci fosse un rapitore.

Il trucco più riuscito del mostro era stato convincere tutti che lui non esisteva.

« Ci stai proponendo uno scambio? » chiese Bauer. « Ho capito bene? Ci dai il tuo fascicolo se ti lasciamo ficcare il naso nella nostra indagine, è questo che vuoi? »

« No » lo corresse Delacroix, che invece aveva intuito prima di lui la natura del patto proposto. « Si sta offrendo di salvarci il culo... »

Genko annuì. « Il mio fascicolo contiene dichiarazioni di testimoni mai ascoltati dalla polizia, indizi mai raccolti, una serie di piste interessanti che all'epoca furono inspiegabilmente ignorate... Insomma, le prove che il dipartimento ha abbandonato il caso troppo presto.» Aveva calato il punto sul tavolo. «Sarebbe un vero peccato se i media entrassero in possesso di quelle carte. D'altronde, però, in quanto tutore legale di Samantha sono obbligato a fare luce con ogni mezzo sugli aspetti fumosi di questa incresciosa vicenda.»

I due si chiusero in un rigido silenzio.

Bruno sapeva che non era mai consigliabile mettere gli sbirri con le spalle al muro, perché prima o poi te la facevano pagare. E l'atteggiamento di Bauer e Delacroix non lasciava presagire nulla di buono. Era semplicemente folle chiedere loro di partecipare all'indagine di polizia. Oltre che irricevibile, una simile pretesa gli avrebbe portato solo guai. Anche perché il ricatto si basava su un bluff. Per questo decise di riaprire la trattativa. «Non ho alcuna intenzione di divulgare il materiale in mio possesso» assicurò con calma. «So bene che, se lo facessi, poi non avrei più nulla per impedirvi di massacrarmi. Non sono così stupido... Vi chiedo solo un piccolo favore, poi sparisco, promesso.»

«Io non gli concederei proprio nulla» disse Bauer rivolgendosi al collega. «Anzi, voglio proprio vedere se questo stronzetto ha le palle per spifferare tutto ai giornali.»

Probabilmente, il biondo pregustava già l'idea di

mettergli le mani addosso. Ma non puoi farmi niente, pensò Genko mentre lo fissava dritto negli occhi bovini. Questo era uno dei pochi vantaggi quando si stava per morire. La fine imminente è come un superpotere. Rende invulnerabili.

« D'accordo » disse inaspettatamente Delacroix. « Cosa vuoi? »

Bruno si voltò verso di lui. « Voglio ascoltare la registrazione della chiamata anonima. »

8

Il campo base da cui venivano coordinate le ricerche della prigione di Samantha Andretti era stato allestito proprio al centro della zona palustre, in uno spiazzo con lo scheletro di una stazione di servizio abbandonata. Ogni anno, l'acquitrino si mangiava una consistente porzione di terra, scacciando chiunque provasse a sfidare l'ostilità dei luoghi.

Anche con la presenza dei poliziotti, il posto era lugubre, pensò Genko.

Quando scese dalla macchina e si guardò intorno, fu subito frastornato dal frenetico viavai di tecnici e agenti che entravano e uscivano dalle tende e dai caravan.

Nella palude erano impegnate diverse squadre di esploratori, con mezzi anfibi e cani molecolari. Alle forze sul campo si aggiungevano i gruppi di specialisti che, all'interno dei laboratori mobili, analizzavano ogni indizio raccolto. Dove un tempo erano installate le pompe di benzina, adesso c'era un elicottero pronto a ripartire per perlustrare il territorio dall'alto.

Bauer e Delacroix, che lo avevano guidato fin lì, scesero dall'auto e si diressero verso di lui.

« Sai che sei molto fortunato a essere qui, vero? » gli rammentò il biondo. « I poliziotti non dovrebbero farsela coi luridi ricattatori. »

Genko sorrise e stava per replicare con una battuta, quando furono interrotti.

« Delacroix » chiamò una voce, in tono adirato.

Bruno si voltò e vide un uomo con un completo blu e la cravatta, che si avvicinava con un'espressione poco amichevole. Aveva accanto a sé un grosso cane peloso.

« Me la sbrigo in un istante » assicurò Delacroix, quindi si mosse per raggiungere lo sconosciuto.

Bauer tirò Genko per la manica della giacca. « Andiamo » gli intimò.

Mentre si allontanavano, Bruno continuò a tenere d'occhio ciò che accadeva fra gli altri due.

« Ormai nessuno risponde più alle mie telefonate » si stava lamentando lo sconosciuto. « Quando comincerete a cercarla? »

Genko si domandò per un istante a chi si riferisse. Cercare chi? Samantha Andretti era stata ritrovata. Ma il cane cominciò ad abbaiare e coprì le voci dei due.

« Sta' buono, Hitchcock » gli ordinò il padrone.

Genko rallentò il passo osservando la discussione che si animava.

Intanto Bauer lo attendeva impaziente sulla scaletta di un caravan. «Allora, ti decidi?»

L'interno del caravan era stato attrezzato con apparecchiature sofisticatissime che, al momento, erano impiegate per analizzare la registrazione della chiamata anonima. Il file audio era scomposto in diagrammi di diverso colore sugli schermi dei computer. Quattro tecnici andavano a caccia di suoni inabissati nel rumore di fondo con la speranza di trarre qualche indicazione circa l'identità dell'uomo che aveva effettuato la telefonata.

In uno qualsiasi dei picchi del grafico potevano nascondersi una voce estranea o i rintocchi di un campanile oppure, se si era veramente fortunati, addirittura un nome. L'intento era risalire al luogo della chiamata e individuare eventuali testimoni che potessero fornire una descrizione dello sconosciuto.

Genko si guardava intorno da cinque minuti con le braccia incrociate, non riusciva a stare immobile sulla sedia girevole. Bauer lo teneva d'occhio stando in piedi, evidentemente infastidito dal continuo movimento. Ma nessuno dei due disse una parola fino al ritorno di Delacroix.

«Scusate» affermò lo sbirro quando salì sul veicolo, madido di sudore. Mentre si versava un bicchiere d'acqua da un distributore automatico, si rivolse al collega. « Gli hai già spiegato qualcosa? »

« Non ancora. »

Delacroix prese una sedia e si piazzò di fronte a Genko. « Ovviamente ciò che ti diremo dovrà rimanere confidenziale. » Si fece passare da Bauer un modulo e una penna. « Se dovesse uscire anche mezza parola, verrò direttamente da te. »

« Dovrò augurarmi che nessuno dei poliziotti qui intorno prenda mazzette dai media » li provocò Bruno, quindi firmò il foglio e lo riconsegnò allo sbirro biondo.

« È stato usato un cellulare rubato » cominciò Delacroix. « Dopo è stato spento o forse distrutto, perciò è impossibile rintracciare il possessore. »

« Samantha Andretti, invece, si trovava a circa dodici chilometri dalla cella che ha agganciato la chiamata » aggiunse Bauer. « Perciò, chi l'ha trovata ha avuto tutto il tempo di decidere se avvertire o meno la polizia. »

« Allora non pensate che sia stato il rapitore? » chiese Bruno, ma aveva già scartato l'ipotesi che il mostro fosse stato mosso a un atto di pietà dopo averla segregata e brutalizzata in chissà quanti modi per quindici anni.

« L'abbiamo escluso perché le frequenze della voce appartengono a una persona giovane, che all'epoca del sequestro doveva essere appena adolescente » spiegò Delacroix. « Ma potrebbe sempre trattarsi di un complice pentito o che ha avuto paura di essere scoperto. »

Le opzioni sul tavolo erano molteplici, considerò Genko. Ebbe l'impressione che l'indagine fosse a un punto morto. I due agenti erano abbastanza collaborativi, chissà se era solo una tattica e invece gli stavano tacendo qualcosa d'importante. « Adesso posso sentire la telefonata? »

Bauer indirizzò un cenno a uno dei tecnici che, a sua volta, fece partire la registrazione. Le casse diffusero subito un fruscio, interrotto dal tipico suono ritmato di una chiamata in entrata.

« Emergenze » rispose un'operatrice.

« Ehm... Vorrei parlare con la polizia... » disse una voce maschile dal tono incerto.

« Di che si tratta, signore? » replicò l'altra senza scomporsi. *« Mi dica di che tipo di emergenza si tratta e poi le passerò la polizia. »*

Dall'altra parte seguì un breve silenzio. *« C'è una donna nuda, penso sia ferita. Forse ha una gamba rotta e ha bisogno di aiuto. »*

L'operatrice era addestrata a non allarmarsi, perciò conservò un approccio neutro. *« Ha avuto un incidente? »*

« Non lo so, ma non credo... Non c'era un'auto. »

« Conosce la donna? È una sua parente? »

« No. »

«Sa come si chiama?»

«No...»

«Dove si trova la persona che ha bisogno di aiuto?»

«Ehm... Sulla cinquantasette, non so di preciso in che punto. È la strada che passa in mezzo alla palude, direzione nord.»

«È cosciente?»

«Credo di sì, mi è sembrato di sì...»

«Si trova con lei in questo momento?»

Silenzio.

«Signore, mi ha sentito? È con quella donna adesso?»

Dopo un attimo di esitazione: *«No»*.

«Può darmi le sue generalità, per favore?»

L'uomo si spazientì. *«Senta, io ve l'ho detto, adesso non sono più affari miei...»* La linea cadde bruscamente. Aveva riattaccato.

Il tecnico interruppe la registrazione. Bauer e Delacroix si voltarono verso Bruno come per lasciargli intendere che aveva avuto ciò che voleva e ormai non avevano altro da dirsi.

Ma a Genko non bastava. «Se non è il rapitore e nemmeno un complice, perché non si è fatto avanti?» Si era già posto la stessa domanda. «Perché rimanere nell'ombra?»

«Se lo sapessimo, non verremmo certo a raccontarlo a te» rispose Bauer.

Bruno lo ignorò, perché Delacroix invece sembrava improvvisamente interessato alla sua opinione. « Il ritrovamento è avvenuto in piena notte » proseguì l'investigatore privato. « Ma chi va in giro in una palude in piena notte? E con un cellulare rubato? » In verità, si poteva sospettare di due categorie di persone, e i presenti su quel caravan erano giunti alla stessa conclusione di Genko. « Trafficanti di droga e bracconieri. »

« Qualcuno che ha qualcosa da nascondere, e ha tutto l'interesse a non dire il proprio nome a un numero di emergenza » confermò Delacroix.

La risposta, però, convinceva Bruno solo in parte. Lui aveva colto qualcos'altro. « Posso sentire di nuovo la registrazione? » chiese, spiazzando tutti.

« Perché? » ringhiò Bauer, che non era più disposto a fare concessioni.

Genko si rivolse direttamente a Delacroix, allargando le braccia. Il collega fu più ragionevole e annuì all'indirizzo del tecnico.

La registrazione ripartì dall'inizio.

Stavolta Bruno cercò di memorizzare il più possibile la voce dello sconosciuto, cogliendone ogni dettaglio, inflessione o venatura.

Accento locale, tipico tono rauco del forte fumatore, un marcato cedimento sulle consonanti palatali.

Non si era sbagliato. C'era qualcosa di oscuro nel modo in cui parlava. Una vibrazione che nessuna tecnologia sarebbe stata in grado di cogliere. Non era solo il timore di essere scoperto perché colpevole di un'attività illecita, come il traffico di droga o il bracconaggio. C'era altro, Genko non aveva dubbi.

Era terrore.

9

« Allora, come stai? »

« Bene. »

« Sicuro? »

« Non è cambiato nulla da oggi pomeriggio... » Col calare della sera, nella palude i grilli avevano preso il posto delle cicale. Il caldo era sempre insopportabile, ma c'era la luna piena. La Saab era ferma al lato della strada, nascosta fra le lunghe fronde di un salice. Bruno aveva approfittato della sosta per telefonare a Linda.

« Ma almeno hai mangiato qualcosa? »

« Non ancora, ma prometto che lo farò. » L'apprensione dell'amica era una piacevole novità per Genko, nessuno si era mai occupato di lui. Forse perché aveva sempre tenuto tutti a distanza. Non si era mai pentito della scelta, nemmeno dopo aver appreso dai dottori di non avere scampo. Nessun esame di coscienza per Bruno Genko. Nessun rimpianto. Solo un rimorso.

« Cosa c'è nella cassaforte della stanza centoquindici dell'Ambrus Hotel? » domandò Linda, inaspettatamente.

Bruno tacque, avrebbe voluto concludere lì la telefonata. Dall'altra parte della linea, però, non c'era alcuna intenzione di lasciar perdere l'argomento.

« È da oggi che ci penso... Se devo distruggerlo, allora dovresti dirmelo: cosa c'è nel plico sigillato? »

L'investigatore appoggiò una mano sullo sterzo, mentre con l'altra continuava a reggere il cellulare: all'improvviso, era diventato pesantissimo. « Nessuno ti obbliga a farlo » affermò con insolita durezza. « Solo che credevo di potermi fidare di te. »

« Conosco il numero della stanza e la combinazione: potrei anche andarci adesso e aprire il pacco » replicò, testarda.

« Quel plico non ha niente a che fare con te. »

« Perché ho l'impressione che tu mi stia nascondendo molto di più? »

Perché è vero, mi spaventa. Ma non glielo disse, invece chiuse gli occhi e respirò profondamente. Si accorse che Linda cominciava a piangere.

« Mi hai salvato la vita, hai idea di cosa significhi? Adesso io non posso fare la stessa cosa per te... Riesci a immaginare come mi sento? »

No, non riusciva proprio a immaginarlo. I sentimenti non erano mai stati il suo forte. In quel momento, un furgone nero transitò accanto al suo finestrino. Genko guardò subito l'orologio, annotando mentalmente che erano le ventuno e sei minuti. « Devo andare » disse al telefono.

« Finché c'è ancora aria nei polmoni... » gli rammentò Linda, tirando su col naso.

Gli sembrò di vederla, stretta nel kimono di seta, rannicchiata sul letto, alla penombra di una candela. « Certo » confermò con dolcezza, e riattaccò. Poi sollevò il capo, lo sguardo oltrepassò il parabrezza.

A un centinaio di metri davanti a lui c'era il Duran, un locale con le insegne al neon che promettevano biliardi e tv satellitare per guardare gli eventi sportivi. Nel parcheggio si contavano una ventina di veicoli, soprattutto fuoristrada e pick-up.

Sembrava che ci fosse il pienone.

Genko aveva passato le ultime tre ore a controllare la situazione. Gli appostamenti in auto erano la parte più difficile del suo lavoro. Potevano durare settimane. Nei film, gli investigatori privati per far passare il tempo si munivano sempre di parole crociate e termos di caffè. Ma i veri professionisti sapevano che anche la più piccola distrazione poteva vanificare ore e ore di sorveglianza, e che la caffeina stimola la diuresi.

Non bastava la pazienza, ci voleva disciplina. Perché il problema non era la noia, bensì la routine. Avere davanti agli occhi per tanto tempo la stessa scena poteva creare una pericolosa assuefazione.

Genko non avrebbe mai immaginato di buttar via in un appostamento parte del tempo che il suo cuore malato gli stava concedendo. Il sedile infossato della Saab era la prova di quanta vita avesse sprecato in attesa nella propria auto.

Una volta, era stato incaricato di rintracciare un debitore. A differenza dei creditori che l'avevano ingaggiato, Bruno era convinto che l'uomo non avesse mai lasciato la città. Così si era piazzato fuori da casa sua e, per venti lunghi giorni, non aveva fatto altro che fissare le finestre e la porta d'ingresso. I familiari dell'uomo andavano e venivano a tutte le ore del giorno e della notte, ma di lui non c'era traccia. Allora decise di stanarlo. Due cose motivavano ogni essere umano, a volte facendogli perdere il senso della ragione. Il sesso e il denaro. A Genko era bastato fare una telefonata alla moglie del debitore, fingendosi un funzionario di un'ambasciata straniera. Comunicò alla donna che il marito aveva ereditato una somma da un lontano parente, emigrato all'estero molti anni prima. Ma era necessario che il beneficiario si presentasse personalmente presso l'ufficio per accettare il lascito e compiere le consuete operazioni burocratiche. Di lì a un'ora, il debitore uscì dalla propria abitazione.

Mentre rievocava il ricordo di quel caso, il furgone nero passato poco prima stava tornando indietro dalla direzione opposta. Stavolta rallentò davanti al parcheggio del Duran, fino quasi a fermarsi. Dopo alcuni secondi, accelerò allontanandosi. Quando passò accanto alla Saab, Bruno controllò l'orario: ventuno e trentuno.

Calcolò di avere al massimo venticinque minuti.

Parcheggiò davanti al Duran, scese dall'auto e si diresse all'ingresso del locale.

Varcata la soglia, almeno una trentina di sguardi si spostarono su di lui e lo scrutarono con sospetto. Era comprensibile. Col completo di lino chiaro e l'aria sbattuta, Genko stonava alquanto in mezzo a camicie a scacchi, stivali e cappellini con visiera.

Sopra il bancone del bar aleggiava una nuvola grigia di fumo di sigarette. Alla canzone folk che proveniva dall'impianto stereo ogni tanto si sovrapponeva il rumore delle palle da biliardo che sbattevano fra loro.

Per dare un nome allo sconosciuto che aveva trovato Samantha Andretti, la polizia avrebbe sicuramente cercato tra i frequentatori abituali della palude. Nell'incontro con Bauer e Delacroix era stato assodato che potesse trattarsi solo di un trafficante di droga o di un bracconiere. Genko aveva scommesso sul secondo. Anche perché, di solito, per i trafficanti di droga il rischio di essere scoperti e rimediare anni di prigione non valeva la salvezza di nessuna donna.

« Cosa ti servo? » chiese una giovane cameriera.

Indossava una canottiera verde militare ed era piena di tatuaggi.

«Una weiss e una tequila» le rispose Bruno, ma non si sedette ad aspettare l'ordinazione. Invece si piazzò davanti al grande schermo che trasmetteva una partita di calcio. Non c'era l'audio, così poteva fingere interesse per l'incontro e, contemporaneamente, controllare ciò che avveniva intorno a sé e, soprattutto, dare modo ai clienti di abituarsi alla sua presenza. Poco dopo, la cameriera si ripresentò con la consumazione. Bruno trangugiò subito lo shot di tequila, pagò la ragazza e iniziò ad aggirarsi per il locale con il boccale di birra in mano.

Percepiva l'ostilità degli altri avventori: gente di palude, avvezza alle asprezze di una vita difficile e poco incline alle buone maniere, specie coi forestieri. Fece il giro dei biliardi, assistette a un paio di colpi ma solo per studiare meglio il volto dei giocatori.

Il Duran, oltre a essere l'unico luogo di svago nella zona, era il ritrovo di bracconieri e pescatori di frodo. Ma Genko non aveva alcuna certezza che l'uomo che cercava si trovasse in quella sala. Tuttavia, il furgone nero transitato due volte davanti al locale rappresentava quasi una conferma che fosse sulla pista giusta.

«Abbiamo escluso che si tratti del rapitore perché le frequenze della voce appartengono a una persona giovane, che all'epoca del sequestro doveva essere appena adolescente» aveva detto Delacroix. Così Genko iniziò a scartare i presenti che avevano più di trentacinque anni. Il conto si riduceva a una decina di individui, ma erano ancora troppi. Per restringere ulteriormente la cerchia, passò accanto ad alcuni di loro che chiacchieravano, tendendo le orecchie per cercare di cogliere un suono familiare nelle loro parole.

Aveva ascoltato soltanto due volte la registrazione della telefonata, non sarebbe certo bastato l'udito a riconoscere l'uomo che cercava. Ma una voce poteva rivelare molte cose: la provenienza, le abitudini e perfino l'aspetto di una persona.

Accento locale, tipico tono rauco del forte fumatore, un marcato cedimento sulle consonanti palatali, riepilogò Genko. Ma le prime due caratteristiche erano pressoché inutili considerando che si trattava di gente nata e cresciuta in quella zona e che la percentuale di tabagisti lì dentro era altissima. La terza, inoltre, non rappresentava un'anomalia: il difetto di pronuncia poteva essere causato dalla mancanza di alcuni denti o, semplicemente, dal fatto che mentre telefonava l'uomo stava masticando una gomma.

Genko si voltò verso uno dei tavolini a ridosso della vetrata, ed ebbe una rivelazione.

C'era seduto un giovane robusto. Se ne stava solo e in disparte, e guardava fuori con un'aria pensierosa. Da una prima occhiata, dimostrava meno di trent'anni. Davanti a lui, una bottiglia di birra e un piatto di patatine mezzo vuoto. Disegnava delle forme intingendo uno stuzzicadenti nel ketchup.

Ad aver destato l'interesse dell'investigatore erano state proprio le mani, interamente ricoperte di vecchie vesciche. La pelle si presentava come cera sciolta. Un'ustione, pensò subito. C'era una cicatrice ancor più estesa che risaliva lungo il collo fino alla parte inferiore del volto, con chiazze di barba rada con cui provava a nascondere la bruciatura.

Genko decise di puntare tutto su di lui.

« Posso sedermi? » disse, poggiando il bicchiere di birra sul tavolo.

L'altro sollevò il capo. « Ci conosciamo? » domandò con un tono rauco. Non era per via del tabacco di troppe sigarette, si corresse mentalmente Genko. Era l'effetto dell'inalazione del fumo di un incendio. Ciò spiegava anche il marcato cedimento sulle consonanti palatali che aveva notato nella voce registrata, perché probabilmente la cicatrice proseguiva nel cavo orale fino alla laringe.

Ha respirato le fiamme, si disse Bruno. Solo il cherosene poteva ridurre così un uomo. E i bracconieri se ne servivano per appiccare il fuoco e stanare le anatre dalla boscaglia.

Genko si sedette anche senza consenso. Prima che il ragazzo potesse protestare, lo inchiodò con poche, precise parole. «La polizia sa che sei stato tu a fare la telefonata.»

«Ma che...» scattò l'altro.

Bruno non gli concesse il tempo di ribattere. «Ti arresteranno con l'accusa di aver preso parte al sequestro di quella donna, lo capisci o no?»

Il ragazzo non replicò, era allibito.

Dalla reazione, Bruno capì di aver fatto centro. «Un furgone nero è già passato un paio di volte qua fuori, significa che gli sbirri stanno sorvegliando il Duran. Non mi stupirei se questo posto fosse pieno di microfoni: possiedono la registrazione della chiamata e hanno attrezzature capaci di riconoscere una voce in mezzo a una folla. Se, come penso, sanno che sei nel locale, allora le teste di cuoio sono già appostate qua intorno ed entreranno in forze da quella porta da un momento all'altro.» Si voltò verso l'ingresso.

Il giovane lo imitò, e l'idea bastò a pietrificarlo.

«Quando il furgone civetta ripasserà qua davanti, sarà il segnale e scatterà il blitz» affermò Genko, indicando la vetrata. Poi controllò l'orario: «Abbiamo meno di dieci minuti».

Il ragazzo era frastornato come un pugile che ha appena ricevuto una gragnuola di ganci in pieno volto.

Bene, non doveva lasciargli il tempo di pensare.

« Non mi interessa il tuo nome, solo quello che hai da dire. »

« Cosa vuoi da me? » rispose l'altro, e fissò ancora la vetrata, scioccato.

Bruno doveva lasciargli intendere di essere la sua unica speranza, e ci stava riuscendo. « Ho bisogno di farti delle semplici domande, dovrai solo confermare se ciò che dirò corrisponde o meno a come sono andate le cose. »

Il ragazzo dalla faccia di cera si voltò a guardarlo con gli occhi smarriti.

« Due notti fa stavi tornando da una battuta di caccia nella palude, quando hai notato la donna in mezzo alla strada. »

Il ragazzo annuì.

« Ti sei fermato e sei sceso dall'auto. »

« Dal pick-up » lo corresse l'altro, anche se non era necessario.

« Va bene: dal pick-up. Le hai parlato, era sconvolta. »

« Mi pregava di restare con lei. »

Bruno si figurò per un attimo la scena. Vide Samantha – nuda, fragile e impaurita – che si aggrappava alle gambe del primo essere umano che incontrava dopo tanto tempo, e che non era il mostro. Per quanto ne sapeva lei, il mondo fuori dalla prigione poteva essere finito da un pezzo.

« Era piena di graffi e aveva una gamba rotta »

proseguì il ragazzo. « Ho pensato che avesse avuto un incidente. »

« Un incidente? » ripeté Genko per fargli intendere che non se la beveva. « E, sentiamo un po', perché te ne sei andato lasciandola in quelle condizioni? »

« Ho dei precedenti » provò a giustificarsi. « Non volevo guai. » Ma, dicendolo, abbassò lo sguardo.

Non stava semplicemente mentendo, pensò Bruno. Si vergognava. « Che razza di incidente è quello in cui ti rompi una gamba e resti senza vestiti? » L'investigatore privato rammentò la nota oscura che aveva percepito nella voce dell'uomo durante l'ascolto della chiamata.

Terrore.

« Mi stai raccontando solo un mucchio di balle » sbottò. « La verità è che te la sei fatta sotto. » Provò una strana pena nel pronunciare quelle parole. Sicuramente, con la faccia che sembrava un toast, non aveva una vita facile.

Il ragazzo si guardò intorno, spaurito. « Senti, io non... »

Con i minuti che scorrevano inesorabili, Bruno non poteva permettersi il lusso della compassione. « Hai avuto paura perché la donna ti ha detto che qualcuno la stava inseguendo. » Il ragazzo tacque per un momento, e Genko pensò di averci azzeccato.

Ma poi quello scosse il capo.

«Qualcuno però la inseguiva, vero?» insistette, per essere sicuro di avere capito bene – intanto l'adrenalina cominciava a montargli dentro.

Ancora silenzio. Ma stavolta l'esitazione valeva quanto una confessione.

Bruno non se lo aspettava. Il ragazzo stava davvero sostenendo di aver visto in faccia il mostro che aveva rapito Samantha Andretti? L'uomo la cui identità era rimasta un mistero per quindici anni? Genko sentiva il proprio cuore malato battere all'impazzata, sperò che non lo mollasse proprio in quell'istante. Doveva controllare le emozioni, cercare di rimanere calmo e gestire al meglio la nuova situazione. «Saresti in grado di descriverlo?» Mentre lo domandava, prese anche una penna dal taschino della giacca. Poi tirò fuori il referto medico, l'unico pezzo di carta a portata di mano.

L'altro sembrava agitato.

«Tranquillo, andremo per gradi» disse, pronto ad annotare tutto. «Aveva i capelli lunghi o corti?»

«Non lo so...»

«Era alto, basso, magro o grasso?... Com'era vestito?»

L'altro sollevò le spalle, ma evitava il suo sguardo.

Intanto il tempo scorreva velocemente, troppo velocemente. Entro breve, Bruno avrebbe dovuto uscire dal locale, se non voleva trovarsi in mezzo a un blitz delle teste di cuoio. «Ma come fai a non ricordartelo? La polizia ti farà il culo, lo capisci? » Intuì che il ragazzo era ancora spaventato. Ma non erano gli sbirri a fargli quell'effetto. I suoi occhi si velarono di lacrime. Terrore, si ripeté Genko. Doveva capire cos'era successo – *doveva.* « Quell'uomo era armato? »

« Non lo so... »

« Però tu ce l'avevi un'arma, giusto? » Facile deduzione, visto che era un bracconiere.

« Il fucile » ammise con un filo di voce.

« E quindi, alla peggio, avresti potuto difenderti. Allora perché sei scappato? »

Il ragazzo si era chiuso in un ostinato mutismo.

Bruno guardò l'ora. I dieci minuti stavano per passare. Ormai non era più sicuro restare lì. Ma non poteva andarsene senza sapere. « Ascoltami, già una volta hai abbandonato una povera donna che supplicava il tuo aiuto, e solo per questo meriteresti di marcire in galera per vent'anni. Non farlo di nuovo... Credevi di poterti lavare la coscienza con una telefonata anonima? Anche il più bastardo dei criminali non si scorda mai di essere un uomo, e ti assicuro che ne ho incontrati parecchi. Quella che ti offro, probabilmente, è l'ultima occasione che hai per mettere le cose a posto. »

« Se te lo dico non mi crederai... » Il ragazzo sollevò lo sguardo su di lui, implorando clemenza.

« Cosa non dovrei credere? Parla, cazzo... » Cominciava a perdere la pazienza – tre minuti: fuori dalla vetrata, la strada era ancora deserta.

« È arrivato dal bosco. Ho capito che stava cercando la donna. Quando anche lui ci ha visto, si è bloccato. »

« E poi? »

« Niente, è rimasto fermo lì. E ci fissava... Mi ha fatto gelare il sangue. »

« Perché? »

« Perché quel tizio... »

« Cosa aveva quel tizio? »

Ma l'altro era evasivo. « Non potevo dirlo al numero delle emergenze, mi avrebbero preso per matto e nessuno avrebbe aiutato quella donna. »

Di cosa stava parlando? Cosa non poteva dire? Mentre cercava un modo per ottenere l'informazione, Bruno notò con la coda dell'occhio una macchia nera che transitava oltre la vetrata del Duran.

Il furgone civetta. Tempo scaduto.

Genko si alzò di scatto, intenzionato a uscire al più presto. Stava per rimettersi in tasca il foglio del referto e la penna, quando il ragazzo gli afferrò il braccio.

« Tu sei qui per aiutarmi? » chiese, col labbro che gli tremava.

« No » gli confessò dopo averlo ingannato. Delusione e paura apparvero sul volto del giovane bracconiere, ma a Bruno non interessava più. Fissò la porta del Duran, calcolò mentalmente quanto ci volesse a raggiungerla prima che le luci del locale si spegnessero improvvisamente e il rumore di vetri infranti precedesse il fragore accecante delle *flash-bang*, usate dai corpi speciali per stordire i potenziali nemici e neutralizzare ogni possibile minaccia.

« Era un coniglio. »

Bruno Genko stava per liberare il braccio dalla presa del ragazzo, ma indugiò. « Cosa? » si sorprese a domandare.

Allora l'altro gli strappò di mano il referto e la penna e iniziò a disegnare. Era un tratteggio approssimativo, molto infantile. Poi gli riconsegnò il foglio con la mano che tremava. Genko lo guardò, confuso.

Era un uomo con la testa di un coniglio e gli occhi a forma di cuore.

10

Il dottor Green si protese verso di lei per sfilarle la mascherina dell'ossigeno. Poi la guardò e sorrise. «Come va adesso?»

Faticava ancora a respirare da sola.

«Lascia che i tuoi polmoni si abituino.» Le mimò anche come fare, portandosi le mani sul torace.

In effetti, la respirazione migliorava a ogni boccata d'aria. «Grazie» disse, poi si voltò verso il comodino.

Il telefono giallo era sempre lì, non era frutto della sua fantasia.

«Vuoi chiamare qualcuno?» domandò Green, che si era accorto del gesto.

«Posso?» domandò, incredula.

L'altro rise. «Certo che puoi, Samantha.»

Allora provò a tirarsi un po' più su.

«Aspetta, ti aiuto.» La afferrò per le braccia e le sistemò un cuscino dietro la schiena. Quindi le porse l'apparecchio, posandoglielo in grembo.

Lei sollevò la cornetta e se la portò all'orecchio. Ma non sentiva nulla.

« Per le chiamate esterne devi premere il nove » le spiegò.

Lo fece e la linea risultò libera. Quel suono era piacevole, le trasmise il brivido gioioso della libertà. Poi osservò la tastiera coi numeri, e si incupì.

« Che succede? » chiese Green, che si era accorto che qualcosa non andava.

« Non ricordo nessun numero di telefono. »

« È comprensibile » provò a consolarla. « È passato troppo tempo. E magari i numeri saranno anche cambiati, non credi? »

Il pensiero la sollevò.

« Sono accadute tante cose nel mondo mentre tu eri via, Samantha. »

« Per esempio? »

« Avrai molto tempo per scoprirlo, credimi. » Prese l'apparecchio e lo rimise a posto. « È a portata di mano. Appena ti verrà in mente un numero, non dovrai fare altro che comporlo. »

Annuì, gli era grata per come le spiegava le cose – con garbo, tranquillizzandola. « Anche loro si sono dimenticati di me, non è vero? » Si riferiva ai familiari e agli amici, di cui però non ricordava nulla.

« Be', non è stato facile per nessuno » affermò Green tornando a sedersi al proprio posto. « Con la morte si patteggia: dopo un po', il ricordo prende il posto del dolore. Ma quando non sai che fine ha fatto una persona a cui vuoi bene, ti resta solo il dubbio. E non ti abbandona finché non ottieni qualche risposta. »

« Perché allora i miei genitori non sono qui adesso? »

« Tuo padre arriverà presto. Si è trasferito ma lo stanno cercando per dargli la bella notizia. Quanto a tua madre... » Green si rabbuiò. « Mi dispiace Sam, ma tua madre è venuta a mancare sei anni fa. »

Avrebbe dovuto provare dispiacere. Perché è così che fa una figlia quando le comunicano che sua madre non c'è più, no? Invece non provava niente. « D'accordo » si sentì dire con lucida freddezza, come a lasciar intendere che il suo cuore non aveva bisogno di « patteggiare con la morte » della donna che l'aveva messa al mondo, avendo già accettato la cosa come un fatto.

« Quando riacquisterai la memoria, troverai anche il dolore ad attenderti insieme ai ricordi » la rassicurò il dottore.

« Non sarebbe meglio di no? Lo dice come se una cosa del genere dovesse farmi addirittura bene. »

« Nessuno di noi può sfuggire alla sofferenza, Sam. Non sarebbe sano. »

« Ma lei non pensa che abbia sofferto abbastanza? » All'improvviso, s'infuriò. « E poi lei che ne sa? Che cosa ne sa, eh? Avrà la sua bella famiglia, dei figli e una moglie. E io, invece? Mi hanno rubato quindici anni. Anzi, peggio: qualcuno si è preso una parte di me. »

« Ti dice niente il nome di Tony Baretta? »

Chi è? E cosa c'entra adesso?

« Sicuramente no. » Green si rispose da sé. « Quando sei scomparsa, la tua amica Tina – la compagna di banco di cui probabilmente non rammenti nulla – riferì alla polizia che quel giorno di febbraio avevi un appuntamento con Tony: andavate a scuola assieme e ti aveva fatto sapere che aveva qualcosa da dirti. »

Temette che il resto della storia non le sarebbe piaciuto.

« Solo per questo, il ragazzo è finito in cima alla lista dei sospettati » proseguì Green. « I poliziotti sono arrivati perfino a ipotizzare che ti avesse uccisa e poi si fosse sbarazzato del cadavere. » La fissò, serio. « Io penso che invece Tony Baretta si fosse preso una cotta e volesse semplicemente dichiararsi... E come te, Tony aveva solo tredici anni. »

Trascorsero alcuni secondi di silenzio.

« Non volevo turbarti, scusami. Non sto dicendo che è stata colpa tua. Ma ciò che ti è successo si è riverberato su un sacco di persone. Sono vittime innocenti, esattamente come lo sei tu. E meritano il nostro dolore. Anche il tuo, credimi. »

Una fitta di rimorso le strinse lo stomaco. « E cosa posso fare per loro ormai? »

« Aiutami a prendere quel mostro. » Green sostituì il nastro nel registratore. « Devi sforzarti di più, Sam » le disse con inaspettata severità. « Non abbiamo molto tempo e tu devi darmi almeno qualcosa... Lo capisci questo, vero? »

« Io non so... » la frase si perse nell'incertezza.

« Magari è ancora presto per ricordare tutto, ma almeno un dettaglio: quanto era alto, che voce aveva... »

Lo fissò. « Lui non parla mai con me. »

Green non replicò subito. Prima, riavviò la registrazione. « In quindici anni, neanche una parola? »

« Pensa che sono pazza, è così? »

« Affatto » si affrettò ad affermare il dottore. « È una questione di *fede.* » Poi la guardò negli occhi: « Vedi Sam, molte persone sono convinte che la loro esistenza sia vegliata costantemente da un'entità superiore. Lo chiamano Dio e gli attribuiscono un potere sulle cose terrene. Anche se non possono vederlo, loro sanno che c'è. E sono anche convinti che Dio abbia a che fare con la loro presenza nel mondo e con lo scopo della loro vita. Senza di lui, si sentirebbero persi e abbandonati. Dio è un bisogno ».

« Sta dicendo che ho bisogno di quel mostro? Che lo sto proteggendo? »

« No. Mi stai chiedendo di aver fede nell'esistenza di qualcuno che non hai mai visto né sentito, e io ci sto: sono con te. Ma alcune cose necessitano di una spiegazione razionale. Per esempio, come hai fatto a scappare dopo tanto tempo? »

Non riusciva a capire cosa volesse da lei il dottor Green. Cosa cercava di fare? In quel momento, qualcosa vibrò piano in sottofondo.

L'uomo estrasse il cellulare dalla giacca appesa allo schienale della sedia. Aveva ricevuto un sms. « Fra poco l'antidoto agli psicotici che ti stiamo somministrando ti aiuterà a ricordare » le disse, mentre leggeva il messaggio sul telefonino. « Ora, però, devi scusarmi un istante. »

L'uomo si alzò, diede un'occhiata alla flebo collegata al braccio di Samantha, poi si diresse verso l'uscita.

« Dottor Green... » lo richiamò lei. « Potrebbe lasciare la porta aperta? »

Le sorrise. « La accosto, può andar bene? »

Gli fece cenno di sì. Il dottore le lasciò un sottile spiraglio da cui poteva scorgere il corridoio del reparto. Non si capiva se era notte oppure giorno. Però il poliziotto di guardia era sempre lì, di spalle al lato della porta. C'era un piacevole silenzio – i suoni dell'ospedale erano presenti ma lontani. Avrebbe voluto chiudere gli occhi, ma aveva anche paura di addormentarsi. Perché era sicura che nei sogni *lui* sarebbe tornato.

Fu allora che il telefono giallo squillò.

Una scossa di paura le attraversò il corpo, inchiodandola al letto come se sotto di lei ci fosse un'enorme calamita. Lentamente, girò il capo verso il comodino.

L'apparecchio strillava imperterrito. Pretendeva la sua attenzione.

Con la coda dell'occhio, controllò la reazione del poliziotto fuori dalla porta. Non si era nemmeno mosso. Avrebbe voluto chiamarlo, supplicare il suo aiuto. Ma l'ansia le stringeva la gola, impedendole di parlare.

Intanto gli squilli continuavano a stillare uno a uno nel silenzio ovattato. Come un richiamo, o una minaccia.

Una parte di lei negava l'evidenza. L'altra, invece, le sussurrava qualcosa che non voleva ammettere. Cioè che all'altro capo della linea c'era una vecchia conoscenza – un vecchio amico che la stava chiamando per farle sapere che presto sarebbe venuto a trovarla.

Per riportarla a casa, nel labirinto.

Avrebbe voluto alzarsi, allontanarsi dal telefono. Ma la gamba ingessata le impediva ogni movimento. Allora si voltò verso la parete con lo specchio. Green aveva detto che là dietro c'erano i poliziotti, che ascoltavano ogni loro parola. Possibile che ora non ci fosse nessuno? Sollevò la mano per attirare la loro attenzione. Contemporaneamente si voltò verso la porta e finalmente, con un filo di voce, iniziò a chiamare il poliziotto. « Scusi... Mi scusi... » disse con terrore ma anche con timidezza – consapevole che la paura rende stupidi.

Ma gli squilli se ne andarono così come erano apparsi.

Ora sentiva solo il proprio respiro ansimante. E un fischio nelle orecchie, fastidioso residuo di quel suono diabolico. Si voltò ancora verso il telefono, per assicurarsi che avesse davvero smesso. E, in effetti, era di nuovo muto.

Per fortuna, le venne in soccorso un suono familiare: riconobbe il tintinnio delle chiavi che il dottor Green portava nel moschettone attaccato alla cintura. Di lì a poco, la porta si aprì e l'uomo rientrò nella stanza. « Sam, va tutto bene? »

« Il telefono » disse lei, e lo indicò. « Stava squillando. »

Green andò verso il letto. « Tranquilla, si sarà trattato di uno sbaglio. Qualcuno avrà composto il numero per errore. »

Lei però non badò a ciò che le diceva l'uomo. Anzi, non lo ascoltò neanche. Adesso nella sua mente si era formato un pensiero nebuloso. Lo squillo del telefono aveva aperto un varco nella memoria, da cui fuoriusciva qualcosa – una reminiscenza impalpabile. Un ricordo sonoro.

« Scusi... Mi scusi... »

Era la sua voce, erano le stesse parole che aveva pronunciato poco prima cercando di richiamare l'attenzione del poliziotto di guardia. Ma ora le udiva di nuovo solo nella sua mente, perché lei stessa le aveva pronunciate in un altro tempo, in un altro luogo...

Cammina nel labirinto. Il lungo corridoio grigio termina con una porta di ferro. La porta è chiusa. È sempre stata chiusa – lei lo rammenta con assoluta certezza. Ma adesso dall'altra parte proviene un suono.

Come se stessero grattando la superficie del metallo.

È un suono insignificante, somiglia al rosicchiare di un topolino o a un insetto che mastica. Ma nel silenzio del labirinto anche il rumore più piccolo diventa enorme. E lei l'ha sentito dalla sua stanza. Ed è venuta subito a cercarne la provenienza.

Mentre si avvicina lentamente alla porta di ferro, si domanda anche cosa possa essere. Ha paura di scoprirlo, ma capisce pure che non può sottrarsi. La sua non è semplice curiosità. Ha imparato a verificare ogni dettaglio, ad approfondire qualunque cambiamento nella routine della prigione.

Perché non sa mai quando e come può iniziare un nuovo gioco.

E il suo istinto le dice che dietro quella soglia c'è qualcosa che l'aspetta.

« Scusi... Mi scusi... » continua a chiamare con assurda gentilezza, sperando di ricevere una risposta.

« Ha ragione lei » disse allora, fissando il dottor Green. « Non ero sola. »

11

Si era lasciato il Duran alle spalle appena in tempo per assistere all'inizio del blitz delle teste di cuoio nel retrovisore della Saab.

Non aveva neanche raggiunto la periferia della città, e già la radio stava dando la notizia dell'arresto di un primo sospettato nel caso del rapimento di Samantha Andretti. Genko guidava e continuava a ripensare a ciò che era avvenuto nel locale. Era ancora incredulo per la storia dell'uomo con la testa di coniglio.

«*Ancora non sappiamo su quali basi Tom Creedy sia stato fermato*» disse lo speaker. «*In questo momento lo stanno conducendo in una località segreta dove presto sarà interrogato dalla polizia.*»

Il ragazzo si chiamava Tom Creedy. Se la prenderanno con lui, pensò. Era il candidato perfetto per distrarre i media e l'opinione pubblica dalla caccia al vero rapitore. E se avessero fallito, sarebbe stato solo il bracconiere a pagare.

Ma se Tom avesse raccontato anche a Bauer e Delacroix la storia dell'uomo-coniglio, allora forse avrebbe potuto cavarsela con l'infermità mentale.

Genko immaginò la faccia dei due poliziotti quando avrebbero scoperto che non potevano usare il poveraccio come capro espiatorio, e gli venne da ridere.

La risata fu soffocata da un accesso di tosse. Avvertì un peso improvviso sullo sterno. La Saab sbandò pericolosamente e invase l'altra corsia mentre sopraggiungeva un'altra auto. Genko riuscì a correggere la traiettoria appena in tempo. Quando credette che fosse giunta la fine, il dolore cessò di colpo così come era arrivato.

Capì che si era trattato di un campanello d'allarme. Il suo cuore voleva rammentargli di risparmiarsi. Ma risparmiarsi per cosa? La polizia possedeva i mezzi e le risorse per indagare più a fondo. La sua ricerca, invece, era inevitabilmente limitata. E l'unica pista che aveva finiva con Tom Creedy e le sue inutili visioni.

Provò un immenso senso di vuoto e di sconforto. Non aveva più uno scopo. Gli restava solo morire.

Giunse in città verso l'una del mattino. Le strade erano intasate dal traffico. La gente, che per colpa del caldo ormai viveva soltanto di notte, si era riversata per le vie in cerca di svago. Poi c'erano quelli che lavoravano: i grattacieli che ospitavano gli uffici erano illuminati, all'interno spiccava il viavai di persone operose.

Genko considerò che tutti avevano qualcosa da fare, tranne lui. E poi non sapeva dove andare. Poteva tornare da Quimby al Q-Bar e provare a distrarsi o a chiacchierare con qualcuno davanti a un bicchiere. Oppure poteva rintanarsi nella camera 115 dell'Ambrus Hotel, distendersi sul copriletto macchiato e attendere qualcosa – il sonno, o forse la morte. E poi c'era sempre l'appartamento di Linda. In mezzo ai suoi unicorni avrebbe trovato calore umano, ma ormai il rapporto con lei era contaminato dalla tristezza e lui non voleva sentirsi triste. Non quella notte. Voleva un giorno qualsiasi della sua vecchia vita, un giorno come tanti, di quelli che dimentichi il mattino dopo. Un giorno banale, in cui ti scordi di essere vivo. Quante ne aveva avute di giornate così? Da accantonare nel passato senza domandarsi se fossero servite a qualcosa. Eppure, erano le più desiderabili in quel momento. Se avesse potuto rivivere un solo giorno della sua precedente esistenza, non avrebbe scelto il più bello, ma il più normale.

Voglio tornare a casa, si disse. Perché non gli fregava più niente del fatto che poi qualcuno trovasse il suo cadavere.

Come al solito, parcheggiò la Saab a due isolati di distanza. Poi proseguì a piedi, controllando di non essere seguito – un accorgimento che negli anni si era rivelato necessario: nessuno doveva sapere dove abitava.

La zona era a ridosso del centro, conservava un fascino legato al passato ma non era ancora stata scoperta dai nuovi ricchi. Il loro denaro avrebbe sicuramente ripulito le strade dalla feccia che le popolava, ma per il momento gli unici soldi che giravano erano legati allo spaccio di sostanze stupefacenti.

Genko raggiunse il palazzo in cui viveva da quasi vent'anni e dovette subito scansare un senzatetto ubriaco per entrare nel portone. Siccome l'ascensore si bloccava in continuazione, salì le scale. Si sentiva improvvisamente spossato. Ogni cinque o sei gradini, il caldo asfissiante lo costringeva a fermarsi per riprendere fiato.

A ogni piano c'erano liti e baccano. Per fortuna i suoi vicini preferivano scannarsi nel chiuso delle loro abitazioni. Ogni tanto arrivava la polizia e si portava via qualcuno, ma tutto sommato quello era il posto perfetto per nascondersi.

Arrivato sul pianerottolo del quarto piano, Bruno infilò la chiave nella toppa. Entrò e chiuse rapidamente l'uscio alle proprie spalle. Rimase per qualche secondo immobile, al buio, a godersi la fresca accoglienza dell'aria condizionata programmata per attivarsi a orari precisi. Inspirò profondamente e si lasciò pervadere dall'odore di casa.

Odore di ordine, e di pulito.

Accese la luce e a quel punto gli apparvero i pochi mobili che arredavano il soggiorno. L'essenziale, niente di più. Un divano, un televisore, un tavolo per mangiare. La cucina era a vista e ogni cosa collocata in modo appropriato – gli utensili, la macchina dell'espresso, un estrattore con accanto una coppa per la frutta e la verdura. Le provviste erano disposte sui ripiani, il frigorifero era pieno.

Prima di proseguire, Genko si sfilò le scarpe, i vestiti e la biancheria, fino a rimanere completamente nudo. Poi appese il completo di lino sgualcito e la camicia che puzzava di sudore a una gruccia che mise in un porta-abiti, richiudendo il tutto con una zip, e lo agganciò a un attaccapanni.

Camminando scalzo sul parquet, entrò in camera da letto. Nella stanza, teneva anche gli attrezzi ginnici – un tapis roulant e una panca con i pesi e i bilancieri. Non vedeva l'ora di distendersi sul largo materasso ortopedico, fra le lenzuola fresche di bucato. Ma prima andò in bagno per infilarsi sotto la doccia.

Fuori di casa ostentava trasandatezza e sciatteria, ma fra quelle mura Genko si riconciliava con la sua vera indole.

La prima regola del mestiere di investigatore privato non era passare inosservati, anzi tutt'altro. L'apparenza era fondamentale, perché l'attenzione degli estranei doveva concentrarsi sugli abiti stazzonati che puzzavano di sudore e nicotina, sulla barba ispida e incolta. In realtà, l'aspetto dimesso era un'armatura. Perché gli altri dovevano accontentarsi della superficie. Vedendo solo un miserabile, di solito si credevano più furbi e, inevitabilmente, abbassavano la guardia.

Simulare, era quello il trucco.

Mentre l'acqua calda della doccia lavava via il sudore e la fatica, Bruno chiuse gli occhi e provò a riappacificarsi con le proprie inquietudini. Ho fallito una seconda volta, si disse. Dopo quindici anni, il pensiero di Samantha Andretti era tornato soltanto per tormentarlo. Perché proprio adesso? Si era scordato di lei, l'aveva sepolta insieme agli altri casi irrisolti nel box della « casa delle cose ». Sarebbe bastato che fosse riapparsa una settimana dopo e lui, molto probabilmente, non l'avrebbe mai saputo. Che stupido era stato a pensare di poter aggiustare le cose. In fondo, che cosa avrebbe potuto fare? Catturare il mostro? E a cosa sarebbe servito?

Non a Samantha, che non aveva avuto certo bisogno di lui per salvarsi. Ci era riuscita da sola.

Ma davvero credeva che trovare il rapitore l'avrebbe assolto dalle proprie colpe verso di lei? Perché ciò che più gli rodeva, in quel momento, era che, in fondo, si era reso complice di quel bastardo. Quando i genitori di Sam erano andati da lui per chiedergli aiuto, avrebbe dovuto rifiutare. E invece, aveva accettato l'incarico. Aveva intascato i loro soldi ed era stato severo con loro. «Mi pagherete il doppio della tariffa normale e in anticipo. Non mi chiamerete per domandarmi come procedono le indagini, non avrò alcun obbligo di aggiornarvi puntualmente. Sarò io a cercarvi quando sarò pronto a comunicarvi qualcosa. Se non mi farò vivo entro un mese, allora saprete che non ho trovato nulla.»

In realtà, fin dall'inizio Genko non aveva nutrito speranze di risolvere il mistero della sparizione. Perché, allora, aveva mentito? Era soltanto una delle assurde prove di autodisciplina a cui sottoponeva la propria forza di volontà e, a volte, la propria anima? Se fosse riuscito a spogliarsi della pietà per una ragazzina di tredici anni e per i suoi imploranti genitori, allora l'esame poteva ritenersi superato? Era tutta lì la verità? Cercava solo un altro trofeo per il proprio maledetto autocontrollo?

Aprì gli occhi, deciso a tirare un pugno alle mattonelle della doccia. Ma si fermò. No, si disse. È l'esatto contrario.

Non ho creduto al caso. Questa è la mia unica colpa.

È vero: avrei dovuto rifiutare l'incarico, ma non sono riuscito a razionalizzare. Ho fatto abbastanza quindici anni fa? Non lo so. Ora non posso fare più nulla. È troppo tardi?

Un uomo con la testa di coniglio era la risposta beffarda che meritava.

Avrebbe voluto riderne con qualcuno – Dio, come sarebbe stato bello portare qualcuno lì quella sera. Una donna, un amico. Invece, nessuno aveva mai messo piede in quella casa. Non era un rimpianto, aveva dovuto fare delle scelte.

La solitudine potenzia la percezione delle cose, rammentò a se stesso.

Nel suo lavoro era essenziale possedere quasi un sesto senso. Entrare nella testa delle persone. Ma per pensare i pensieri di qualcun altro bisognava essere sempre concentrati. E la famiglia, gli amici, erano pericolose distrazioni.

Tornò in camera da letto e finì di asciugarsi davanti allo specchio. Sul suo corpo erano evidenti i segni di un rapido dimagrimento. I muscoli scolpiti dai lunghi allenamenti quotidiani stavano sparendo in fretta. Quando non recitava la parte dell'investigatore privato con l'aura maledetta, Bruno non beveva né fumava, e si atteneva a una dieta ferrea. Ciò non aveva impedito che il suo fisico si ammalasse, ma certamente tanta abnegazione l'aveva portato a essere uno dei migliori nel suo campo.

Il mio campo è la caccia. E l'animale più difficile da cacciare è l'uomo.

Bruno lo ripeté davanti allo specchio, come a volersi convincere che la sua era quasi una missione.

Per riuscire a catturare un uomo bisognava possedere doti particolarmente affinate. Ingegno, spirito di osservazione, sapiente uso della tecnologia, prontezza di riflessi, calma, resistenza allo stress e coraggio.

Soprattutto, occorreva una profonda comprensione della natura umana.

Debitori incalliti, piccoli o grandi truffatori, criminali informatici, ladri professionisti. Erano queste le sue prede. Per catturarle e assicurarsi che pagassero quanto dovevano o restituissero il maltolto, Bruno Genko riceveva generose parcelle da importanti società private. Denaro che aveva occultato in conti bancari all'estero, con l'idea di spenderlo una volta dismessi i panni lerci che indossava da sempre.

Tuttavia, aveva rimandato troppo quel momento.

La cosa più triste era che nessun altro avrebbe potuto godere delle sue ricchezze. Certo, poteva darle in beneficenza o lasciare tutto a Linda. Ma a quel punto sarebbero emerse anche le cose che aveva dovuto fare per guadagnare quei soldi. Raggiri, inganni, compromessi e sotterfugi di cui non andava fiero. E poi, se qualcuno si fosse interrogato sulla provenienza del denaro, avrebbe messo a rischio la privacy dei suoi clienti.

Meglio lasciare le cose come stanno, si disse.

Alla sua morte, i conti sarebbero diventati « dormienti », come si diceva in gergo. E, trascorso un certo numero di anni, la banca sarebbe entrata in possesso delle somme.

Adesso l'unica eredità che poteva lasciare era un

mostro. E la destinataria del lascito era un'ex ragazzina di tredici anni di nome Samantha Andretti.

Il plico nella cassaforte dell'Ambrus Hotel poteva cambiare qualcosa? Il contenuto del pacco era troppo pericoloso. Allora perché non l'aveva distrutto subito? Perché aveva chiesto a Linda di farlo?

Conosceva la risposta, ma preferì ignorarla.

Scostò il lenzuolo, si sedette sul letto dal lato in cui dormiva di solito. Prima di coricarsi, aprì il cassetto del comodino. C'erano tre flaconi arancioni di pillole. Erano parte della terapia palliativa che il medico gli aveva prescritto « per facilitare le cose » – così aveva detto. In sostanza, si trattava di antidepressivi. Bruno aprì uno dei flaconi e fece scivolare un paio di pillole rosa sul palmo della mano. Si bloccò un momento, poi decise di aumentare la dose e le pillole divennero cinque. Non aveva intenzione di suicidarsi – anche perché con quei farmaci non ci sarebbe riuscito. Ma non c'era niente di male a dare un piccolo aiuto alla morte. Si versò un bicchiere d'acqua dalla brocca che stava sul comodino ma, prima di mandare giù tutto, ripensò a Samantha Andretti.

Era salva. Anzi – come si era detto prima – si era salvata da sola. *Ma come aveva fatto a evadere dalla prigione?*

Era improbabile che fosse riuscita a sopraffare il rapitore, quindici anni di sevizie e privazioni dovevano aver minato per forza il suo fisico. Tant'è che forse è bastata una corsa nel bosco a procurarle una frattura, rifletté. Allora aveva ingannato il carceriere? O aveva approfittato di una distrazione? Forse, il mostro dopo tanto tempo si sentiva troppo sicuro di sé e lei aveva colto il momento giusto per fuggire.

Ma l'idea non lo convinceva ancora. Mancava qualcosa alla ricostruzione.

Provò a figurarsi la scena di lei che scappava fra gli alberi, inseguita dal carceriere. Per un attimo gli tornò in mente l'immagine irrazionale del rapitore con la testa di coniglio, ma la scacciò via subito. Sam era nuda. *Perché era nuda?* Nella corsa disperata verso un'improbabile salvezza, la donna era caduta e si era rotta una gamba. Forse era riuscita a trascinarsi dal bosco fino alla strada. *Che vantaggio aveva sull'inseguitore?* Mentre era lì, incapace di muoversi, Sam aveva sperato – pregato – che passasse qualcuno. Ma non arrivava nessuno. E il rapitore presto l'avrebbe raggiunta.

Però poi la donna aveva sentito qualcosa: un rumore in lontananza, un suono familiare. Il motore di un veicolo in avvicinamento. Aveva visto apparire i fari del pick-up, si era sbracciata per farsi notare. Probabilmente, aveva scorto l'espressione di stupore sul volto del guidatore. Aveva temuto che, invece di fermarsi, potesse accelerare e lasciarla lì. Sarebbe stata una beffa insopportabile.

Ma il veicolo si era fermato. Ne era sceso un ragazzo con il volto sfigurato. Un mostro che, però, non sembrava un mostro. Si era illusa che volesse aiutarla, portarla via da lì – svegliarla dall'incubo. Invece il ragazzo si era accorto che qualcuno stava arrivando dal bosco. « Ho capito che stava cercando la donna. Quando anche lui ci ha visto, si è bloccato. » Così aveva detto Tom. « È rimasto fermo lì. E ci fissava. Mi ha fatto gelare il sangue... » Sam aveva scorto un terrore familiare nello sguardo del suo salvatore – Genko ne era sicuro, aveva ascoltato il suono oscuro di quel terrore nella voce registrata. Samantha aveva capito che l'avrebbe lasciata di nuovo sola. Infatti, Tom era risalito sul veicolo e se n'era andato. Poco dopo, aveva chiamato il numero delle emergenze.

Da allora, mentre un profiler raccoglieva il racconto della donna in ospedale, la polizia aveva iniziato a battere palmo a palmo la palude in cerca della prigione di Samantha Andretti.

Perché gli sbirri non l'hanno ancora trovata?

Bruno non si era accorto di fissare il vuoto, col bicchiere in una mano e le pillole nell'altra. Un brivido lo attraversò.

Non hanno trovato la prigione perché non è nella palude, si disse. È stato il rapitore a portare lì la ragazza.

Ma perché l'ha fatto?

« Per lo stesso motivo per cui c'era andato Tom » disse Genko a bassa voce. Il giovane bracconiere gli aveva suggerito la risposta. La palude è un perfetto terreno di caccia... E l'animale più difficile da cacciare è l'uomo, si ripeté.

Sam non è evasa, è stato il rapitore a liberarla.

Per Genko fu come un'illuminazione. Il mostro l'aveva portata lì e poi l'aveva lasciata andare. Nuda e sperduta nei boschi che lambivano la palude. Le aveva concesso un discreto vantaggio. Quindi si era messo sulle sue tracce.

Una specie di prova, pensò l'investigatore. *Un sadico gioco.*

Nella fuga, la preda si era ferita a una gamba. Il predatore l'avrebbe certamente raggiunta, ma si era verificato un imprevisto.

Il pick-up del bracconiere.

Genko posò il bicchiere e le pillole sul comodino e se ne dimenticò. Si scordò perfino che la morte inseguiva anche lui. Si alzò dal letto e iniziò a passeggiare per la stanza. L'adrenalina si era impadronita della sua mente. I tasselli si stavano componendo e di lì a poco avrebbe visto l'intero disegno, ne era convinto.

Cosa ancora non quadrava nella ricostruzione? In effetti, qualcosa c'era.

Perché, dopo la fuga di Tom, il rapitore non ne aveva approfittato per raggiungere Samantha? Poteva trascinarla via con sé. Forse ha temuto che il ragazzo avvertisse subito la polizia, si disse Bruno. Forse credeva di non avere abbastanza tempo per scappare con lei.

Però avrebbe sempre potuto ucciderla.

Adesso la donna forse stava fornendo indizi utili alla cattura del mostro. Perché correre un simile rischio?

C'era soltanto una spiegazione per un comportamento tanto anomalo. Il rapitore aveva avuto paura. Esattamente come Tom, aveva deciso di darsi alla fuga. Ma perché avrebbe dovuto farlo? Cosa l'aveva spaventato? Doveva mettersi al sicuro. Al sicuro da cosa? Forse aveva timore di essere stato riconosciuto. O che comunque Tom avrebbe presto fornito indicazioni per risalire alla sua identità. Ma ciò avrebbe avuto un senso solo se Tom l'avesse guardato in faccia. Invece il ragazzo aveva visto solo...

« Un coniglio » affermò Genko a voce alta, e si stupì mentre lo diceva.

Perché un uomo con una maschera avrebbe dovuto scappare?

Perché la maschera era di per sé un indizio.

12

Per quanto fosse assurda, l'ipotesi andava verificata.

Bruno non aveva scelta, anche perché già una volta aveva dato scarso credito alla possibilità di risolvere il mistero legato alla scomparsa di Samantha Andretti. E ciò era costato alla ragazza quindici anni di oblio.

Si precipitò nell'ingresso, aprì il porta-abiti e andò in cerca del foglio col referto che aveva riposto nella tasca della giacca di lino. Se non si fosse trattato del suo prezioso talismano, probabilmente l'avrebbe gettato via subito. Osservò meglio il disegno di Tom.

Nonostante il tratteggio infantile, l'uomo con la testa di coniglio dava l'idea di avere una corporatura abbastanza normale. Non c'erano particolari che potessero richiamare l'attenzione, tranne forse gli occhi a forma di cuore.

Genko ci pensò su. Era venuto il momento di riaprire la terza stanza da cui era composto il suo appartamento.

Non ci metteva piede da quando i medici avevano sentenziato la sua imminente dipartita, due mesi prima. Digitò un codice di sette cifre sulla tastiera a parete che era accanto alla porta blindata.

La serratura elettronica scattò.

Un tempo Bruno adorava rinchiudersi nel suo studio. Oltre a essere il luogo in cui custodiva i segreti più delicati, era un rifugio per i pensieri. C'erano uno schedario e una libreria con i testi di giurisprudenza, manuali di tecnica investigativa e di tattica militare e l'opera omnia di Machiavelli.

Le pareti erano dipinte di verde. Una di esse era riservata a un indecifrabile collage di Hans Arp.

Genko adorava i dadaisti e l'aveva acquistato a un'asta per una cifra spropositata. Una delle poche follie della sua vita che fosse valsa la pena di fare. Entrando nello studio, passò davanti al capolavoro e lo ignorò con una punta di rimpianto perché non poteva portarselo appresso nella tomba, invece si diresse subito al mobile stereo. Scelse un disco della sua collezione e lo posò sul piatto. Quando la puntina centrò il solco, le *Variazioni Goldberg* di Bach, eseguite da Glenn Gould in un'incisione del 1959, riempirono la stanza.

Poi Genko andò a sedersi alla scrivania circolare.

Sopra c'era un MacBook Air collegato via Internet, tramite una linea protetta, a un server esterno in cui era immagazzinato il prezioso archivio dell'investigatore. Dati sensibili raccolti in vent'anni di professione. Sarebbe stato un guaio se fossero finiti nelle mani sbagliate.

Inoltre, da quella postazione, Bruno era in grado di accedere ai database di ogni ufficio governativo o forza di polizia. Poteva effettuare incursioni nei sistemi informatici di enti o società private. Attingere dati sensibili dagli elenchi degli istituti bancari o assicurativi. Il tutto senza correre il rischio di essere individuato.

Con un pezzo di scotch, attaccò il referto con dietro il disegno del giovane bracconiere sulla lampada orientabile, in modo da averlo davanti, quasi all'altezza dello schermo. « Vediamo se riesco a trovarti » disse alla strana figura animale con gli occhi a forma di cuore. Quindi iniziò la ricerca inserendo nel terminale la parola chiave: « coniglio ».

Il primo screening di Bruno riguardò le banche dati delle forze dell'ordine. Era possibile che il rapitore di Samantha avesse commesso altri reati, anche piccoli, in passato. Magari usando proprio una maschera per celare la propria identità.

Sullo schermo apparve un lungo elenco di crimini. Dal furto di conigli, al maltrattamento di conigli, fino ad arrivare alla storia di un tizio che si era travestito da coniglio gigante per molestare le donne per strada. Genko diede una rapida scorsa alla lista senza che nulla gli saltasse agli occhi. Allora decise di affinare la ricerca, inserendo una seconda parola.

« Bambini. »

Davanti a lui si aprì una nuova lista. Non c'era limite alla crudeltà umana. I coniglietti di Pasqua avvelenati, distribuiti da una psicopatica all'uscita di una scuola. I minori usati come corrieri della droga, nascosta in conigli di peluche. Per non parlare delle « coniglietta », ragazzine che si mostravano nude in webcam in cambio di un acquisto online o della ricarica del cellulare.

Anche stavolta, Bruno non trovò alcuna connessione interessante. Allora provò ad allargare l'ambito andando progressivamente indietro nel tempo.

Fu allora che l'attenzione dell'investigatore venne attirata dal file di un certo « R.S. », un bambino degli anni Ottanta. Il nome del minore era stato occultato perché il caso aveva implicazioni di natura sessuale.

All'epoca « R.S. » aveva dieci anni. Era scomparso un lunedì mattina e riapparso, come se nulla fosse, tre giorni dopo.

Fra il caso in questione e il rapimento di Samantha Andretti c'era un intervallo di quasi vent'anni. Improbabile che entrambe le scomparse fossero opera della stessa mano.

Inoltre, la parola chiave « coniglio » non compariva nello scarno racconto contenuto nel rapporto di polizia, bensì come semplice appunto in fondo alla pagina e poteva anche trattarsi di un refuso.

« *Sparizione minore-supporto psicologico-coniglio-servizi sociali-massima riservatezza.* »

Per il resto, una nota rimandava all'ufficio persone scomparse.

Il Limbo.

Era la sezione più oscura del dipartimento di polizia. I dati relativi alle sparizioni di innocenti restavano un enigma. Le statistiche calcolavano all'incirca un nuovo episodio al giorno, ma i numeri ufficiali non erano disponibili. Il motivo era semplice: se era vero che molti scomparsi tornavano indietro volontariamente, il destino degli altri rimaneva un mistero irrisolto. E ciò non costituiva certo una buona pubblicità per il dipartimento.

Per questo l'archivio del Limbo non era mai stato informatizzato e su Internet non se ne trovava traccia.

« Vent'anni » rifletté Genko, ed ebbe la tentazione di passare oltre. Ma il caso di « R.S. » era anche l'unico appiglio che aveva, forse valeva la pena approfondirlo comunque. Aveva due possibilità: recarsi all'ufficio persone scomparse e chiedere il fascicolo cartaceo con il rischio di essere liquidato oppure provare con un approccio più astuto, partendo da una semplice telefonata.

Optò per la seconda.

Si collegò al sito del dipartimento e andò in cerca delle informazioni di contatto del Limbo. La responsabile dell'ufficio si chiamava Maria Eléna Vasquez – aveva già sentito quel nome.

Annotò il numero e lo compose sul telefono. Gli squilli si susseguivano inutilmente. Impossibile, pensò. Perché, anche se era notte, secondo le nuove disposizioni era pieno orario di lavoro.

« Pronto? » rispose finalmente una voce maschile.

« Sì, mi scusi... Sono l'agente speciale Bauer, vorrei parlare con la responsabile. » L'uomo all'altro capo della linea tacque e Genko ebbe subito una spiacevole sensazione.

Il silenzio fu interrotto dall'abbaiare di un cane. « Buono, Hitchcock » disse la voce.

Appena sentì il nome del cane, Bruno capì di aver commesso un passo falso. L'uomo al telefono era lo stesso che, il giorno prima, aveva avuto una discussione con Delacroix al campo base nella palude. Lo sconosciuto col completo blu e la cravatta era un poliziotto, quindi. E sicuramente conosceva bene anche Bauer.

« La responsabile non è qui al momento. Ma, se vuole, posso aiutarla io » affermò con tono neutro. « Sono l'agente speciale Simon Berish. »

Genko sapeva che era rischioso proseguire la recita. « Si tratta di un vecchio caso di scomparsa » azzardò. Quindi gli riferì gli estremi del fascicolo e trattenne il respiro finché riconobbe il rumore dei tasti di un computer mentre l'altro immetteva i dati nel terminale.

Berish borbottò qualcosa. « Nel database non c'è molto: solo una copia del rapporto di chiusura delle indagini redatto dalla polizia. » Poi lesse: « 'R.S.' di anni dieci... Scomparso per tre giorni... Tornato a casa spontaneamente... »

« Come mai non è indicato il vero nome del ragazzino? » Era sorpreso.

« Se è per questo, non c'è nemmeno un accenno a ciò che gli è accaduto nelle settantadue ore in cui è sparito. »

« Com'è possibile? »

« Il fascicolo completo è in forma cartacea e risulta catalogato nella parte più vecchia dell'archivio... Temo che dovrà venire qui di persona, agente Bauer. »

Genko ignorò la proposta. « Potrebbe riferirmi cos'altro c'è nel rapporto che ha davanti? »

« Qui c'è scritto soltanto che, successivamente ai fatti, la madre e il padre hanno rinunciato alla potestà genitoriale. Il bambino allora è stato affidato a una casa famiglia: la fattoria Wilson. »

Fattoria Wilson, annotò Genko su un taccuino.

« Se le interessa, c'è un estratto della perizia psichiatrica » affermò Berish. « Vuole che gliela mandi? »

« Non si preoccupi, sarà sufficiente che me la legga... Sempre che la cosa non la disturbi. »

« Nessun problema » gli assicurò l'altro. Poi iniziò la lettura: « 'Pur non essendo affetto da alcun deficit mentale, il minore presenta una difficile modulazione dell'affettività che si traduce spesso in un atteggiamento iperansioso accompagnato da mancanza di inibizioni sessuali, picacismo, enuresi.' »

La pica era la ripetuta ingestione di sostanze non nutritive come terra o carta. Quanto all'enuresi, Genko pensò che farsi la pipì addosso fosse uno strascico dello shock subito. Ma era la mancanza di inibizione sessuale a metterlo in allarme. Cosa significava?

« 'A complicare il quadro psichico contribuiscono i disturbi del sonno, che spesso generano, al risveglio, fantasie morbose che il bambino descrive in disegni in cui è evidente una visione immatura della realtà.' » Berish fece una pausa. « Alla perizia sono allegati alcuni di quei disegni » annunciò inaspettatamente.

La notizia prese alla sprovvista Bruno. Visione immatura della realtà, si ripeté. « Ho cambiato idea: le dispiace inviarmene copia? »

« Mi dia la sua mail. »

Se non avesse fornito un indirizzo del dipartimento, l'altro avrebbe capito subito di non avere a che fare con Bauer. « Le do un numero di fax. »

« Siete messi peggio di noi » affermò Berish.

Genko non capiva se era solo una battuta o un modo per fargli intendere che fin dall'inizio non aveva creduto alla commediola. « Certo » commentò con una risatina forzata, quindi gli fornì un recapito che non era rintracciabile.

« Riavvio il nostro vecchio fax e le mando tutto » promise Berish. « In ogni modo, le rinnovo l'invito a venire qui, perché i fascicoli in archivio riservano sempre sorprese interessanti. »

« Magari faccio un salto » mentì Bruno. « Intanto la ringrazio. » Riattaccò e cominciò a fissare l'apparecchio nello studio in attesa che si avviasse.

Lo colse il sospetto che quel Simon Berish non gli avrebbe inviato proprio nulla.

Aveva sfidato la sorte presentandosi come Bauer. Ma, a ogni modo, l'aveva fatto perché al Limbo non venivano trattati casi di particolare importanza per il dipartimento. E, comunque, quello di « R.S. » risaliva pur sempre agli anni Ottanta e si era anche concluso positivamente con la riapparizione del ragazzino scomparso.

L'imminenza della morte lo aveva reso sprovveduto, in passato non avrebbe mai commesso una simile leggerezza. Ma mentre si torturava nella preoccupazione, il fax si attivò. E, di lì a poco, iniziò a espellere una serie di fogli.

Il sollievo di Genko non durò molto.

All'inizio pensò a un errore di trasmissione, perché le stampate erano tutte uguali. Ma poi si rese conto che si trattava di disegni diversi in cui si ripetevano gli stessi elementi, riprodotti in maniera ossessiva.

Un cielo pieno di uccelli, una città o forse solo un quartiere con case popolari. Al centro del foglio c'era una grande chiesa e, alle spalle dell'edificio religioso, un campo di calcio.

Ma ciò che colpì Genko, lasciandolo senza fiato, fu il modo in cui « R.S. » aveva raffigurato le persone.

Visione immatura della realtà. I piccoli abitanti di quel posto avevano tutti la testa di coniglio e gli occhi a forma di cuore.

13

Mentre guidava in mezzo alla campagna, l'alba non era nemmeno un presagio all'orizzonte. La luna era già sparita dal cielo, le stelle però si vedevano ancora. Entro tre ore al massimo il sole sarebbe sorto e il calore avrebbe ricominciato a bruciare il mondo, costringendo gli esseri umani a rintanarsi per scampare a quell'estate apocalittica.

Prima di uscire Genko aveva indossato di nuovo l'abito di lino stazzonato e maleodorante. Teneva sempre in tasca il talismano su cui Tom il bracconiere aveva abbozzato il ritratto dell'uomo coniglio.

Era diretto alla casa famiglia che aveva ospitato il bambino di dieci anni dopo che i genitori avevano rinunciato a occuparsi di lui. In rete aveva trovato l'indirizzo del posto, che non risultava più in attività da parecchio.

Dopo aver lasciato la strada principale per imboccare uno sterrato, la Saab percorse un dedalo di viottoli fra i campi di girasoli. Genko temette di essersi perso, quando finalmente i fari dell'auto illuminarono un cartello che indicava la direzione giusta per la fattoria dei Wilson.

Circa sei chilometri dopo, vide la sagoma di una grande casa stagliarsi contro il cielo stellato. Era su una collina e due cipressi le facevano la guardia.

La Saab superò un arco di legno e andò a fermarsi nello spiazzo antistante, vicino al fienile. Bruno scese dall'auto e si guardò intorno, cercando di capire se ci fosse qualcuno. Le luci erano spente. Pensò che forse in campagna non avevano adottato l'accorgimento di invertire il giorno con la notte. Allungò il braccio nell'abitacolo della macchina e suonò il clacson per richiamare l'attenzione.

Due cani iniziarono ad abbaiare dall'interno della casa. Dietro una finestra del secondo piano si accese una luce. Poco dopo, la porta d'ingresso si aprì e venne fuori qualcuno. Bruno non fece in tempo a distinguerne la figura perché gli fu subito puntata in faccia una torcia elettrica.

« Chi è? » domandò una voce femminile mentre i due cani continuavano ad abbaiare al suo fianco.

« Signora Wilson » disse Genko schermandosi gli occhi con la mano per non essere abbagliato. « Mi scusi se piombo a casa sua in questo modo, ma ho bisogno di parlare con lei. »

« Non mi ha ancora detto il suo nome » protestò la donna.

« Ha ragione: mi chiamo Leonard Muster » mentì, poi tirò fuori dalla tasca della giacca un finto tesserino. « Lavoro per l'ufficio del procuratore. »

La donna abbassò la torcia e tacque per un momento. Probabilmente stava studiando il visitatore inatteso, chiedendosi se poteva fidarsi. « Cosa vuole a quest'ora il procuratore da una povera vecchia? »

Genko rise. « Una semplice formalità. »

« Va bene, venga avanti: parleremo dentro. »

Tamitria Wilson e i suoi due bastardini precedettero Genko oltre la soglia della fattoria. La donna indossava una camicia da notte lunga fino alle caviglie. Nonostante avesse i capelli bianchi, li portava ancora lunghi fino alla schiena. Camminava appoggiandosi a un bastone che probabilmente aveva ricavato lei stessa da un ramo. Condusse l'ospite in una spaziosa cucina con al centro un grande tavolo di quercia.

A un suo gesto, i due cani andarono ad accucciarsi accanto al camino spento. « Cosa posso fare per lei, signor Muster? » disse mentre accendeva un fornello e vi riponeva un bricco per scaldare del caffè già fatto.

Leonard Muster era un'identità fittizia di cui Bruno si era già servito in passato. Il tesserino di un grigio burocrate non aveva il potere intimidatorio del distintivo di un poliziotto, ma possedeva il vantaggio di non rappresentare una barriera. Genko aveva imparato che talvolta le persone fornivano informazioni fuorvianti ai tutori della legge perché in segreto ne disprezzavano l'autorità. Perciò, per ottenere una piena collaborazione, un bravo investigatore privato doveva mettersi alla pari del proprio interlocutore?

« Mi scuso un'altra volta per l'orario, ma in città, a causa del caldo, gli uffici hanno cambiato i turni e adesso ci fanno lavorare di notte » provò ad abbozzare una giustificazione. « Ho provato a chiamarla, ma squillava a vuoto. »

« In realtà, la linea non funziona più da un anno » affermò la donna con asprezza. « E a quelli della compagnia telefonica non gliene frega niente. »

Bruno non stentò a crederle, visto che lungo il tragitto non aveva incontrato altre abitazioni. « Sono qui perché il procuratore mi ha chiesto di integrare la documentazione di alcuni casi di scomparsa di minori nell'ipotesi che ci fosse sfuggito qualcosa... Sa, dopo la riapparizione di Samantha Andretti al dipartimento siamo tutti sotto pressione, i capi non vogliono che escano altri scheletri dall'armadio. »

« Capisco » affermò la donna ma con scarsa convinzione. « Ma io come posso aiutarla? »

« Sa dirmi quanti fra i bambini che avete ospitato alla fattoria avevano storie simili a quella della Andretti? »

La donna si voltò a guardarlo. « Tutti. »

Genko cercò di contenere il proprio stupore, non

aveva previsto una simile risposta. « Tutti? » si ritrovò a domandare.

La donna posò il bastone e prese il bricco col caffè dal fornello. Zoppicando, lo portò fino al grande tavolo di quercia insieme a due tazze di latta smaltate di rosso. Invitò Bruno a sedersi su uno degli sgabelli, poi fece lo stesso. « Io e mio marito abbiamo creato questo posto molti anni fa » disse, indicando qualcosa alle spalle di Genko.

Lui si voltò e capì che si riferiva alla foto incorniciata sul camino: ritraeva un uomo che posava sorridente, con un fucile da caccia in mano e circondato da bambini.

« Non abbiamo avuto figli, così decidemmo di dedicarci a quelli sfortunati di qualcun altro. »

« Una nobile missione. »

« Lo spero... » affermò la donna. « I miei ragazzi speciali, così li chiamavo... Li ho amati come se li avessi messi al mondo io, dal primo all'ultimo. E loro non mi hanno mai delusa. Anche se adesso non so più dove si trovano, sono certa di essere ancora nei loro pensieri. Tutto ciò che gli ho insegnato gli torna utile nella vita. »

Parlava di loro come fossero davvero esseri straordinari, e non solo bambini problematici. Bruno pensò che solo la forza dell'amore può trasformare un difetto in una dote.

« Ha mai sentito parlare dei 'figli del buio', signor Muster? »

« No » ammise Genko, ma la definizione gli fece drizzare i peli sul collo.

« Be', sono i minori scomparsi che poi vengono ritrovati dalla polizia oppure riappaiono inspiegabilmente come Samantha Andretti » spiegò Tamitria Wilson. « Vengono rapiti da uomini senza scrupoli che abusano di loro. Alcuni scappano, altri vengono lasciati andare. Ma il periodo di cattività li segna per il resto dell'esistenza. »

« Perché 'figli del buio'? »

« Perché spesso vengono segregati in tane sotterranee, sepolti vivi. E quando rivedono la luce del giorno, è come se rinascessero una seconda volta. Ma non saranno mai più gli stessi. » Nel silenzio che seguì, l'anziana donna versò il caffè nelle tazze e ne porse una a Genko.

L'investigatore sorseggiò la bevanda nera, ma subito azzardò: « Fra i casi che spulciavo in ufficio prima di venire qui, c'è quello di un bambino di dieci anni che sui documenti ufficiali è citato solo con le iniziali del nome: 'R.S.' ».

La donna ci pensò su. « Dovrei sapere a quando risale la permanenza qui alla fattoria » affermò.

« Più o meno all'inizio degli anni Ottanta. »

Stavolta Tamitria Wilson si bloccò, folgorata da un ricordo. « Robin Sullivan » disse di colpo.

« Fu una scomparsa breve » le rammentò Bruno. « Appena tre giorni. Ma poi la famiglia non ha più voluto occuparsi di lui. »

« La madre era una poco di buono, il padre anche peggio » sentenziò la Wilson con una punta di disprezzo. « Non so perché quei due si ostinassero a rimanere insieme. Robin finiva sempre in mezzo alle loro liti ed era anche il solo che, alla fine, ne faceva le spese. Non credo che i genitori gli volessero bene. »

L'ultima frase e la sicurezza con cui era stata pronunciata fecero provare a Genko un'improvvisa tristezza per quel bambino. « Secondo lei, cosa è accaduto a Robin in quei tre giorni? »

« Non ha mai voluto parlarne » affermò la vecchia, perdendosi con lo sguardo in chissà quali pensieri. « Era un bambino fragile, estremamente bisognoso d'affetto, compassionevole... La preda perfetta per qualsiasi malintenzionato. »

« Ma chi ci dice che si sia trattato di un rapimento e non di una fuga da casa? »

« Li attirano offrendogli le attenzioni che non hanno altrove » disse lei, fissandolo. « Si fingono interessati a loro, ma ciò che vogliono è solo portarli in un posto buio... »

« Sì, ma Robin... » provò a obiettare Genko.

La donna sbatté la mano sul tavolo e lo inchiodò con lo sguardo. « Vuole davvero sapere come faccio a essere sicura che Robin è stato vittima di un mostro? »

Genko non rispose.

« Per esperienza so che, prima di sparire, Robin Sullivan era un bambino normale. Forse problematico come molti figli abbandonati a se stessi, ma normale » ribadì lei. « Dopo i terribili giorni di cui non ha mai voluto parlare, era cambiato. Se ha letto il suo fascicolo, sa a cosa mi riferisco. »

« Picacismo, enuresi... » elencò Bruno, ricordando lo scarno file che gli aveva letto l'agente Berish al telefono.

« Ingeriva terra, calcinacci, carta igienica. Dovevamo sorvegliarlo costantemente, ha fatto almeno sei lavande gastriche. Poi ha cominciato con gli insetti. » Al ricordo, sospirò. « Aveva anche perso il controllo degli sfinteri, una totale regressione alla prima infanzia. Fummo costretti a mettergli il pannolino, e ciò non giovava nel rapporto con gli altri: lo prendevano in giro, lo picchiavano. »

Il più debole fra i deboli, pensò Bruno. « Era chiuso, solitario? »

« Tutt'altro » rispose la donna. « Robin ha manifestato da subito un'affettività disturbata. »

La mancanza di inibizioni sessuali a cui si riferiva la perizia che lo aveva in cura, rammentò l'investigatore privato. « Che intende? »

« Cercava costantemente un contatto fisico con le

persone. Dapprima i familiari, poi i compagni che erano qui alla fattoria. L'ha fatto anche con me e mio marito... Ma spesso la ricerca d'affetto sfociava in qualcosa di morboso. Ogni gesto di Robin conteneva malizia insolita per la sua età.»

«Per questo i genitori non hanno più voluto occuparsi di lui, vero?»

La donna lo fissò, cupa. «Il buio l'ha infettato.»

Genko provò lo stesso brivido di prima. *Il buio l'ha infettato*, memorizzò. Perché era sicuro che potesse essere una chiave per entrare nel mondo segreto di Robin. «Mi spiace costringerla a rievocare certi ricordi» disse dopo un altro sorso dell'orrendo caffè. «Ma, lei capisce, il mio dipartimento sarebbe in imbarazzo se saltasse fuori che abbiamo ignorato il caso di un altro ragazzino rapito.»

«Quindi cos'altro vuole sapere?» chiese Tamitria Wilson, perplessa.

«Nella perizia psichiatrica di Robin Sullivan c'è scritto che soffriva di disturbi del sonno.»

«Incubi, vorrà dire» lo schernì la donna. «Non capisco perché certi dottori usino paroloni per descrivere cose tanto semplici.»

Genko la incalzò. «C'era un elemento ricorrente negli incubi di Robin?»

«I bambini usano i sogni per parlare della realtà. Quando provano disagio o vergogna, dicono che è stato un sogno.»

Genko notò che la Wilson era stata evasiva. « Al risveglio, Robin disegnava » aggiunse, e osservò la reazione della donna. « E in quei disegni le persone avevano le sembianze di conigli. »

Tamitria Wilson si fermò a fissarlo. « Io so perché è venuto qui stanotte, signor Muster. »

Bruno temette che la sua copertura fosse saltata. « Ah sì? » abbozzò, con un'espressione divertita, cercando di conservare la calma.

« Sì » confermò la donna, seria. E poi aggiunse: « Forse è giunto il momento di farle conoscere Bunny ».

14

«Venga dietro di me e stia attento a dove mette i piedi.»

Tamitria Wilson aveva aperto una botola nel pavimento di un ripostiglio, svelando una scala che conduceva nel sottosuolo. Munita di una torcia, aveva cominciato a scendere lentamente i gradini col bastone. Genko la seguiva, ma aveva anche paura che cadesse.

«Mi spiace, ma qui sotto non c'è corrente» si scusò lei mentre puntava la luce. «La fattoria va in pezzi, ma non ce la faccio più a mandarla avanti. Ci ho provato, ma un giorno ho deciso che la casa sarebbe invecchiata insieme a me. Siamo entrambe piene di acciacchi, ma nessuno può farci niente.»

Bruno collegò il pensiero di un'anziana sola in una grande casa con quello del telefono che non funzionava. Se si fosse sentita male o avesse avuto un incidente, Tamitria non avrebbe nemmeno potuto chiamare i soccorsi. I suoi adorati cagnolini avrebbero banchettato col cadavere.

«Avrei dovuto andarmene da un pezzo» disse la vecchia. «Ma questo è l'unico posto che conosco.»

Intanto Bruno si teneva al corrimano e sentiva scricchiolare le assi di legno a ogni passo. Non riusciva a capire dove stessero andando. La cosa un po' lo preoccupava, perché Tamitria Wilson non aveva voluto fornirgli spiegazioni: doveva vedere con i suoi occhi, altrimenti non avrebbe capito – così si era giustificata. Chi era Bunny? La vecchia non aveva appena detto di essere sola in quella casa? Era possibile che il prolungato isolamento non le avesse giovato, considerò. Forse ora non ci stava più tanto con la testa. Genko avrebbe voluto soltanto raccogliere informazioni sul destino di Robin Sullivan e andare via, ma adesso non aveva altra scelta che seguirla nel sottosuolo.

Quando finalmente giunsero ai piedi della scala, Tamitria spaziò col fascio di luce nell'ambiente.

Era un magazzino in cui erano stati accantonati letti di ferro arrugginiti, materassi, mobili, scatole e cianfrusaglie varie. C'era talmente tanta roba che era impossibile stabilire quanto fosse ampio il locale.

« Dopo la morte di mio marito sono andata avanti ancora un po' » spiegò la donna mentre si addentrava claudicante fra armadi traboccanti e cataste di oggetti. « Poi, però, il governo ha smesso di aiutarci, non ho potuto assumere altro personale e ho dovuto arrendermi. »

« Quando è successo? » domandò Genko.

« L'ultimo ragazzo speciale ha lasciato il nido più o meno nove anni fa. »

« E Robin? »

Tamitria si appoggiò al braccio di Genko per scavalcare un mucchio di scatole che erano cadute da una pila. « Se n'è andato quando ha compiuto diciotto anni, come gli altri del resto. Almeno l'ho aiutato a prendere il diploma » aggiunse con fierezza.

Bruno aveva paura che la donna potesse inciampare in mezzo a tutto quel ciarpame. « Non ha più avuto sue notizie? Non ha un indirizzo o un numero di telefono? »

« Una volta mi ha spedito una cartolina da una località turistica a sud della baia » rispose la donna mentre aggiravano una montagna di vecchie riviste ingiallite. « Ma poi più niente. »

I due bastardini non li avevano seguiti là sotto, e ogni tanto abbaiavano in cima alla scala. I guaiti diventavano sempre più distanti e Bruno non biasimava la loro codardia. Bunny, si ripeté. Sperava che ne valesse la pena.

Giunsero nei pressi di un muro di mattoni annerito dall'umidità. Tamitria si bloccò e puntò la torcia ai piedi della parete. Bruno fece un passo avanti e vide che sul pavimento c'era un grande baule verde con le finiture in ottone, come quelli di una volta. Il coperchio era chiuso con un lucchetto.

« Ecco » annunciò la vecchia signora. « Lì dentro c'è Bunny. »

Genko ebbe la sgradevole impressione di trovarsi al cospetto di una bara. La donna non aggiunse altro: gli passò la torcia, posò il bastone per terra e si inginocchiò con fatica davanti alla cassa.

La vide trafficare con una collanina. Se la tolse e Bruno intuì che vi fosse appesa una chiave perché, subito dopo, Tamitria si dedicò al lucchetto. Quando ebbe finito di sfilarlo dagli anelli di ferro, sollevò il coperchio. Genko non si mosse.

« Mi faccia luce, per piacere. »

L'investigatore si avvicinò e illuminò il contenuto del baule.

Dentro c'erano solo lenzuola candide e asciugamani ricamati. Un antico corredo.

« Ho pensato di custodire Bunny qui in mezzo, perché non sapevo dove metterlo » disse la Wilson mentre rovistava fra la biancheria. « Forse avrei dovuto gettarlo via, ma una parte di me mi diceva di non farlo. »

Di che stava parlando? Cosa c'era nella cassa?

Tamitria smise improvvisamente di cercare. Bruno capì che aveva trovato qualcosa, ma la schiena della donna gli ostruiva ancora la visuale. La vecchia osservava l'oggetto tenendolo fra le mani. « Bunny » le sentì dire a bassa voce, come se avesse appena incontrato un amico che non vedeva da tempo.

Finalmente, si voltò verso di lui. Stringeva al petto un libriccino.

« Bunny è arrivato qui con Robin. Controllavamo sempre il bagaglio dei ragazzi nuovi, non volevamo che introducessero in casa oggetti pericolosi per sé e per gli altri, come una fionda o un taglierino... Quando aprii la valigia di Robin Sullivan e vidi questo, capii subito che qualcosa non andava. » Lo porse a Genko.

« Ha mai provato una brutta sensazione senza riuscire a spiegarsela, signor Muster? » disse la Wilson.

Bruno si stupì a esitare per un breve momento, qualcosa frenava la sua curiosità – un presentimento. Ma poi prese il libriccino dalle mani della donna e lo osservò.

Era solo un vecchio fumetto.

I colori della copertina erano sbiaditi, vi era raffigurato un grande coniglio azzurro con gli occhi a forma di cuore. L'animale aveva un'aria giocosa e tenerissima. Sorrideva. Fra le lunghe orecchie campeggiava il titolo dell'albo. Un'unica parola.

BUNNY.

« Posso sfogliarlo? » chiese alla donna.

« Certo, faccia pure. »

Genko si guardò intorno e individuò una pila di valigie. Vi appoggiò sopra la torcia, in modo da avere le mani libere. Aprì il fumetto e iniziò a esplorarne le pagine. I disegni, in bianco e nero, erano di fattura modesta. La storia narrata era alquanto infantile. Bunny lasciava il bosco per trasferirsi nel parco di una grande città. Qui incontrava un gruppo di bambini che diventavano suoi amici. Con loro giocava, si divertiva.

Il racconto e le illustrazioni non rivelavano nulla di anomalo. Però, invece di infondere gioia o serenità, trasmettevano qualcosa di disturbante. Più sfogliava le pagine, più Bruno si sentiva a disagio.

La vecchia aveva ragione, c'era qualcosa che non andava in quel fumetto.

Una cosa in particolare lo inquietò: gli adulti presenti nella storia non erano consapevoli dell'esistenza di Bunny.

Potevano vederlo soltanto i bambini.

Genko si impose di approfondire la lettura. Era cosciente di essere arrivato in prossimità di un confine sottile. E, anche se non riusciva a vedere oltre, sapeva che dall'altra parte c'era ad aspettarlo qualcosa di malvagio.

Era così concentrato da non accorgersi che già da un po' la vecchia signora non diceva una parola. Genko non si rese conto nemmeno della lunga ombra che si sollevava sulla sua testa, né del rapido spostamento d'aria mentre il bastone di Tamitria Wilson gli calava pesantemente sulla nuca.

L'ultima immagine che vide fu Bunny che gli sorrideva.

15

Ebbe la prova di essere ancora vivo quando sentì il sapore del proprio sangue.

Esplorò la bocca con la lingua e scoprì di aver perso un dente. Doveva essersi spezzato quando era crollato con la faccia sul pavimento. Vecchia bastarda, pensò. Le tenebre lo circondavano, ma dall'odore di polvere e muffa intuì che si trovava ancora nell'enorme scantinato sotto la fattoria dei Wilson. Provò a rimettersi in piedi, ma la testa cominciò a girare. Nausea, sudore freddo e palpitazioni. Però, stranamente, stavolta non ebbe paura di essere arrivato al capolinea.

Era quasi peggio che morire.

Bloccato sottoterra – senza una via d'uscita, senza luce. Sepolto vivo. Un figlio del buio, secondo l'espressione usata da Tamitria Wilson per descrivere i bambini rapiti.

Il suo mostro era una vecchia zoppa e solitaria.

Prima che il panico lo soverchiasse, Genko provò a ragionare sull'accaduto. Ricordava la lettura del fumetto, il volto di Bunny, poi l'improvvisa mazzata sulla nuca. Perché mai la Wilson l'aveva colpito?

Avrebbe potuto sbarazzarsi di lui con un pretesto, senza neanche farlo entrare in casa. Invece l'aveva portato là sotto per mostrargli l'albo a fumetti di Robin Sullivan. Non aveva senso. Forse era semplicemente pazza.

Cercò a tentoni un appiglio per sorreggersi, si aggrappò al bordo di una cassapanca. Puntò un ginocchio sul pavimento e si tirò su. Sentì il collo irrigidirsi – lampi di dolore acuto invasero il campo visivo. Emise un breve verso, cupo e profondo: era lo stomaco che si riassestava. Poi allungò una mano in cerca della pila di valigie su cui aveva poggiato il fumetto e lo trovò, ancora spalancato. Lo richiuse e lo mise nella tasca della giacca, in compagnia del talismano. In quel momento, si rese anche conto di non avere più il portafoglio, il cellulare, né il tesserino falso che aveva mostrato alla donna all'arrivo.

Non mi sono caduti. Li ha presi lei.

La prima cosa da fare era tornare alla scala che conduceva in superficie. Ma non ricordava il percorso compiuto per arrivare fino al baule verde. Sarebbe stato difficile muoversi a ritroso nell'assoluta oscurità. Però non voleva arrendersi senza nemmeno provare.

Così, tese le braccia in avanti e iniziò a scandagliare il buio in cerca di una via.

Mentre avanzava, provava a riconoscere gli oggetti che gli si paravano davanti. L'anta di un armadio, un attaccapanni, un lume. Ogni tanto le ginocchia urtavano qualcosa e rischiò d'inciampare un paio di volte. Genko, però, era concentrato solo sul proprio respiro.

Finché c'è ancora aria nei polmoni – rammentò a se stesso la promessa fatta a Linda.

Il piano era arrivare alla botola che dava sul ripostiglio. Era certo di trovarla chiusa, avrebbe dovuto provare a sfondarla a spallate. Ma non era affatto convinto di riuscirci, gli era sembrata abbastanza robusta. Una volta fuori, era sicuro che si sarebbe ritrovato davanti Tamitria Wilson e il suo bastone. O forse la donna aveva un'arma in casa – ricordò il fucile da caccia impugnato dal signor Wilson nella foto sul camino. A Bruno Genko non piacevano le armi. Nel suo lavoro ne aveva avuto bisogno solo un paio di volte, e in entrambe le occasioni non aveva esploso neanche un colpo. Però sapeva maneggiarle e si esercitava regolarmente in un poligono privato. Possedeva due pistole. Una Beretta, custodita nella cassaforte dello studio, e una semiautomatica che si trovava in un astuccio di plastica celato sotto la ruota di scorta della Saab. Al momento, erano entrambe irraggiungibili.

Procedette lentamente senza sapere cosa aspettarsi, finché i polpastrelli non toccarono qualcosa di viscido e duro. Allora si accorse di essere finito in un vicolo cieco, perché aveva davanti una parete di mattoni. « Merda » esclamò. Ma non aveva ragione di arrabbiarsi. Forse quella situazione era un assaggio di ciò che lo aspettava dopo la morte. Un buio inferno solo per lui. La giusta punizione per i peccati che aveva commesso nel corso della propria vita. Per il contenuto della cassaforte della camera 115 dell'Ambrus Hotel, si disse. E se ne vergognò. Ma poi sentì dei suoni bassi e soffocati che provenivano dalla sua sinistra.

Un lamento. No, una voce.

Si mosse in quella direzione. Tastando il muro, poco dopo incontrò una specie di colonna. La esaminò meglio al tatto. Si trattava di un grosso tubo di ghisa collegato alla superficie. Lo capì perché nell'interno cavo riecheggiava proprio la voce ascoltata poco prima.

Giungeva dalla casa sopra di lui.

Non riuscendo a capire bene, Genko appoggiò l'orecchio al metallo. I suoni erano confusi, però gli sembrò di riconoscere la voce di Tamitria Wilson. Le parole svanivano prima di assumere un significato. Bruno provò a concentrarsi meglio. Niente da fare, lo spessore del tubo gli impediva di comprendere il senso di quella specie di canto gutturale. Ma poi d'un tratto la conduttura captò meglio la voce e le parole divennero più chiare. La donna doveva essersi avvicinata al punto sotto cui si trovava lui, e finalmente Genko riuscì a carpire qualche frase.

« ... Mi ha mostrato un tesserino falso. Poi, però, gli ho preso il portafoglio e dai documenti ho scoperto che si chiama Bruno Genko e fa l'investigatore privato. Maledetto... »

Era alquanto adirata. Non si capiva con chi stesse discutendo, perché nessuno replicava alle invettive. Sta parlando da sola, vecchia pazza. O magari coi suoi cani, si disse Bruno.

« ... L'ho portato da Bunny, cosa potevo fare? Non mi è venuto in mente altro. E poi ho pensato che là sotto gli avrei dato una botta in testa. Infatti, ne ho approfittato appena mi ha voltato le spalle... »

Bruno non sapeva se avercela più con lei o con se stesso, per essersi fatto fregare in un modo tanto idiota.

« ... Non l'ho mai visto prima di stanotte. Non lo so se l'ha mandato qualcuno... »

L'ultima frase non sembrava detta a caso. Piuttosto, assomigliava a una risposta. Un freddo improvviso, come il bacio di uno spettro. Non sta parlando da sola, si disse.

« ... Ho pensato subito ad avvertirti... »

Era al telefono con qualcuno. La linea fissa non funzionava, ma la vecchia doveva avere un cellulare.

« L'ho chiuso dentro... Sì, sta' tranquillo: da lì non può uscire... »

Chi doveva stare tranquillo? Con chi ce l'aveva la vecchia? Bruno provò una brutta sensazione. Si era cacciato da solo in quella trappola, e le cose stavano per peggiorare. Chi era il misterioso interlocutore di Tamitria Wilson?

« ... Va bene, allora ti aspetto... »

Genko smise di cercare una risposta.

Chiunque fosse, stava arrivando.

16

Sta venendo per me.

Il respiro si era fatto affannoso, si sentiva come un topo imprigionato in una scatola. Quanto avrebbe impiegato l'uomo al telefono per giungere alla fattoria? Quanto tempo aveva a disposizione per escogitare qualcosa? Vagava per il deposito senza più badare a dove metteva i piedi. Era intento a cercare un oggetto con cui difendersi, ma al buio era difficile orientarsi.

Fino a poche ore prima, l'idea che gli restasse poco da vivere era una specie di superpotere che lo faceva sentire invulnerabile. Tanto, non poteva andargli peggio, no? Adesso, invece, si stupiva di come l'istinto di sopravvivenza fosse ancora così forte dentro di lui. La dimostrazione era la paura che provava.

Arriverà, e sarà la fine.

Scivolò e rovinò su un mucchio di scatole di latta che precipitarono rumorosamente sul pavimento, anche qualcosa di vetro si infranse in mille pezzi. Si ritrovò disteso per terra, a pancia sotto, con le braccia protese in avanti. Inavvertitamente, la mano destra si era infilata in qualcosa di morbido. Sembrava la tana di un grosso insetto. Sollevando il braccio, tirò a sé alcuni filamenti, simili a una ragnatela. Provò subito a districarsi, ripugnato. Ma, esaminandoli meglio al tatto, si accorse che era solo lana. Sotto di lui c'era una cesta di gomitoli.

Mentre provava a calmarsi, capì che ormai aveva perso il controllo. In compenso, notò un lieve bagliore davanti a sé. Aveva ritrovato la scala che conduceva alla botola del ripostiglio.

La risalì.

In cima ai gradini, la luce del piano di sopra filtrava tra le fessure del portello di legno. Ogni tanto veniva interrotta da un'ombra di passaggio. Erano i cani che facevano la guardia all'unica via d'uscita. Genko appoggiò la spalla destra sulla botola e fece leva nel tentativo di sollevarla. Come previsto, dall'altro lato c'era un fermo – dal suono metallico, capì che si trattava di un chiavistello. La malattia aveva minato il suo fisico: era troppo debole, non ce l'avrebbe fatta a scardinarlo.

Però, dalla posizione in cui si trovava, poteva intuire meglio cosa accadeva in superficie. Riconobbe il suono del bastone di Tamitria Wilson che accompagnava il trascinamento della gamba zoppa. Insieme producevano un ritmo ossessivo, quasi ipnotico – un colpo e un breve strofinamento, un colpo e un breve strofinamento, e così via.

C'era odore di caffè appena fatto e di biscotti. La vecchia strega trafficava in cucina in attesa dell'ospite.

Gli sembrò di riconoscere il rumore di un'auto che sopraggiungeva. Udì la Wilson allontanarsi. Dopo qualche minuto, la sentì tornare indietro. Dal numero dei passi sul pavimento, comprese che non era più sola.

« Ho pensato di chiamarti perché ho capito subito che qualcosa non andava » stava spiegando la donna – il tono di voce non aveva più l'asprezza di poco prima, adesso era gentile. « Come ti ho anticipato al telefono, il chiacchierone mi ha fatto un sacco di domande sui ragazzi che stavano qui, quando in realtà gliene interessava solo uno. »

A quanto pareva, era bastato nominare Robin Sullivan per provocare inquietudine nella vecchia. Genko si rese conto di aver aperto una pericolosa porta sul passato. Da lì era precipitato in un abisso sconosciuto, e adesso l'unica via d'uscita si stava richiudendo in fretta alle sue spalle.

« L'ho perquisito bene: non è armato. Qui ci sono il cellulare e i documenti » affermò Tamitria mentre probabilmente mostrava gli oggetti che gli aveva sottratto.

Bruno si sentì uno stupido. Di solito, quando doveva fare una visita a domicilio, nascondeva sempre da qualche parte telefono e portafoglio – la cassetta della posta di un vicino, oppure li infilava in uno scomparto nel vano motore della Saab. Adesso quei due sapevano troppo di lui.

« È di sotto. Si è ripreso dalla botta perché poco fa ho sentito dei rumori. Adesso è da un po' che se ne sta tranquillo, magari si è nascosto o sta meditando qualcosa. »

L'ospite di Tamitria ascoltava e continuava a tacere.

« Non ho idea del perché sia venuto a ficcare il naso » proseguì la Wilson.

A quel punto, Genko li sentì camminare e spostarsi nella sua direzione. Il cuore malato era uno stantuffo nel torace, sembrava dovesse esplodere da un momento all'altro, così come avevano pronosticato i dottori.

Arrivati nei pressi della botola, i due si fermarono. Bruno si avvicinò a una delle fessure, voleva guardare in volto l'uomo che era con Tamitria Wilson. Ma la posizione di lei gli impediva la visuale.

« Che vuoi fare con lui? » chiese la donna.

Bella domanda, si disse Genko. Anche lui avrebbe voluto saperlo.

L'ospite, però, non rispose.

Non era un buon segno, pensò l'investigatore. Poi si udì uno sparo. Trascorsero alcuni secondi di silenzio assoluto. Bruno si stava appunto chiedendo cosa stesse accadendo, quando nella fessura apparve improvvisamente l'occhio della vecchia strega.

Si ritrasse subito, ma era troppo tardi.

Si aspettava che Tamitria Wilson si mettesse a urlare. Invece la donna non disse nulla. Continuò a fissarlo, finché un rivolo sottile di sangue scivolò sull'iride immobile.

Era morta.

Genko arretrò lentamente sulla scala di legno, cercando di non fare troppo rumore. Intanto continuava a sorvegliare la botola, aspettandosi che si aprisse da un momento all'altro. Riuscì a riguadagnare le tenebre del deposito sotterraneo e rimase in attesa dietro un mobile.

Qui sotto saremmo entrambi al buio, lui non vorrà correre rischi. Mi stanerà col fumo, pensò. O, peggio: darà fuoco alla fattoria e lascerà che siano le fiamme a occuparsi di me e del corpo della vecchia. Ma Bruno scartò subito l'idea. Non lo farà, si disse. Deve prima recuperare qualcosa che gli sta troppo a cuore. Si portò una mano al fianco e accarezzò l'albo a fumetti che custodiva nella giacca.

Bunny. Lui non lo lascerebbe mai bruciare.

Pregò di avere ragione, e intanto passarono altri interminabili minuti. Poi, finalmente, accadde qualcosa. Udì il suono del chiavistello che veniva sbloccato. La botola iniziò a sollevarsi. La luce del ripostiglio s'infilò nell'apertura, scivolando come un rivolo per le scale fino al pavimento del deposito, dove si raccolse intorno a una lunga ombra nera.

Eccolo, si disse Genko. Avanti, vieni qui sotto. Vieni da me, coraggio.

L'uomo, però, non si decideva. Bruno riconobbe il rumore del carrello di una pistola automatica. Era un avvertimento: l'ospite voleva fargli sapere che il proiettile successivo sarebbe toccato a lui. Finalmente mosse il primo passo verso il baratro. Poi un secondo, un terzo. Genko si sporse meglio dal proprio nascondiglio e capì che l'altro era arrivato a metà della scala. Prese dal pavimento le estremità dei fili di lana che aveva trovato nella cesta di gomitoli poco prima, e tirò con forza.

Vide tendersi la ragnatela nel momento esatto in cui la preda ci finiva dentro.

Lo sconosciuto sulle scale provò a liberarsi dalla trappola. Ma, preso alla sprovvista, perse l'equilibrio e precipitò in avanti. Genko seguì la parabola del volo come fosse al rallentatore, e lo vide planare al suolo. Produsse un tonfo cupo, accompagnato da un lamento. Ma non di dolore, bensì pieno di rabbia.

Ne approfittò, scattò in avanti e corse verso le scale.

Scavalcò l'uomo per terra, mentre questi si dimenava cercando di districarsi. Protese anche un braccio per afferrarlo – Bruno avvertì sulla caviglia la carezza delle dita che mancavano la presa. Salì i gradini due alla volta, andando incontro alla botola che lo attendeva con le fauci aperte. Prima di tuffarsi in mezzo alla luce, sentì il rumore inconfondibile di uno sparo. Il proiettile gli sfiorò un orecchio. Genko si afferrò al pavimento del ripostiglio e, con un colpo di reni, riuscì a infilarsi nel buco. Si ritrovò davanti lo sguardo pietrificante di Tamitria Wilson. Stava per ricadere all'indietro, ma riuscì a evitare il peggio, atterrando su un fianco. Gli mancò il fiato ma si voltò subito con l'intenzione di chiudere il portello e imprigionare l'uomo nel deposito. Un secondo sparo lo fece desistere: il proiettile andò a impattare contro il legno e Bruno fu investito al volto da una miriade di schegge. Fu preso dal panico. Ma se ne fregò della botola e scappò senza voltarsi indietro, precipitandosi verso l'uscita.

Il breve tragitto gli sembrò interminabile. Quando finalmente arrivò alla porta, si aggrappò alla maniglia. La abbassò e la tirò a sé. Ma la porta non si mosse. Non aveva calcolato la possibilità che potesse essere chiusa a chiave.

Sentì i passi che risalivano pesantemente la scala alle sue spalle.

Non si voltò a guardare. Assurdamente, era convinto che se l'avesse fatto sarebbe morto all'istante. Iniziò a prendere a calci la porta in maniera quasi isterica, rivelando una voglia di salvarsi alquanto singolare in uno che aveva quasi esaurito il proprio bonus con la vita.

I passi dietro di lui si bloccarono.

Sta prendendo la mira, si disse in attesa di sentire un proiettile perforargli le carni. Ma ebbe il tempo di individuare una finestra nel soggiorno. Con la sola forza della disperazione, corse verso di essa, la tirò su e la scavalcò.

Una volta all'esterno, puntò la Saab. Era ancora dove l'aveva parcheggiata, ad appena una ventina di metri dal portico. Quindici, dieci, cinque. *Nessuno sparo – come è possibile?* Bruno aggirò il veicolo, si accucciò accanto a una ruota e strisciò verso il posto di guida. Aprì la portiera e si tuffò sul sedile. Tenendo sempre la testa bassa per paura che un colpo lo centrasse attraverso il lunotto posteriore, andò in cerca della chiave che aveva provvidenzialmente lasciato nel cilindro dell'avviamento. Pestò il piede sull'acceleratore. Il motore produsse un rantolo prolungato, come se si stesse ingolfando. Ma poi il carburatore assimilò la benzina in eccesso e l'auto partì con un sobbalzo. Solo allora, Genko si rialzò sul sedile. Dal retrovisore gettò un'ultima occhiata alla casa.

Nello specchio, intravide una figura stagliarsi dietro la stessa finestra da cui poco prima era riuscito a evadere.

Bunny il coniglio lo stava salutando.

17

« Sam, parlami della porta. »

Sente la voce del dottor Green, ma non riesce a rispondergli. La sua mente è bloccata nel labirinto, davanti alla porta di ferro dietro cui si cela un suono ossessivo.

Simile a un topolino che rosicchia o a un insetto che mastica.

« Chi c'è dietro la porta, Sam? »

« C'è qualcuno con me nel labirinto... »

Un'altra voce si sovrappone a quella del dottor Green, ma non è nella stanza d'ospedale. Una voce sottile. Un'altra bambina. Gratta la porta e piange.

« Ehi tu, mi senti? » le dice.

Nessuna risposta.

« Riesci a sentirmi? »

Tira su col naso.

« Come ti chiami? »

Niente da fare.

« Sei sorda? » No, invece ci sente benissimo. È solo spaventata. Spaventata a morte. « Ascolta: non devi avere paura, non voglio farti del male. Sono come te, anche a me è capitata la stessa cosa. E adesso mi tro-

vo qui e non so dove sono.» Prova una strana euforia. Lo sa, è da egoista. Ma è contenta di non essere più sola. «Ti prometto che ti aiuterò.» Le sta mentendo, ne è consapevole perché anche lei ha bisogno di aiuto. Dovrebbe dirle: «Nessuno ci aiuterà qua sotto». Invece le racconta bugie. Il fatto è che non vuole perdere la sua nuova amica. «È solo un gioco» le dice. «È facile, non devi fare altro che rispettare le regole.» Dovrebbe aggiungere che le regole le decide lui, ma non lo fa. «Io ci sono arrivata dopo un po', ma quando capisci il meccanismo allora è tutto più semplice... Lui vuole solo giocare con noi.»

«Lui chi?» chiede finalmente una vocina flebile al di là della porta.

Non lo so, pensa. Forse è Dio. Perché lui è Dio là sotto, e decide se devi stare bene o male, se devi vivere oppure morire. E ti mette alla prova coi suoi giochi. «Lui non risponde mai alle mie preghiere. Dipende solo da noi... Possiamo scegliere se giocare oppure no. Ma chi non gioca non riceve cibo, né acqua... Chi non gioca non sopravvive...»

«Quanti giochi hai fatto?» chiede la voce.

«Tanti...» Ormai ha perso il conto. «Ma, vedrai, ti piacerà.» È assurdo – come potrebbe piacerle? Perché le ha detto una cosa del genere? Non c'è niente di piacevole nello stare lì, «piacevole» è la parola meno adatta per definire ciò che accade nel labirinto. Lo odierai, avrebbe dovuto dirle. Odierai ogni cosa, per-

fino te stessa per ciò che lui ti costringerà a fare. « Ora dobbiamo solo capire come farti uscire da lì » dice mentre saggia la robustezza della porta di ferro.

« Ho la chiave. »

L'informazione la coglie alla sprovvista. « E cosa aspetti? Apri e vieni fuori... »

Silenzio.

Ma lei non demorde. « Hai fame? Ho del cibo di là... »

Nessuna reazione.

« Non ti fidi? » Forse ha ragione, con tutte le bugie che le ha raccontato. « Non fare la stupida. » Sta perdendo la pazienza. « Te l'ho già detto: non ti farò del male. » È frustrante. « Ma se vuoi restare chiusa lì, fa' pure... Morirai là dentro, lo sai? » Si sente un verme per la frase che ha pronunciato. Ricorda ancora il suo primo giorno nel labirinto – era terrorizzata da tutto. « Va bene, scusa... Ma è da troppo tempo che non parlo con qualcuno. Non mi sembra vero che tu sia qui adesso. Io... » Sta piangendo, piange e si detesta per questo. « Io... vorrei solo che fossimo amiche. »

Un rumore metallico interrompe il silenzio. È una chiave che gira nella serratura – due, tre mandate.

Non riesce a crederci: l'ha convinta.

La porta di ferro si apre, ma solo di uno spiraglio. Sente dei passi che si allontanano – indietreggiano, cauti. Allora con una mano spinge l'uscio che si dischiude lentamente, svelando una ragazzina impauri-

ta, in piedi al centro della stanza. Indossa una camicia da notte strappata in più punti. È scalza e i piedi le sanguinano. I capelli biondi e il viso sono sporchi di fango. La guarda con occhi azzurrissimi. Tiene le braccia incrociate dietro la schiena, e si dondola – proprio come una bambina.

« Ciao » le dice.

« Ciao » risponde lei. Fa per avvicinarsi, ma la ragazzina arretra. Capisce che è ancora diffidente – va bene, per la fiducia ci vuole tempo. « Vieni con me, ho dei vestiti puliti che ti andranno bene. » Le porge la mano, ma l'altra non ricambia il gesto. « Ti mostro dove sto, la stanza in cui tengo tutte le mie cose. C'è anche un materasso, puoi riposare se vuoi. » Ma la prospettiva non deve sembrarle allettante, perché ancora non si muove. « Devi nutrirti, dormire. Altrimenti non sarai pronta. »

« Pronta per cosa? » domanda.

« Per un nuovo gioco » le risponde. « Non si sa mai quando può cominciare. Ma ti spiegherò tutto, promesso. » Le gira le spalle e si avvia nel corridoio perché spera che lei finalmente si decida a seguirla.

« So tutto » dice la ragazzina.

Si stupisce. Che significa che sa già tutto?

« Sono io il gioco. »

Le ultime parole rimbalzano nella sua testa come la pallina di un flipper. Si sta voltando e già ha notato un cambiamento con la coda dell'occhio. La ragazzina scioglie le braccia intrecciate fino ad allora dietro la schiena, e lei vede apparire un lampo brillante all'altezza del suo fianco. È la luce del neon che si riflette sulla lama mentre viene svelata.

« Lui ha detto che lo devo fare » dice mentre solleva il coltello. *« Perché se lo faccio, poi potrò andare a casa. »*

Quanti passi le separano? Una decina? L'istinto sviluppato nella lunghissima prigionia le suggerisce che ha solo tre opzioni davanti a sé. Scappare. Lottare. Soccombere. Sta per scegliere la prima, ma ci ripensa. E invece di correre via, scatta verso la ragazzina. E lei fa altrettanto, perché ha capito le sue intenzioni. Sono entrambe dirette verso la porta – la porta di ferro fa la differenza fra la vita e la morte. Lei è in vantaggio ma deve recuperare la chiave. Allunga un braccio, curva il polso, flette le dita. La prende. La sfila. Ce l'ha in pugno. Tira a sé l'uscio nel momento in cui l'avversaria si aggancia al bordo con entrambe le mani, lasciando cadere il coltello. Lo seguono tutte e due con lo sguardo mentre precipita verso il pavimento. Poi lei tira più forte che può, mentre l'altra punta i piedi e grida: « No! No! No! » La porta si chiude con un potente clangore che riecheggia in tutto il labirinto. Ha la prontezza di infilare la chiave nella serratura. Le mani le tremano, ma riesce a dare la prima mandata. Poi la seconda. La terza. E intanto la ragazzina continua a gridare, e piange. E lei la odia. La odia tantissimo. Poi inizia a urlare anche lei.

«È finita... Sam, mi senti? È finita.»

Il dottor Green la cingeva in un abbraccio. Ma lei continuava a dibattersi.

«Ascolta, Sam, sei al sicuro ora. Non ti accadrà nulla.»

Tremava per la disperazione e non riusciva a fermarsi.

«Voglio che tu faccia un bel respiro... Avanti...»

Lei ci provò e per un attimo sembrò riuscirci.

«Non mollare adesso, Sam.»

In effetti, andò meglio. «Io non volevo...» disse con un filo di voce.

«Cosa non volevi?» domandò Green stringendola a sé.

«Ti prego, perdonami...»

«Di cosa dovrei perdonarti, Sam? Non hai fatto niente...»

Ma Green non capiva che non era lei che parlava, bensì la ragazzina nel labirinto.

«Apri, ti prego. Perdonami» implora dietro la porta chiusa la ragazzina. «Ti prego, non mi lasciare qui!»

La sente dalla sua stanza, ma ha deciso di non risponderle. Se ne sta seduta sul materasso, con le ginocchia strette al petto, lo sguardo perso nel vuoto. E la ignora.

« Non lo farò più, puoi credermi. »

Ora è lei che non può fidarsi. La ragazzina non le ha lasciato altra scelta. Sono le regole del gioco. E il gioco adesso prevede che la bambina chiusa nella stanza continui a gridare e a piangere finché ne avrà le forze.

« Non so per quanto è andata avanti... »

« Di che parli, Sam? »

« Forse per giorni, o settimane... Intanto io sapevo cosa stava succedendo dietro quella porta. All'inizio voleva che la liberassi. Supplicava, a volte mi malediceva. Poi ha iniziato a chiedere cibo, e acqua. Poi più nulla... Non ha detto più una parola... Ma io lo sapevo che era ancora viva – lo sapevo... E non ho fatto niente, non ho mosso un dito... Avrei dovuto aprire la porta... Ma lui mi ha messo alla prova, voleva sapere se ero capace di resistere, se avrei provato più pena per lei o per me. Era questo lo scopo del gioco... »

Green aveva sciolto l'abbraccio.

Lei se ne accorse e lo fissò. « E quando ho cominciato a sentire l'odore, ho capito che avevo vinto io. »

18

« Robin Sullivan nei primi anni Ottanta aveva dieci anni, oggi dovrebbe averne meno di cinquanta. » Non era ancora l'alba e già faceva un caldo insopportabile. Il ventilatore sul soffitto girava troppo lentamente per smuovere l'aria stagnante nell'ufficetto del posto di polizia. Le pale producevano un mesto cigolio, simile a un richiamo per uccelli. Genko ne era infastidito, ma cercava lo stesso di spiegare cosa aveva scoperto. « Dovreste diramare un ordine di cattura. »

Bauer era appoggiato al tavolo e si tergeva il sudore dal collo con un fazzoletto di carta. Delacroix stava di fronte a Bruno, a cavalcioni sulla sedia e con le braccia incrociate sotto al mento. I due non si sforzavano nemmeno di sembrare interessati.

« Avanti, ragazzi, ho avuto una nottataccia... » provò a protestare l'investigatore privato. Aveva il volto graffiato dalle schegge di legno schizzate dalla botola. E continuava a tornargli in mente l'immagine di Bunny che lo guardava andar via dalla finestra della fattoria.

Il poliziotto bianco appallottolò il fazzolettino e

lo lanciò verso un cestino dei rifiuti, mancandolo di poco. L'altro sospirò, come se stesse ponderando l'informazione. « Fammi capire: tu sostieni che questo Robin Sullivan ha ucciso una donna e poi ha cercato di ammazzare pure te? »

Solo due colpi, in realtà. Perché poi aveva smesso di spararagli addosso. *Perché l'aveva fatto?* « Se andate a controllare, troverete il cadavere della vecchia. »

« Per quale motivo avrebbe cercato di farti fuori? Continuo a non capire... » lo liquidò Bauer.

Era sconfortante. « Perché sono arrivato fino a lui » disse Bruno come se fosse la cosa più lapalissiana del mondo. « È l'uomo che state cercando, il rapitore di Samantha Andretti. » Immaginava un po' più di entusiasmo dopo una simile rivelazione. « Pensateci bene: Robin Sullivan è stato un 'figlio del buio' » affermò citando Tamitria Wilson. « Da piccolo l'hanno rapito per tre giorni e dopo non è stato più lo stesso. » Il bambino non aveva mai voluto rivelare cosa gli fosse successo, rammentò l'investigatore.

« E con ciò? » chiese ancora una volta Bauer.

Genko li fissò entrambi. « State scherzando, vero? » Allargò le braccia. « Vi basta aprire un qualsiasi manuale di psichiatria: chi da piccolo è stato vittima di abusi ha più possibilità di ripetere da adulto gli stessi comportamenti ai danni di vittime innocenti. »

Il buio l'ha infettato, aveva detto la Wilson riferendosi a Robin.

« Ma, se ho capito bene, questa è solo una congettura » replicò Bauer. « Perché non hai visto in faccia l'uomo che ti ha sparato. »

Ripensò ai momenti in cui aveva preso a calci la porta d'ingresso per scappare dalla fattoria. Risentì il rumore dei passi alle sue spalle. Il terrore gli aveva perfino impedito di voltarsi a guardare il suo inseguitore, mentre l'altro esitava invece di sparare. *Perché aveva tentennato?* « Ve l'ho detto: aveva il volto coperto. » Non aveva specificato che si trattava di una maschera da coniglio. E considerando il credito che davano al resto della storia, aveva fatto bene.

« Perciò, se anche trovassimo Robin Sullivan, non saresti in grado di riconoscerlo. » Bauer scosse il capo. « Ripeti un po': com'è che sei arrivato fino a questa Tamitria Wilson? »

« Devo ricordarti che non sono tenuto a svelare le mie fonti? » Ma il poliziotto lo sapeva benissimo, voleva solo giocare con lui.

« Strano, perché di là abbiamo un bracconiere di nome Tom Creedy che sostiene di essere stato avvicinato recentemente in un bar da un tizio che puzzava da far schifo e che gli ha fatto un sacco di domande su Samantha Andretti e poi l'ha pure intimidito. » Bauer si voltò verso Delacroix. « Tu dici che è sufficiente ad accusare entrambi di complicità in sequestro di persona? »

Genko sorrise, non riusciva a crederci. « E vi ha parlato anche del tizio con la testa di coniglio? » domandò a bruciapelo. « Perché, diciamocela tutta, ragazzi, se intendete usare il caro Tom contro di me, dovrete rendere pubblica anche la faccenda dell'uomo-coniglio e il fatto che il vostro principale testimone ha bisogno di una perizia psichiatrica. »

I due non si scomposero. « Cosa sai di questa storia? » chiese invece Delacroix.

Genko non aveva menzionato Bunny e il fumetto. Erano gli elementi più deboli dell'indagine, neanche lui ne aveva ancora compreso ruolo e significato.

Solo i bambini possono vedere il coniglio, rammentò.

« Se è stato Tom Creedy a portarti fino a Tamitria Wilson, allora ti ha rivelato per forza qualcosa che a noi non ha detto » lo incalzò Delacroix.

« O dovremmo credere che ti ha rifilato solo la balla dell'uomo-coniglio? » affermò Bauer, sprezzante.

Che tu ci creda o no, è così che è andata – pensò Bruno, ma non replicò.

Delacroix cercava di essere conciliante. « Forse Creedy, involontariamente, ti ha fornito un dettaglio che poi ha dimenticato, perché non lo riteneva essenziale. »

« State perdendo il vostro tempo » li interruppe Genko. « Non sono venuto qui solo per denunciare un omicidio, chiaro? Sono qui per darvi una mano, vi ho detto ciò che so e vi ho invitato a verificarlo. Ho fatto il mio dovere di cittadino, e non ero nemmeno obbligato. E in quanto tutore legale di Samantha Andretti... »

Bauer scattò verso di lui e lo afferrò per il bavero della giacca. « Senti, stronzo, abbiamo rintracciato suo padre. Quando gli abbiamo fatto il tuo nome, ha detto che quindici anni fa gli hai spillato un sacco di soldi e sei sparito. »

Non aveva tutti i torti, pensò Bruno.

« Perciò io lo so cosa hai in testa: stai cercando di farti pubblicità vantando un incarico che nessuno ti ha assegnato. Sei solo uno schifoso parassita. »

Bruno non provò nemmeno a respingere le accuse. Dopo qualche secondo, Bauer mollò la presa sulla giacca e se ne tornò al proprio posto.

Il cellulare di Delacroix si mise a squillare. Il poliziotto rispose e ascoltò brevemente. « D'accordo, grazie. » Quando riattaccò, si rivolse a Bruno. « La pattuglia che abbiamo mandato alla fattoria Wilson a controllare non ha trovato nessun cadavere. »

Genko avrebbe voluto controbattere che era prevedibile che Robin Sullivan si sbarazzasse del corpo. Ma non lo fece, perché Delacroix non aveva ancora finito.

« Gli agenti, però, hanno detto che in casa c'erano segni di colluttazione. Inoltre, sulla botola che conduce al seminterrato, c'erano scalfitture compatibili con un colpo d'arma da fuoco. »

« Hanno trovato il cellulare della Wilson? Così potete risalire all'ultima chiamata » chiese Genko.

« Nessun cellulare. »

Nessuno disse nulla per un po' di tempo, poi qualcuno bussò alla porta dell'ufficio. Bauer andò ad aprire.

« Scusate, il dottor Green vuole parlarvi » disse una giovane agente.

« Arrivo subito » disse Delacroix rivolgendosi a Bauer, il collega afferrò il messaggio e li lasciò soli. Il poliziotto di colore si alzò dal proprio posto. « L'uomo a cui stiamo dando la caccia è molto pericoloso » disse.

« Forse lo so anch'io, visto che ha cercato di ammazzarmi » ironizzò Bruno.

« No, non lo sai » lo ammonì l'altro. Ed era serio. « Non è un avvertimento o un consiglio a lasciar perdere. Quando parlo di pericolo intendo dire che è capace di malvagità che io e te non saremmo neanche in grado di immaginare... Green l'ha definito un 'sadico virtuoso'. Fa parte di una categoria di psicopatici che i profiler chiamano 'consolatori'. »

Genko assimilò il termine, non l'aveva mai sentito. Intuì che quel Green era il profiler dai metodi poco ortodossi che seguiva Samantha Andretti.

« La parola 'consolatore' mi ha fatto subito pensare a un'accezione positiva » proseguì il poliziotto. « In fondo, il rapitore di Samantha l'ha tenuta in vita per quindici anni. Si potrebbe addirittura pensare che non avesse il coraggio di ammazzarla, che si fosse occupato di lei e che potesse provare perfino pietà. Ma mi sbagliavo... » Delacroix si morse un labbro, sembrava molto coinvolto dal racconto. « A differenza di un serial killer, un sadico consolatore non si accontenta di uccidere: la morte è un fatto puramente marginale. »

Bruno pensò a Bunny e al fatto che l'avesse risparmiato.

« Lo scopo principale di questi psicopatici è trasformare la vittima in un essere abietto » proseguì lo sbirro. « Nella prigione di un consolatore si viene sottoposti a prove crudeli, plagiati con la paura, costretti ad atti abominevoli... È in questo modo che loro *consolano* se stessi per il fatto di essere dei mostri. »

Bruno non replicò.

Delacroix si alzò. « Se commetti un errore e finisci nelle mani di quel maniaco, pregherai di morire in fretta » concluse. Poi gli riservò un ultimo sguardo di biasimo e se ne andò lasciando la porta aperta.

Fuori dalla stanza c'era un viavai di agenti. Genko si sentì fuori posto in mezzo a tutte quelle divise. Prima di uscire, trasse un profondo respiro, poi sbuffò. Avrebbe dovuto aspettarselo che i due sbirri non avrebbero creduto alla sua storia. Mentre considerava l'idea di un buon caffè nero al Q-Bar, vide passare un grosso cane peloso nel corridoio.

Hitchcock, rammentò.

Poi udì anche delle urla. Andò a controllare cosa stesse accadendo. Dalla soglia, vide Simon Berish che veniva quasi alle mani con Bauer. Gli agenti faticavano a separare il poliziotto del Limbo dal collega.

È colpa mia, si disse Bruno ripensando alla telefonata in cui si era spacciato proprio per Bauer per ottenere informazioni sul fascicolo di « R.S. ».

Si accorse che il grosso cane lo fissava. E prima che anche Berish lo notasse, svicolò verso l'uscita.

19

« Se commetti un errore e finisci nelle mani di quel maniaco, pregherai di morire in fretta » aveva detto Delacroix.

Bruno Genko non aveva il problema di morire in fretta. Perché stava già morendo, in fretta.

Tuttavia, quando il poliziotto aveva affermato che la categoria di mostri a cui apparteneva Bunny non era interessata a uccidere le proprie vittime, gli si era spezzato qualcosa dentro. Perché alla fattoria dei Wilson, quando ormai era in trappola davanti alla porta chiusa e sapeva che il mostro gli era alle spalle, Bunny aveva esitato invece di sparare.

Mi voleva vivo, pensò Genko, mentre raggiungeva la Saab nel parcheggio del posto di polizia. Voleva riportarmi nel deposito sotterraneo. Trascinarmi là sotto, nel buio. E mostrarmi di cosa è capace.

Entrò in macchina, ma attese un po' prima di mettere in moto. Da quanto non dormiva? Era spossato. Scartò l'idea di un caffè al Q-Bar perché ne aveva abbastanza di sbirri. Poteva passare da Linda e chiederle di preparargli la colazione. Magari poteva anche stendersi sul suo divano e riposare almeno mezz'ora, vegliato dai suoi unicorni. Non sembrava una cattiva idea, perché lei era sicuramente in pensiero visto che non l'aveva più richiamata. Come avrebbe potuto? Bunny aveva il suo portafogli e il cellulare. Per fortuna dalla fattoria dei Wilson aveva portato via la cosa più importante.

Infilò una mano sotto al sedile del passeggero ed estrasse l'albo a fumetti. Il simpatico coniglio gli sorrise, sinistro.

Pur non essendo un esperto in materia, Bruno si accorse che sulla copertina era riportato solo il titolo e nient'altro. Girò il fumetto e vide che anche sul retro non c'era scritto nulla. Lo esaminò all'interno e si accorse che mancavano il nome dell'editore e l'indicazione dello stabilimento tipografico. Non c'era un prezzo di vendita e nemmeno un codice a barre. Strano, pensò. Ma era convinto che dietro al mistero dell'origine del libriccino si nascondesse qualcosa. Per questo scordò subito Linda e i suoi unicorni: ora più che mai, doveva conoscere il significato del fumetto.

Gli adulti non vedono Bunny. Solo i bambini.

Avviò il motore e si diresse verso il centro.

Erano passate da poco le sei del mattino e le strade si stavano svuotando. I vampiri tornavano a nascondersi dalla luce del sole. Percorse la suburbana e attraversò il ponte. Di solito, a quell'ora, il traffico era già insopportabile e le auto procedevano a passo d'uomo. Ma il caldo aveva mondato la città dal caos e dalla frenesia: impiegò meno di venti minuti per giungere a destinazione.

La vecchia Saab stonava in quel quartiere residenziale molto in voga, con i viali alberati, che un tempo era stato il ritrovo bohémien di artisti e intellettuali ma che adesso ospitava soprattutto start-upper di successo e rampolli dell'alta borghesia.

Fermò la macchina accanto a una palazzina bianca di tre piani che risaliva ai primi del Novecento. Su un'elegante targhetta in vinile si stagliavano i caratteri argentati: M.L. – GALLERIA D'ARTE.

Ma le ampie vetrate che davano sulla strada ora erano coperte da pesanti tende grigie, probabilmente per preservare le opere dall'aggressione di un altro torrido mattino.

Prima di bussare alla porta, l'investigatore privato considerò il proprio abbigliamento. In altri frangenti, in contesti di simile eleganza, il suo aspetto attuale non l'avrebbe aiutato a ottenere l'informazione che cercava. Ma stavolta poteva contare sulla diretta conoscenza del titolare.

Venne ad aprirgli un anziano signore, con i capelli bianchi pettinati perfettamente all'indietro e un paio d'occhiali da lettura appoggiati sul naso. Nonostante il caldo soffocante, Mordecai Lumann era impeccabile come al solito: blazer blu, camicia button-down, cravatta rossa, pantaloni grigi e un paio di mocassini neri. Portava sempre un fazzoletto colorato nel taschino della giacca. Squadrò Bruno dalla testa ai piedi. « Signor Genko » esclamò appena lo riconobbe. Erano tre anni che non si incontravano.

« Non l'ho svegliata, vero? » chiese Bruno, anche se non credeva che l'uomo andasse a letto vestito di tutto punto.

« Non condivido la follia di vivere di notte. E poi, soffro di insonnia. » Si scansò dalla soglia. « Prego, si accomodi. »

Genko lo seguì all'interno della casa, lungo un corridoio con le pareti verde scuro e la boiserie bianca.

In passato, Lumann si era rivolto a lui per risolvere una delicata questione di famiglia. Un nipote un po' troppo vivace gli aveva sottratto un'opera di grande valore per ripianare alcuni debiti di gioco. Così, per non dare un dispiacere alla sorella, lo zio aveva deciso di non ricorrere alla polizia. Genko era riuscito a stanare il ragazzo nell'albergo di un grande casinò. Si era accertato che fosse ancora in possesso della refurtiva e aveva finto di essere un mercante d'arte ansioso di investire il proprio denaro. Aveva recuperato il maltolto e ricondotto lo scapestrato a casa.

« Gradisce una tazza di tè? » chiese Mordecai. Il tono di voce era austero, i modi affettati.

« Sì, grazie. »

Entrarono nell'ampio salone che ospitava le opere in vendita. Lumann non era un comune gallerista. Non gli interessavano i quadri o le sculture. Si occupava esclusivamente di fumetti e graphic novel. Saghe di supereroi e manga giapponesi erano i pezzi forti delle sue esposizioni.

In un angolo della sala, Mordecai preparava il tè servendosi di un bollitore. Intanto Genko si aggirava fra le tavole originali in mostra. Al momento ce n'erano in vendita soltanto cinque, posizionate su altrettanti cavalletti.

« Pochi pezzi, ma preziosi » disse il padrone di casa immaginando i suoi pensieri.

Bruno si avvicinò a uno dei disegni per osservarlo meglio. Era raffigurato lo scontro fra un ragazzo ninja dagli occhi sproporzionati e alcuni mostri robot.

« Rappresenta l'ultima battaglia dell'umanità, l'apoteosi della lotta, la sfida finale fra l'uomo e il prodotto più sublime del suo stesso intelletto: la macchina » affermò Mordecai, descrivendo l'opera. « La prego di notare come il disegnatore tratteggia i robot: sembrano quasi delle divinità. E il giovane ninja raccoglie l'eredità gloriosa dei secoli. » Poi lo raggiunse con due tazze bollenti. « Non è la bevanda più adatta al clima attuale, me ne rendo conto, ma considero il tè freddo una bestemmia.» Ne porse una all'investigatore. «Cosa posso fare per lei, signor Genko?»

«Niente di speciale» minimizzò. «Una semplice consulenza.» Poi, tenendo in equilibrio il piattino con la tazza, tirò fuori dalla giacca l'albo a fumetti di Bunny e lo porse all'uomo.

Mordecai stava per prendere il libriccino ma si bloccò.

Genko notò l'espressione stupita sul suo volto.

«Non è possibile» disse, posando la tazza su un tavolino. Poi si frugò nelle tasche del blazer ed estrasse un paio di guanti bianchi di cotone. Li indossò e si appropriò dell'albo con un gesto delicato, sollevandolo con la punta delle dita. «Venga con me» disse, e non aggiunse altro.

Bruno lo tallonò fino a una stanzetta nel retro, che era il suo studio privato. Lo vide posare il fumetto su un leggio.

L'uomo accese una lampada orientabile e la puntò sulla copertina. Quindi iniziò a sfogliare l'albo attentamente. «Ne avevo sentito parlare, ma non mi era mai capitato di vederne uno di persona.»

Genko non riusciva ancora a comprendere il senso di tanta meraviglia, visto che la fattura del fumetto gli era sembrata alquanto dozzinale. Ma dopo la prima reazione dell'esperto, capì che era stata una buona idea portare Bunny da Mordecai Lumann, invece di sottoporlo al commesso nerd di una qualsiasi fumetteria.

Il gallerista aveva la faccia immersa fra le pagine, mentre con le dita scorreva la trama dei disegni con la stessa ammirazione di uno storico che si dedica a preziose miniature, e con l'eccitazione di un bambino alle prese col giornaletto appena comprato coi propri risparmi. «Bunny il coniglio» affermò, come se lo salutasse. «Molti miei colleghi pensano che sia soltanto una leggenda... In verità, anch'io ho spesso nutrito dei dubbi al riguardo.»

«Scusi se mi permetto» intervenne Bruno interrompendo la sua concentrazione. «Dubbi per cosa? Potrebbe spiegarsi meglio?»

«Semplice, signor Genko: questo fumetto non dovrebbe esistere.»

La notizia lo stordì. «Che significa?»

«La qualità della stampa, la carta utilizzata e il metodo di rilegatura fanno risalire la pubblicazione verosimilmente agli anni Quaranta del secolo scorso. Infatti, Bunny il coniglio fu un esperimento editoriale di quel periodo... Era un momento di grande fermento nel mondo dei fumetti. Così, per attrarre nuove fette di pubblico, gli editori erano incentivati a cercare nuove strade.»

«Non mi sembra di aver mai sentito parlare di questo personaggio.»

« E come avrebbe potuto? » disse Lumann. « La vita di Bunny è stata alquanto breve: come capitava spesso all'epoca, l'insuccesso ne ha decretato un rapido declino nell'oblio. »

« Col tempo le copie sono diventate oggetti rari e ricercati, è così? » chiese Bruno, pensando che dopo più di settant'anni il valore del fumetto fosse aumentato a dismisura a causa della follia dei collezionisti.

« Neanche questo è esatto » lo corresse l'altro. « I fumetti di Bunny non sono affatto una rarità, li potrebbe scovare facilmente presso qualche rigattiere o sulle bancarelle di certe fiere di settore. Ma esiste un'eccezione: l'albo che mi ha portato oggi. » Mordecai si voltò verso Genko: aveva gli occhi che brillavano. « Si tratta di un testo apocrifo. »

« Nessun autore, disegnatore, editore o stampatore » confermò Bruno. « Nessuna indicazione sull'origine. »

« E, cosa più evidente quando si parla di un fumetto, manca il numero di serie » aggiunse Lumann. « Ciò significa che non fa parte di una collana. È un pezzo unico. »

« E ciò ne aumenta il valore? Non capisco... »

« Non è una questione di denaro, signor Genko. » Lumann si tolse gli occhialini dal naso, sfilò il fazzoletto dal taschino della giacca e cominciò a pulirli. « Anche se sono convinto che qualcuno pagherebbe somme spropositate per possederlo, la peculiarità di questo oggetto non risiede nell'unicità... Ma nel suo scopo.»

«Intrattenere i più piccoli» affermò Genko candidamente.

«Ne è sicuro?» domandò l'altro. «Non ha notato niente di particolare quando l'ha sfogliato?»

La domanda lo fece sentire un ingenuo. «Nella storia, solo i bambini possono vedere il coniglio. Agli adulti non è concesso» disse.

«E non si è domandato il perché?»

Genko non sapeva cosa rispondere.

Intanto Mordecai si era spostato verso una scrivania. «È decisamente brutto, non trova?» disse mentre frugava fra le carte sul tavolo. «I disegni e i dialoghi sono pessimi.»

«Sì, è così.»

Finalmente, Mordecai trovò ciò che stava cercando e tornò al leggio con un piccolo specchio rettangolare. «Ogni epoca decide la propria estetica e, a volte, anche il brutto può generare il bello. È d'accordo?»

A Bruno venne in mente il collage di Hans Arp che era appeso a casa, nello studio. Non tutti l'avrebbero definito un'opera d'arte. Era necessario un certo gusto o una certa cultura. Forse aveva commesso lo stesso errore di valutazione riguardo al fumetto di Bunny. «Secondo lei, quel coniglio è arte?»

Mordecai si fece serio. « No, amico mio. Nient'affatto. » Poi si avvicinò con lo specchio al leggio, lo posizionò di profilo e in diagonale su una pagina a caso, e si rivolse a Genko. « Guardi lei stesso... »

Bruno si avvicinò lentamente, e vide.

Nel riflesso i disegni grossolani e infantili si trasfiguravano. L'espressione di Bunny, tenera e sorridente, era diventata ambigua. Il coniglio dagli occhi a forma di cuore ora si esibiva in espliciti atti sessuali con una donna. Genko ripeté l'esperimento dello specchio in altre pagine. Bunny era sempre ritratto in situazioni oscene condite di violenza e crudeltà. Feticismo, bondage e altre pratiche di sadomasochismo estremo.

« Pornografia. » L'investigatore rammentò la sensazione di disagio provata sfogliando l'albo per la prima volta, senza immaginarne nemmeno lontanamente il contenuto subliminale.

« La narrazione speculare è una tecnica grafica nota già nell'Ottocento, ma fu in voga per un breve periodo negli anni Quaranta » spiegò Lumann. « Viene utilizzata ancora in alcune graphic novel per nascondere una seconda trama o un sottotesto. Spesso l'editore non ne è a conoscenza, si tratta perlopiù di goliardate dei disegnatori. Ci sono collezionisti che amano andare a caccia di queste 'anomalie'. »

« Poco fa lei ha parlato di uno scopo... » gli ricordò Bruno. « A cosa si riferiva? »

Mordecai respirò profondamente. « Ho dedicato un'intera esistenza ai fumetti perché li considero opere di gioia: la mia professione consiste nel guidare i collezionisti nell'acquisto di un oggetto d'arte, ma so bene che la finalità che li muove nel profondo è quella di riprovare l'emozione di tornare all'infanzia o all'adolescenza. » Fece una pausa. « Perciò, in tutta onestà, non so cosa possa spingere qualcuno a creare una cosa tanto ambigua » disse, riferendosi al fumetto sul leggio.

Solo i bambini riescono a vedere Bunny.

Mordecai Lumann richiuse il libriccino e lo porse nuovamente a Bruno. « La mia curiosità si ferma qui, signor Genko. Ma se vuole accettare il consiglio di un amico: se ne liberi al più presto. »

Non posso farlo, avrebbe voluto dirgli Genko. Doveva onorare il proprio debito con Samantha Andretti, contratto quindici anni prima attraverso i suoi genitori. Ma questo per Bruno significava anche fare i conti col proprio passato. E con un plico sepolto nella cassaforte della camera 115 dell'Ambrus Hotel. Aveva chiesto a Linda di distruggerne il contenuto dopo la sua morte. Ma aveva cambiato idea.

Così, mentre Mordecai Lumann lo accompagnava all'uscita, Genko decise che era venuto il momento di riaprire quella busta.

20

L'Ambrus Hotel era uno stretto parallelepipedo, incastonato in mezzo a una fila di edifici tutti uguali, nei pressi del ponte della ferrovia.

La struttura era fatiscente e si raccontavano strane storie sul conto dell'albergo. Una di queste era che in una delle stanze la gente spariva nel nulla. A Genko non interessava, l'aveva scelto per andare a morire solo perché era coerente con l'immagine dimessa di sé che aveva sempre offerto al mondo. Nessuno doveva conoscere il vero Bruno Genko – il professionista scrupoloso, il perfezionista, l'uomo con una fortuna nascosta all'estero e che su una parete di casa propria aveva un'opera di Hans Arp.

Ma, soprattutto, nessuno avrebbe mai dovuto avere accesso ai suoi segreti.

Non si trattava di ciò che aveva scoperto nel corso di delicate indagini private: ciò che cercava di nascondere erano i metodi usati per risolvere quei casi. Genko non andava fiero di ciò che era stato costretto a fare.

Digitò la data di nascita di Linda e sbloccò la combinazione. Recuperò la busta e la soppesò con lo sguardo. Non pensava che l'avrebbe più rivista. Ma allora perché non se n'era sbarazzato di persona invece di chiedere all'amica di provvedere dopo che fosse morto? In verità, l'aveva conservata perché sapeva che poteva arrivare un momento simile, in cui era necessario usare ogni strumento – anche illecito – per raggiungere lo scopo. E allora il contenuto del plico gli sarebbe tornato utile.

Lo infilò in una borsa di tela della lavanderia dell'albergo e lasciò subito la stanza.

Una volta a casa, compì il solito rituale di togliersi i vestiti nell'ingresso, senza mai perdere di vista la borsa momentaneamente appoggiata sul pavimento. Aveva paura, perché in fondo aveva giurato a se stesso di non scendere più a patti col demonio.

Grondava sudore e avrebbe fatto volentieri una doccia, invece s'infilò una tuta da ginnastica e andò a sedersi davanti al terminale dello studio. Niente musica classica stavolta, e l'opera dadaista sulla parete di fronte alla scrivania non aveva più il potere di risollevarlo.

Tolse i sigilli al plico, lo aprì con l'aiuto di un tagliacarte. Poi estrasse una scatolina argentata. Con un cavo usb la collegò al MacBook Air. Infine, si connesse a Internet.

L'oggetto che aveva nascosto all'Ambrus Hotel apriva un passaggio segreto.

In anni di professione, Bruno Genko aveva imparato che esistono posti sulla faccia della terra in cui le regole – tutte le regole, senza distinzioni – sono sospese a tempo indeterminato. Luoghi in cui il male prospera senza ostacoli e la natura segreta degli uomini può liberarsi senza incontrare limiti. In questi deserti di egoismo, la vita e la morte hanno un valore relativo e la sofferenza altrui diventa merce di scambio.

Uno di questi luoghi era il *deep web* – l'Internet oscuro dentro Internet, la rete sotto la rete, la terra di nessuno. Grazie ai *bitcoin*, la moneta elettronica riconosciuta soltanto online, si poteva vendere e comprare qualsiasi cosa: armi, droga, dati, perfino le persone.

Donne e bambini erano gli articoli più apprezzati.

Il deep web funzionava esattamente come l'Internet ufficiale. C'erano motori di ricerca come Dark Tor e Ahmia. Oppure Grams, il cui aspetto grafico ricalcava perfettamente quello di Google. Si potevano usare per orientarsi fra i siti che offrivano beni o servizi – una pistola con la matricola abrasa, ma anche la mano che avrebbe premuto il grilletto. C'erano blog che spiegavano come assemblare una bomba sporca con articoli da supermercato e video-tutorial che mostravano come violentare una donna senza lasciare tracce.

Per Bruno Genko, il deep web era soprattutto un luogo perfetto per la compravendita di informazioni. La trattativa non aveva niente di sofisticato, somigliava molto a un mercatino della domenica in cui però alcuni utenti mettevano in vendita i dati sensibili in loro possesso.

La professione di Bruno si basava sulla capacità di scovare notizie che avessero un'utilità o un valore. Per ottenerle, solitamente, un bravo investigatore privato si sottoponeva a infinite e spesso noiose battute di ricerca. Si trattava di andare per strada, parlare con la gente, filtrare ogni dato e verificarne l'attendibilità. Era un processo lungo e laborioso. Ma, a volte, il tempo a disposizione per chiudere un'indagine era così esiguo e la posta in gioco così elevata da richiedere una scorciatoia.

Bruno era un investigatore all'antica, si serviva di confidenti collaudati e diffondeva notizie manipolate ad arte per ottenere in cambio informazioni depurate. Perciò, il deep web non era il suo territorio. Non si sentiva a proprio agio quando doveva mettere piede nel lato oscuro della rete. Per anni aveva semplicemente osservato quell'universo parallelo senza mai rivelarsi. Così, aveva potuto fare un lungo apprendistato, impararne il funzionamento e cautelarsi da possibili pericoli. E, prima di muovere i primi passi, si era anche imposto un codice. Constava di una sola regola.

Nel deep web nessuno è al sicuro.

Se lo ripeté anche in quel momento, mentre al

centro della schermata nera appariva un cronometro con un conto alla rovescia. L'accesso non era immediato, bensì condizionato da una serie di passaggi. Per prima cosa, come quando si progetta un viaggio in un paese sconosciuto, era sempre meglio proteggersi. I vaccini usati sul web erano potenti antivirus e firewall. Dopo aver creato le barriere, il navigatore doveva sottoporsi al controllo degli altri utenti. Se non veniva ritenuto abbastanza « affidabile », veniva espulso come un corpo estraneo.

Nel corso degli anni, Bruno aveva creato diverse identità per muoversi agevolmente nelle tenebre del cyberspazio. Ogni volta che avvertiva che qualcosa non andava, bruciava quella che stava usando e passava alla successiva. Poteva trattarsi anche di una semplice sensazione, ma era sufficiente.

Finalmente, il cronometro terminò la scansione e apparve una barra centrale in cui Genko digitò il nome di un sito. Ovviamente, anche nel deep web c'erano i social network. E su HOL – Hell On-Line – si poteva incontrare un'umanità variamente maledetta.

Genko sperava di trovarci Bunny.

In altre circostanze, avrebbe usato il proprio tempo per dare la caccia a Robin Sullivan nel mondo reale. Ma visto che il suo tempo stava per terminare, avrebbe cercato lì l'alter ego del rapitore.

Un « sadico consolatore » rammentò, facendo

propria la definizione riferita da Delacroix. Un « figlio del buio », l'aveva chiamato Tamitria Wilson. Due espressioni che designavano la stessa cosa, cioè che Robin Sullivan non era padrone della propria natura perversa, era schiavo della propria ossessione. Altrimenti non avrebbe avuto la perseveranza necessaria a prolungare un sequestro di persona per così tanto tempo.

È organizzato, si disse. Socialmente integrato, perciò insospettabile. Noi vediamo il mostro, ma sotto le inquietanti sembianze di Bunny c'è un essere umano.

Un uomo con due maschere.

La prima – il coniglio – era solo uno scherzo, una menzogna. La seconda – la sua faccia – era la vera maschera, perché celava al mondo intorno a lui la sua autentica natura.

Bunny mi ha lasciato andare, si disse ricordando l'esperienza vissuta alla fattoria dei Wilson. Forse perché ha ancora voglia di darmi la caccia.

HOL era il luogo giusto per capire se era proprio così. Genko scelse un nickname e aprì un nuovo profilo, accreditandosi come amante del bondage e corredando la propria pagina con immagini inequivocabili.

Poi iniziò a interagire con il social.

I maniaci che lo frequentavano si scambiavano perlopiù pornografia estrema. Era il posto adatto per rivelare le fantasie più malate e per dare sfogo alle peggiori perversioni. Erano rappresentate tutte le parafilie. I più acclamati erano gli stupratori che annunciavano preventivamente le proprie gesta e subito dopo postavano i video delle imprese per raccogliere commenti entusiastici e *like* dalla *community*. Si poteva incontrare ogni genere di psicopatico. Dai necrofili ai « parassiti », che seguivano gente comune, del tutto ignara, e poi condividevano le foto rubate. Spesso, in questo modo, erano loro a fornire i cosiddetti « target » a gruppi di utenti che si riunivano per andare a picchiare un incolpevole padre di famiglia all'uscita dal proprio ufficio oppure a violentare un'ignara studentessa sola in casa di notte.

Negli ultimi giorni, l'argomento di discussione preferito su HOL era Samantha Andretti.

Inneggiavano al suo rapitore, lo definivano « eroe » e lo ringraziavano per aver « dato l'esempio ». E le volgarità sul conto della vittima del sequestro si sprecavano, qualcuno addirittura proponeva di introdursi nell'ospedale in cui si trovava per « portare a termine il lavoro ».

Bruno provò ribrezzo per esseri tanto immondi, che sperperavano la sacralità della vita altrui, oltre che della propria. Li immaginò condurre esistenze normali. Chissà se avevano ancora i genitori oppure avevano messo al mondo dei figli. Chissà cosa avrebbero pensato i loro cari se avessero conosciuto la verità. E cosa vi accadrà quando, come me, vi troverete alla fine del vostro tempo? Quale sarà il vostro atteggiamento al cospetto della morte? Vi porterete nella tomba anche il mostro che alberga in voi, ma non sapete ancora che sarà solo lui a farvi compagnia per il resto dell'eternità.

Genko scacciò via quei pensieri, non doveva deconcentrarsi. E tornò a immergersi nel buio torbido che lo chiamava dallo schermo. Era venuto il momento di gettare l'esca: digitò un messaggio rivolto ai compagni dell'inferno.

« Cerco Bunny, un simpatico coniglietto con gli occhi a forma di cuore. Pago bene ogni genere di notizia, anche indiscrezioni. Chi sa qualcosa mi contatti in privato. »

Aveva usato riferimenti che solo chi aveva una conoscenza diretta dei fatti poteva cogliere. Partiva dall'idea che i mostri come Robin Sullivan non si accontentassero di vivere la loro esperienza in segreto, ma che a un certo punto cercassero un palcoscenico per vantarsi del proprio « lavoro ». Hell On-Line era perfetto allo scopo.

Se si è confidato con qualcuno, la cosa verrà fuori. Poi Genko si osservò le mani ancora in bilico sulla tastiera del Mac. Tremavano visibilmente. È la stanchezza, devo dormire.

Approfittando del fatto che la notte era ancora

lontana e che, comunque, non aveva altra scelta che aspettare una risposta dal deep web, si recò in camera sua e si lasciò cadere sul letto. Si portò le mani al torace, chiuse gli occhi e si concentrò sulle pulsazioni del proprio cuore.

Quanti battiti mi rimangono?

Ma prima di immaginare una possibile risposta, si addormentò.

Un suono lontano iniziò a dissolvere l'oscurità – una goccia bianca in un oceano di acqua nera e densa. Lentamente, Genko riemerse dal sonno. Per un attimo, gli sembrò di aver sognato.

Ma il suono esisteva davvero. Forse era un canto.

Non era abituato a sentire voci umane in quella casa. Solo musica classica, e silenzio. Soprattutto, non era una voce come le altre. Apparteneva a una donna. E, a pensarci bene, non era nemmeno un canto.

Anche se a tratti risultava melodioso, era un lamento.

Bruno si alzò dal letto, ancora stordito. Che ora era? Fuori era già buio. Una terribile emicrania gli impediva di pensare. Era disidratato ed era tornata la nausea. Però si costrinse ad andare alla ricerca della fonte del suono misterioso.

Proveniva dallo studio. Più precisamente, dal computer.

Intorno al Mac c'era come una bolla di luce tenue, prodotta dallo schermo. Genko trascinò le gambe pesanti per andare a vedere.

Si sedette al tavolo e si accorse subito che nella pagina del suo profilo su Hell On-Line era cambiato qualcosa. Sotto al messaggio pubblicato qualche ora prima era apparsa una finestrella in cui si muovevano delle figure. Allargò le proporzioni del riquadro e alzò il volume.

Era un video pornografico.

La telecamera, però, riprendeva la scena da una strana angolatura. Nella stanza, immersa nella penombra, si distinguevano solo parti di due corpi nudi. Il canto o lamento che aveva sentito poco prima altro non era che il ripetuto gemito di piacere di una donna.

Era prona e il partner, che si intravedeva appena, la penetrava standole dietro.

Genko non diede molto peso alle immagini e pensò che il filmato fosse partito accidentalmente. Stava per chiudere la schermata, ma si bloccò perché aveva notato qualcosa. L'ombra sul muro alle spalle di lei non era umana.

Sembrava proprio quella di un coniglio gigante.

Genko non immaginava che Bunny apparisse di persona. Ma non capiva nemmeno cosa stesse guardando in realtà. Che senso aveva quel video? Cosa gli voleva mostrare?

I gemiti aumentarono di intensità, lei stava per giungere all'apice del piacere. Una mano femminile apparve all'improvviso in primo piano e spinse inavvertitamente la telecamera che cadde per terra. Nonostante questo, però, continuava a filmare la scena da quella posizione.

Genko cercava di cogliere altri particolari del video, sarebbe stato utile scoprire dove era stato girato. C'erano degli elementi sullo sfondo dell'inquadratura, ma non erano nitidi. L'investigatore privato si sforzò di capire cosa fossero. Ingrandì la visualizzazione. Sembravano animali. Forse dei cani. E guardavano la scena. È assurdo, pensò. No, non erano cani ma cavalli.

Bruno avvertì un gelo improvviso. Si era sbagliato ancora.

Erano unicorni.

La sua mano si allungò spontaneamente verso il telefono della scrivania, ma le dita rimasero sospese sulla tastiera.

Il numero di Linda è nella rubrica del cellulare. Lui me l'ha preso. È così che l'ha trovata.

Ma non era il momento di pensarci, doveva sapere se Linda stava bene. *Nel deep web nessuno è al sicuro*. Scavò nella memoria alla ricerca di quel maledetto numero. Una alla volta, le cifre iniziarono ad affiorare. Cominciò a digitarle, ma la sua mente continuava a incepparsi. Allora riattaccava e ricominciava da capo. *Nel deep web nessuno è al sicuro.* Pensaci, è come una filastrocca: numeri in fila che ormai hanno un proprio ritmo. Esitò sulle ultime due cifre. Erano un 7 e un 4. Le inserì e attese. Trascorsero attimi infiniti.

Il video di Bunny continuava a scorrere davanti ai suoi occhi. Dall'altro capo, il telefono cominciò a suonare libero. Ciò che sconvolse Bruno Genko fu sentire gli squilli nell'audio del computer che aveva davanti.

Non si trattava di un filmato registrato.

Era in diretta.

Il suono sembrò ridestare l'uomo-coniglio. La ripresa s'interruppe bruscamente. Nell'ultima, fugace inquadratura, Bruno vide apparire la lama luccicante di un coltello.

21

La porta d'ingresso era solo accostata.

Genko la osservò per qualche secondo, fermo sul pianerottolo. Poteva essere una trappola, ne era consapevole. Bunny poteva aver escogitato un modo per attirarlo lì e ucciderlo.

Se è così che deve finire, allora mi sta bene.

Spinse cauto il battente con la mano sinistra, mentre con l'altra puntava la pistola davanti a sé. L'interno della casa era buio, l'unico bagliore proveniva dalle insegne dei negozi sulla strada. Bruno aveva una piccola torcia, ma al momento la teneva nella tasca della giacca.

Superò la soglia e controllò subito gli angoli ciechi del primo ambiente, per prevenire un agguato del suo avversario. Poi, a piccoli passi, si mosse verso il soggiorno.

Non c'erano suoni, né rumori in casa. Anche l'impianto di condizionamento era spento e c'era uno sgradevole calore. Tutto sembrava in ordine. Il divano bianco come la moquette, i mobili laccati di nero, gli unicorni. Nonostante non ci fossero segni evidenti, Genko sapeva che era accaduto qualcosa di terribile. Sentiva l'energia negativa nell'aria – come un crepitio elettrostatico sui vestiti.

Proseguì verso la camera da letto. La prima cosa che avvertì non appena mise piede nella stanza fu l'odore – acre, crudo, inconfondibile. Il sangue aveva impregnato la moquette, gocciolando dal letto.

Linda giaceva esanime nell'oscurità.

Bruno andò verso di lei, però sempre con cautela, nel caso ci fossero sorprese. Era supina, nuda. Il ventre squartato dalle coltellate. Gli occhi spalancati sul nulla ma ancora pieni di paura. Raccolse la sua mano e provò a sentirle il polso. Nulla. Allora si chinò, poggiandole un orecchio sul torace.

Finché c'è ancora aria nei polmoni, si disse. Ma ormai la sua amica non respirava più.

Stava per piangere. Come era potuto accadere? Le braccia del cadavere erano coperte di graffi e così anche le gambe. Segno che non si era arresa subito, che aveva lottato. Bruno fu fiero di lei. Riconobbe sul comodino il portafoglio e il cellulare che gli erano stati sottratti alla fattoria dei Wilson. Ormai Bunny non ne aveva più bisogno. Si era preso l'unica persona per cui Bruno Genko non era solo un rifiuto umano da ignorare. L'unica che gli volesse bene.

Afferrò il telefono e compose il numero delle emergenze. Prima di inoltrare la chiamata, però, incrociò lo sguardo dell'occhio elettronico con cui l'assassino aveva ripreso la scena di sesso culminata col massacro: la webcam era ancora sul pavimento. Perché l'ha lasciata qui? Genko si chiese se Bunny lo stesse guardando in quel momento. Forse i ruoli si erano ribaltati. Forse adesso lo spettatore era il mostro.

Mentre formulava quel pensiero, fece partire la telefonata. Fu allora che sentì il rumore.

Un suono netto, più simile a un colpo. Non era frutto dell'immaginazione, l'aveva percepito distintamente. Proveniva da un'altra parte della casa. E le uniche stanze che non aveva controllato erano la cucina e il bagno.

Tese le braccia davanti a sé, in modo che la pistola gli aprisse la strada. Poi si ritrovò di nuovo nel corridoio. Si fermò vicino alla soglia della cucina, aspettò qualche secondo nel caso in cui il rumore si fosse ripetuto. Quindi entrò con uno scatto. Non c'era nessuno. Allora proseguì verso il bagno. Conosceva la casa di Linda, c'era stato diverse volte. Provò a ricordare com'era disposto l'ambiente. Non era molto ampio e c'era la vasca. Adesso la porta era socchiusa. Si avvicinò all'uscio e, ancora una volta, provò a cogliere qualcosa con l'udito.

Si percepiva la presenza di qualcuno.

Genko allungò la mano verso la maniglia, ma appena posò il palmo sentì al tatto qualcosa di viscido. Era sporca di sangue. Il suo cuore malato gli mandava segnali inequivocabili – non credeva di reggere la tensione. Doveva decidersi, andare a vedere cosa si nascondeva oltre la porta. Ma aveva bisogno di un diversivo.

La torcia, pensò.

La recuperò dalla tasca e la impugnò insieme alla pistola. Quindi contò fino a tre, diede un calcio allo stipite e puntò subito l'arma verso l'interno, accendendo contemporaneamente il fascio luminoso per abbagliare il bersaglio.

Impiegò qualche istante a razionalizzare la scena che gli si presentò davanti.

Bunny il coniglio era lì, accasciato sul pavimento, nudo. Con le spalle al muro e un braccio appoggiato al water. Il coltello con cui aveva ucciso Linda era conficcato nel suo addome. Perdeva molto sangue. Dalla maschera proveniva solo un respiro affannoso, simile a un rantolo. Linda non si era semplicemente difesa, pensò Bruno. Aveva ferito gravemente l'assassino.

Ma per Genko ancora non bastava. L'idea che quel bastardo potesse cavarsela gli ripugnava. Era pieno di rabbia e considerò che, se avesse portato a termine quanto iniziato da Linda, non ne avrebbe mai pagato il prezzo. Cosa possono farmi, condannarmi? Non avrebbero nemmeno avuto il tempo di processarlo: una giustizia più alta e inesorabile stava già agendo su di lui. Così avanzò verso il mostro e prese la mira. « Togliti quella cazzo di maschera » intimò. « Voglio guardarti in faccia. »

Il grande coniglio in principio non si mosse. Poi, con fatica, sollevò un braccio, afferrò con le dita una delle lunghe orecchie e iniziò a tirare. Mentre veniva rimossa la grottesca sembianza animale, appariva anche il volto di un essere umano. Meno di cinquant'anni, così come Bruno aveva pronosticato. Pelle rasata, un naso ordinario, zigomi alti. Occhi marroni, profondi e malinconici che per un momento gli spezzarono il cuore. Una calvizie incipiente. Robin Sullivan, una persona normale.

Ma Bruno non si lasciò ingannare. Noi due non siamo uguali. Non lo saremo mai. Avrebbe voluto ucciderlo a mani nude, strappargli gli arti, torturarlo con il suo stesso coltello. Invece caricò il colpo in canna, avvicinandosi ancora di un passo, pronto a fare fuoco.

Sullivan chiuse gli occhi, il viso si contrasse in una smorfia di paura. Tremava. « Ti prego... Lasciale andare. »

La frase distrasse Bruno dal suo proposito. Cosa stava blaterando? Provò ancora più collera, perché non gliene fregava niente delle sue ultime parole.

« Ti supplico... » continuò l'altro, mettendosi a piangere.

« Che cazzo stai dicendo? Non ti capisco. » Era furioso. « È finita, Robin. È finita » ribadì.

« Ho fatto come hai detto... Ora lasciale andare. »

Genko si bloccò. Gli sembrava un bluff, ma quell'uomo stava perdendo sangue. Se era un inganno, non aveva senso. Un sospetto cominciò a farsi strada nella sua mente, un'idea che non gli piaceva affatto. « Qualcuno ti ha mandato qui? »

L'uomo ebbe un sussulto. Probabilmente anche lui pensava di trovarsi davanti qualcun altro.

Genko gli tolse la torcia dalla faccia per farsi guardare. « Chi è stato? » si ritrovò a domandare, anche se conosceva la risposta.

« Si è introdotto in casa nostra. Ha chiuso mia moglie e le bambine in cantina. Mi ha detto di fare quello che mi ordinava, altrimenti le avrebbe uccise... » Scoppiò in lacrime. I singulti gli squassavano il petto, il sangue colava dalla ferita nella pancia.

Chi era l'uomo che giaceva ai suoi piedi? « Dove abiti? » gli chiese.

« Lacerville, 10/22. »

Era un bel quartiere residenziale, composto da villette. Ci vivevano le famiglie borghesi. Poteva essere un bluff, qualcosa gli diceva di non fidarsi. Ma poi, senza abbassare l'arma, Genko prese il cellulare per avvertire la polizia. Chiese un'ambulanza e poi aggiunse: « Dovete mandare subito qualcuno a Lacerville: al 10/22, una donna e le sue bambine potrebbero essere in grave pericolo ». Attese che dall'altro capo prendessero nota, poi aggiunse: « Voglio anche che mi metta in contatto con gli agenti Delacroix e Bauer, gli dica che Bruno Genko ha urgenza di parlargli».

«Aveva una maschera, ma io lo conosco...» mormorò il ferito.

Genko si dimenticò della telefonata. «Cosa hai detto?» chiese, voleva essere sicuro di aver capito bene.

L'uomo lo fissò. «Io so chi è.»

22

Cinque bussate rapide, poi due lente.

Il suono le mise allegria. Poi la porta della stanza si aprì e Green entrò spingendo un carrello con un vecchio televisore. Aveva un sorriso malizioso stampato sulla faccia.

« Ho una buona notizia » annunciò. « La polizia è riuscita a rintracciare tuo padre, si è già messo in viaggio per venire da te. »

Non sapeva come reagire. Avrebbe dovuto mostrarsi contenta, ma non riusciva nemmeno a ricordare la faccia di suo padre. Per non deludere Green, si limitò a sorridere.

Per fortuna, il dottore cambiò subito argomento e indicò il televisore. « L'ho preso in prestito dalla sala infermieri » le confidò, orgoglioso come un bambino che l'ha combinata grossa. « Vorrei mostrarti una cosa. » Quindi posizionò l'apparecchio di fronte al letto.

Mentre l'uomo trafficava con i cavi cercando di collegare il televisore alle prese sul muro, lei si tirò su per seguire meglio l'operazione, incuriosita.

Quando ebbe finito, Green estrasse platealmente

il telecomando che aveva infilato nella tasca posteriore dei pantaloni e, come un cowboy in un duello, lo puntò in direzione della tv. « Diamo inizio allo spettacolo » annunciò mentre l'accendeva.

Sullo schermo apparvero le immagini trasmesse in diretta da un canale di notizie. Era sera e si vedeva della gente radunata intorno a una distesa di candele, peluche e fiori. Alcuni cantavano, c'era un clima festoso. Davanti a loro, un ospedale.

« Che stanno facendo quelle persone? » domandò lei, stupita.

Green non le rispose, invece alzò il volume.

« ... La polizia ha provato più volte a scoraggiarli, ma continuano ad arrivare » stava spiegando un commentatore. *« Sono spinti dal bisogno di portare un segno del loro affetto alla donna ricoverata al Saint Catherine. »*

Erano davvero lì per lei? Non ci credeva.

« Samantha Andretti oggi è la figlia e la sorella di ognuno di noi » aggiunse una voce femminile. *« Ma è anche l'eroina di tutte le donne che ogni giorno subiscono abusi e violenze per strada, sul posto di lavoro o fra le mura domestiche. Perché Sam ce l'ha fatta: salvando se stessa, ha sconfitto il suo mostro. »*

Si commosse. Nel labirinto cercava di trattenere il più possibile le lacrime, perché piangere significava ammettere che il bastardo stava vincendo, che stava indebolendo le sue difese, e che presto lei gli avrebbe ceduto il controllo di sé. Ma adesso poteva finalmente lasciarsi andare. Fu quasi liberatorio.

Sullo schermo, intervenne di nuovo il commentatore. «*La donna sta fornendo alla polizia una serie di indicazioni che, già nelle prossime ore, potrebbero portare alla cattura del rapitore...*»

L'ultima frase la turbò. Forse Green se ne accorse, poiché spense subito il televisore.

«Perché tutti si aspettano qualcosa da me?» chiese. Ma la domanda vera era: perché non volevano lasciarla in pace?

«Perché nessuno può fermarlo, a parte te» disse il dottore. Poi tornò a sedersi al proprio posto. «Un po' di tempo fa, in un paesino delle Alpi di nome Avechot, è scomparsa una ragazzina. Anche allora la gente si è radunata davanti alla casa in cui abitavano i genitori, portando doni e pregando. Ma ciò che è accaduto dopo non sarà dimenticato facilmente...»

«Perché mi racconta questa storia?»

«Il motivo è semplice, Sam.» Green si protese verso di lei. «Voglio che ti sbarazzi per sempre di questo incubo. Lo sai meglio di me che, se non lo prendiamo, una volta là fuori non riuscirai ad avere una vita normale...»

Spostò lo sguardo verso il telefono giallo sul comodino. Il dottore aveva ragione: non voleva avere paura di ogni cosa. Se, poco prima, dei semplici squilli l'avevano spaventata a morte, cosa sarebbe accaduto nel mondo esterno? Non ci sarebbe stato sempre un poliziotto fuori dalla porta a proteggerla. E anche se le avessero fornito una nuova identità e un luogo sicuro in cui stare, avrebbe lo stesso trascorso ogni giorno temendo che *lui* potesse tornare. « Cosa vuole che faccia? » disse, e sembrava decisa.

« Vorrei provare qualcosa di un po' più... radicale » preannunciò l'altro, e gettò una rapida occhiata alla parete con lo specchio, come se cercasse l'approvazione di quelli che seguivano la scena da lì dietro. « Se sei d'accordo, accelererei la somministrazione dell'antidoto agli psicotici » e indicò la flebo collegata al suo braccio.

Seguì lo sguardo del dottore e fissò la boccia col liquido trasparente. « C'è pericolo? »

Green sorrise. « Non ti farei mai correre dei rischi. L'unica controindicazione è che dopo ti stancherai più in fretta e dovremo sospendere per un po' la nostra chiacchierata perché tu possa recuperare le forze. »

« Va bene, facciamolo » affermò, senza esitare.

Green si alzò per andare ad armeggiare con la flebo. Mentre girava la piccola valvola che regolava il flusso del medicinale, si rivolse nuovamente a lei. « Ora dovrai scegliere un punto qualsiasi della stanza e concentrare l'attenzione su di esso. »

« Non perderò il controllo, vero? » chiese, timorosa.

« Non voglio ipnotizzarti » la rasserenò il dottore, azionando il registratore. « È solo un esercizio che aiuta a rilassarsi. »

Con gli occhi andò in cerca di un segno o di un oggetto – un luogo neutrale. Scelse una leggera macchia di umidità sulla parete accanto al letto. Aveva una forma regolare che le ricordava un cuore.

Un muro con un cuore, le venne da sorridere. « Sono pronta » annunciò.

« Sam, c'è mai stato un momento quando eri nel labirinto in cui ti sei sentita felice? »

Che razza di domanda era? « Felice? » ripeté, offesa. « Perché avrei dovuto essere felice? »

« Lo so che ti sembra strano, ma dobbiamo esplorare ogni possibile esperienza... In fondo, hai trascorso quindici anni là dentro, non credo che tu abbia provato solo paura o rabbia. Non saresti sopravvissuta così a lungo. »

« Abitudine » rispose, senza neanche sapere da dove fosse venuta quella parola. La corazza che l'aveva tenuta in vita era fatta di piccoli rituali con cui riempire le giornate. Alzarsi, pettinarsi i lunghi capelli, mangiare, andare in bagno, piegare i vestiti, rifare il letto, coricarsi.

« Vedi, Sam, l'orrore è un ottimo nascondiglio per i mostri: i ricordi sono soverchiati dalle emozioni. Se vogliamo scoprire qualcosa sul tuo rapitore, dobbiamo cercarlo altrove. Non solo nelle cose brutte, ma anche nelle cose piacevoli.»

La verità era che, se davvero c'erano stati dei bei momenti, ammetterlo la imbarazzava. Era come confessare di essere stata complice del suo stesso carnefice. Fissò il cuore sul muro e frugò in se stessa...

È in ginocchio sul pavimento, le mani infilate in una bacinella d'acqua fredda. Sta lavando della biancheria. È arrabbiata perché ha dovuto sacrificare una delle piccole taniche che il bastardo le fa trovare ogni tanto e che, di solito, è costretta a centellinare per non morire di sete. Ma le è venuto il ciclo, e le è rimasto solo un paio di mutandine. Maledetto figlio di puttana. Ha completato due riquadri del cubo e gli ha chiesto degli assorbenti: l'ha urlato in giro per il labirinto, sperando che la sentisse. Cosa ti costa un pacco di assorbenti, stronzo schifoso? Biascica insulti comprensibili solo a lei, perché in fondo ha sempre paura di una ritorsione. Le prude il naso, tira fuori una mano dalla bacinella e prova a grattarsi con la punta di un dito. Per farlo, è costretta a sollevare lo sguardo.

Un'ombra strisciante transita davanti alla soglia della stanza.

Lei, per lo spavento, urla e fa un salto all'indietro, finendo con il sedere sul pavimento. Che cazzo era, un topo? Dio, che schifo. Immaginava che ce ne fossero in giro, visto che il labirinto è sicuramente sottoterra. Ma non ne ha mai visto uno. Le viene in mente la fi-

gura di un grosso ratto viscido e peloso che si arrampica nel water e sbuca fuori. Pensa anche che le poche provviste rimaste sono accantonate nella stanza accanto. Le scatolette non costituiscono un problema, ma la bestiaccia potrebbe sempre rosicchiare una delle buste col pane affettato oppure dedicarsi alle vaschette di plastica con il disgustoso prosciutto in gelatina che il bastardo compra in grande quantità quando è in offerta al supermercato. Fosse per lei, il ratto potrebbe anche mangiarsi tutto. Ma quegli alimenti sono carburante – se lo ripete sempre quando deve mandare giù un boccone che non le piace. Le servono per resistere e sopravvivere.

Sopravvivere un giorno in più. Resistere a ogni nuovo gioco.

Per questo, per quanto provi ribrezzo, deve andare nella stanza accanto a controllare. Allora si alza e si rende conto che non possiede nulla con cui dare la caccia al topo. Non ha un bastone, né delle scarpe da lanciargli. Però potrebbe sempre usare la federa del cuscino, metterci dentro un po' di cibo e preparargli una trappola. Sì, può fare così.

Si affaccia in corridoio e si guarda intorno, cercando di scorgere l'animale. Niente di niente. Si avvia nella direzione verso cui ha visto sfilare l'ombra. Passa in rassegna le stanze, finché non arriva a quella che usa come dispensa.

Le scatole, le taniche e il resto delle scarse provviste

sono accantonate in un angolo. Lei le guarda ma esita sulla soglia. Poi fa un passo all'interno.

E, in effetti, qualcosa nella piccola catasta si muove.

« Ehi! » dice, come se bastasse a intimidire un ratto di fogna.

Come risposta, un barattolo cade da una pila e rotola fino ai suoi piedi.

Urla ancora. Ma poi raccoglie il barattolo da terra e lo brandisce come fosse un'arma. Gli fracasserà la testolina di merda. Avanza, un passo alla volta. Lentamente si avvicina. Non scorge altri movimenti, ma solleva lo stesso il braccio, pronta a colpire. Si immobilizza.

In mezzo alle provviste non c'è un ratto, ma un gattino che la osserva curioso con occhi grandissimi. E miagola.

Non riesce a crederci. Posa il barattolo e tende le braccia verso di lui. È così felice che le viene da piangere. Ha solo voglia di prenderlo e accarezzarlo. « Su, piccolo... » lo incoraggia. E lui si lascia afferrare. Se lo porta al seno, lo stringe piano per non fargli male. Lo bacia sulla testolina e lui ricambia facendo le fusa.

« Era proprio un gatto? » Green sembrava divertito dalla cosa.

« Sì » confermò lei, ridendone a sua volta. « Pensi se gli avessi tirato quel barattolo, ora non me lo perdonerei. »

« E l'hai tenuto con te? »

« Gli davo da mangiare e dormiva nel mio letto. Giocavamo molto e gli parlavo. »

« Anche a me piacciono i gatti » affermò il dottore. « Immagino sia diventato bello grosso. »

« Un bel gattone » confermò. Era piacevole quel ricordo. Fu grata a Green per averla aiutata a recuperarlo.

« Come è stato? Voglio dire, cosa hai provato? »

« Non mi aspettavo di trovare qualcosa da amare nel labirinto. In effetti, è stato strano » rifletté. « Perché in quel periodo non mi piacevo più. Ero sempre arrabbiata. Ero diventata volgare, sboccata. Anzi, *lui* mi aveva fatto diventare così... Ma, grazie a quel cucciolo, ho ritrovato una piccola gioia di vivere. »

« Gli hai dato un nome? »

Ci pensò. « No. »

« Perché no? »

Si rabbuiò. « Io non avevo un nome là dentro, nessuno mi chiamava più... I nomi non servono nel labirinto, non hanno alcuna utilità. »

Green sembrò prenderne nota. « Come ti sei spiegata la presenza del gattino? »

Fece una pausa. « Per un po' ho pensato che fosse un altro dei suoi giochi cattivi. Che me l'avesse regalato solo per costringermi a fare qualcosa di terribile... »

« Cosa ti ha fatto cambiare idea? »

« Ho capito che quel dono non veniva da lui. Ecco perché gliel'ho tenuto nascosto... »

« Ma, scusa, come è possibile? Prima hai detto che 'il labirinto ti guardava', che 'il labirinto sapeva ogni cosa'. »

Il tono di Green era scettico, non le piaceva. « Infatti è così » confermò, stizzita.

« Sam, sei sicura che ci fosse un gatto con te? »

« Cosa sta cercando di dire, che l'ho solo immaginato? » Per la rabbia le veniva da piangere. « Non sono pazza. »

« Non sto dicendo questo, ma sono comunque perplesso. »

Anche se continuava a parlarle con dolcezza, la stava irritando. « Cosa la rende perplesso? » lo sfidò.

« Le cose sono due: il gatto non era reale... oppure non lo è *lui*. »

« Che vuole dire con questo? »

Green ostentava sicurezza. « Chiariscimi una cosa Sam, per favore » disse con tono cortese. « Sembra sempre che tu sappia perfettamente le regole del labirinto, come se qualcuno ti avesse istruito a dovere. Ma come è possibile se lui non ti parlava mai? A volte sembra che tu lo conosca bene, eppure continui a sostenere di non averlo mai visto... »

Ancora quella questione, era stufa di ripetergli che *lui* non si era mai mostrato. « Perché non vuole credermi? »

« Io ti credo, Sam. »

Distolse lo sguardo dal dottore e lo puntò nuovamente sulla macchia di umido a forma di cuore sul muro. « Non è vero. »

« Sì, invece. Ma vorrei che ti domandassi una cosa... Se non è stato il rapitore a portare il gatto nel labirinto, allora come è entrato? »

Il cuore sul muro pulsò. *Non è possibile.* Eppure lo aveva visto distintamente, non l'aveva immaginato: si era mosso.

« Io so che conosci la risposta, Sam. »

Un secondo battito. *Ecco, l'ha fatto di nuovo.* Poi un terzo, e un quarto. E lo sentiva accelerare. Si gonfiava e si sgonfiava. Il muro palpitava insieme a lei.

« Sam, vorrei che ti sollevassi la camicia da notte » disse Green, inaspettatamente. « Vorrei che ti guardassi la pancia... »

« Perché? »

Ma Green tacque.

Esitò, ma poi fece come diceva lui. Prima di tirarsi su la camicia e guardare, infilò le mani sotto la stoffa ed esplorò la pelle con le dita. Girovagando intorno all'ombelico, trovò qualcosa. I polpastrelli sfiorarono una leggera depressione. Un solco ruvido, lineare. Scorrendolo, si accorse che terminava nel basso ventre. Una cicatrice.

« Sei sicura che fosse proprio un gatto, Sam? »

Nelle sue orecchie, la voce del dottor Green fu coperta dal battito. Il cuore sul muro batteva, batteva forte...

È in ginocchio sul pavimento, le mani infilate in una bacinella d'acqua fredda. Sta lavando della biancheria. È arrabbiata perché ha dovuto sacrificare una delle piccole taniche che il bastardo le fa trovare ogni tanto e che, di solito, è costretta a centellinare per non morire di sete. Ha completato due riquadri del cubo e gli ha chiesto dei pannolini: l'ha urlato in giro per il labirinto, sperando che la sentisse. Cosa ti costa un pacco di pannolini? Biascica insulti comprensibili solo a lei, perché in fondo ha sempre paura di una ritorsione. Le prude il naso, tira fuori una mano dalla bacinella e prova a grattarsi con la punta di un dito. Per farlo, è costretta a sollevare lo sguardo.

Un'ombra gattona davanti alla soglia della stanza.

Allora si alza e le corre dietro. La sente ridere mentre cerca di sfuggirle. È un gioco, l'unico gioco buono del labirinto. La insegue, lei si volta e la osserva curiosa con occhi grandissimi. E le sorride. Poi tende le braccia alla sua mamma. Lei la prende. È così felice che le viene da piangere. Ha solo voglia di accarezzarla. La sua bambina. « Su, piccola... » la incoraggia. Se la stringe al seno. La bacia sulla fronte, e lei ricambia posando il capo sulla sua spalla.

La sua nascita ha cambiato tutto. È diventata la ragione più importante per andare avanti. Per fortu-

na è passato il periodo peggiore, quando la neonata non cresceva abbastanza perché là sotto non c'è la luce del sole. Il latte in polvere che non bastava mai e poi gli omogeneizzati da razionare. E quella volta del raffreddore, con la tosse che non voleva passare. Ha sempre paura che possa ammalarsi, perché è troppo fragile e piccola, e nessuno può aiutarle se succede qualcosa. Mentre dormono insieme sul materasso gettato per terra, lei le posa una mano sul torace per controllare che respiri. E sente anche il suo cuore piccino...

Il cuore sul muro cessò di pulsare. « Perché l'ho dimenticato? » chiese, gli occhi pieni di lacrime.

« Non credo che tu l'abbia dimenticato, Sam » la consolò il dottor Green. « La colpa è dei farmaci con cui ti imbottiva il rapitore per esercitare un controllo su di te. »

Aveva paura di fare la domanda successiva, ma doveva sapere. « Che fine ha fatto quella bambina, secondo lei? »

« Non lo so, Sam. Ma forse lo scopriremo insieme... » Si alzò e andò verso la flebo, riducendo nuovamente il flusso dell'antidoto. « Adesso, però, devi dormire un po'. Riprenderemo più tardi la conversazione. »

23

Per un sadico consolatore la morte è un fatto puramente marginale.

Genko ripeté a se stesso le parole che gli aveva rivolto Delacroix nell'incontro al posto di polizia, quando aveva cercato di metterlo in guardia sulla pericolosità del genere di psicopatico con cui avevano a che fare.

Ecco perché Bunny si era servito di un estraneo per ammazzare Linda. Il bastardo si sporcava le mani solo se era necessario, come nel caso di Tamitria Wilson, perché lei conosceva il suo vero volto. Dal punto di vista del mostro, infliggere la morte non era divertente. Invece mostrarla in diretta sì, considerò Bruno ripensando alle immagini che erano apparse inaspettatamente dal deep web.

« Mi dispiace per il tuo amichetto » disse Bauer.

Genko scosse il capo, incredulo più che contrariato. Quello stronzo proprio non ce la faceva a riferirsi a Linda come a una donna. Ma non era cattiveria, era sciatteria. Che per Bruno era imperdonabile più della crudeltà.

L'aveva vista sfilare su una barella. Gli era passata

davanti in un sacco nero, diretta all'obitorio. E adesso, seduto sul marciapiede, mentre intorno brulicavano pattuglie coi lampeggianti accesi, doveva sorbirsi anche le ridicole condoglianze di uno sbirro che lo odiava.

Pensava all'ultima volta che si erano sentiti, Linda era preoccupata per lui. L'amica non poteva immaginare che anche per lei la fine era imminente.

D'altronde, quando incontri uno che sta per morire, l'ultima cosa che ti viene in mente è che potrebbe succedere prima a te.

Si avvicinò Delacroix. « Come stai? » gli chiese, sembrava sincero.

« Sono a posto » disse soltanto. Ma non era vero, perché si sentiva responsabile. Linda era morta perché lui non l'aveva protetta abbastanza.

D'altronde, se scopri che stai per morire, non pensi certo che qualcun altro possa crepare prima di te.

« Chi è l'uomo? » Si riferiva all'assassino dell'amica.

« Si chiama Peter Forman, è un dentista » rispose il poliziotto. « Moglie e due bambine bionde, Meg e Jordan. »

« Ha detto la verità? Qualcuno l'ha davvero costretto a uccidere Linda? » Genko non riusciva a togliersi dalla mente le immagini della diretta.

« Purtroppo sì » confermò Delacroix. « Poco fa

una squadra speciale ha fatto irruzione in casa di Forman, a Lacerville. Hanno trovato moglie e figlie rinchiuse in cantina, terrorizzate ma incolumi. La donna sostiene di aver capito poco di ciò che stava accadendo: è sotto shock e continua a ripetere che un uomo con una maschera da coniglio si è introdotto nella loro abitazione mentre dormiva. »

« Avete trovato impronte dell'uomo a casa dei Forman? »

« La Scientifica sta iniziando adesso, non credo avremo novità prima di un paio d'ore. »

Bruno era furioso. « Se aveste fatto subito un controllo su Robin Sullivan, forse non saremmo arrivati a questo. » Cercava di scaricare su di loro parte dei sensi di colpa per non aver impedito la morte di Linda.

« Il tuo Robin Sullivan è morto! » sbraitò Bauer.

« Cosa? »

« Abbiamo verificato » gli assicurò Delacroix. « Ha avuto un incidente stradale quasi vent'anni fa. »

Bruno era sconvolto. Fino a quel momento aveva pensato che Sullivan fosse Bunny. Allora con chi parlava Tamitria Wilson al telefono? Chi era l'uomo con la maschera da coniglio che si era precipitato alla fattoria in piena notte soltanto per lui? Genko non riusciva a riordinare le idee. L'unica cosa certa era che aveva seguito la pista sbagliata. « Cosa ne sarà di Forman? »

« Per ora, l'abbiamo incriminato per omicidio. I medici del Saint Catherine dicono che ha perso molto sangue ma non è ridotto malissimo: lo stanno operando, dovrebbe cavarsela. »

« Fammi capire, l'avete messo nello stesso ospedale di Samantha Andretti? »

« È il posto più sicuro, visto che lo stiamo già presidiando in forze » spiegò Bauer con la solita arroganza, come fosse la cosa più naturale del mondo. « Perché, hai qualcosa da ridire? »

« No, anzi: avete fatto la scelta più saggia » concordò Genko. « Fossi in voi mi coccolerei per bene quel bravo cittadino. »

Lo sfottò non piacque a Bauer, ma Delacroix lo bloccò prima che potesse replicare. « Cosa sai che noi non sappiamo? » chiese subito, subodorando il giochino dell'investigatore.

Genko fece spallucce. « Niente » disse, ma intendeva esattamente il contrario.

« La prima pattuglia è arrivata dieci minuti dopo la tua chiamata, perciò tu e Forman siete rimasti soli per un bel po'. Vuoi farmi credere che per tutto quel tempo non avete parlato di nulla? »

Genko li fissò entrambi. Voleva fargli sospettare che aveva qualcosa in mano ma stava ancora ponderando la situazione. Però gli girava la testa e aveva il cuore troppo a pezzi per reggere ancora quella pantomima. « Il dentista potrebbe conoscere il vero aspetto dell'uomo-coniglio. »

« Potrebbe o lo sai per certo? » lo sollecitò Bauer, il meno paziente.

« Dipende... »

« Questo stronzo mi ha proprio stancato » sbuffò l'altro, rivolgendosi al collega. « Aspettiamo che Forman fra un paio d'ore si risvegli dall'anestesia e ce lo facciamo descrivere. »

« Forman ha riconosciuto quell'uomo dalla voce » disse Genko.

« Mi sembra poco attendibile » affermò subito Delacroix, scettico.

Bauer era d'accordo. « Come fa uno che è già sotto shock perché un pazzo mascherato gli entra in casa a concentrarsi su una voce? »

« L'ho pensato anch'io » li anticipò Genko. « Ma basterà domandarlo alla moglie: anche lei lo conosce. » Genko lasciò che assimilassero il colpo di scena. « È qualcuno che frequenta abitualmente casa loro. Ma la donna non sa che lui e l'uomo-coniglio sono la stessa persona, altrimenti ve lo avrebbe detto. »

Riottenne l'attenzione di Delacroix. « Lui chi? Un amico di famiglia? Un conoscente? »

« Lascia perdere questo stronzo » si interpose Bauer, provando a trascinarlo via. « Ci sta solo prendendo per il culo. »

« Sono sicuro che la moglie di Forman è in grado di fornirvi indicazioni per un identikit. » Genko si concesse una pausa a effetto per dare modo ai due di valutare bene cosa avevano per le mani. « Sarà sufficiente che qualcuno metta quella donna sulla strada giusta... » aggiunse, infine, riferendosi a se stesso.

« Cosa vuoi in cambio, stavolta? » chiese Delacroix.

« Voglio vedere l'identikit. »

« E poi cosa te ne fai? Vuoi metterti a cercarlo? A fare il giustiziere solitario? » Sembrava divertito.

No, non aveva intenzione di vendicare Linda. Si frugò in tasca e porse ai due il talismano.

Delacroix aprì il foglio e iniziò a leggere il referto medico.

« Sono stanco » disse Genko. « Voglio solo andare via da qui. » Da questo schifo di mondo, avrebbe voluto precisare. « Andarmene in pace. »

Delacroix passò il foglio a Bauer, poi si rivolse nuovamente a Genko. « E guardare la faccia del mostro ti farà sentire in pace? »

« Proprio così » affermò. « Il resto ve lo dico solo in presenza della signora Forman. Avete letto cosa c'è scritto sul referto, no? Non vi servirà minacciarmi e nemmeno sbattermi in galera per intralcio alle indagini. La sola cosa che mi terrorizza sta già per accadere. Perciò adesso si fa come dico io, oppure vaffanculo.» Faceva il duro ma, in verità, aveva già deciso di consegnare ai due anche l'albo a fumetti e spiegargli l'origine della maschera di Bunny. Tanto, dopo aver appreso della morte di Robin Sullivan, l'unica pista che aveva si era esaurita e il libriccino non gli serviva più. Ma ciò che disse in seguito Delacroix gli fece cambiare idea.

«È strano che tu voglia vedere la moglie del dentista» affermò lo sbirro. «Perché anche lei ha chiesto di incontrarti.»

24

Lo condussero in auto fuori città. Era ancora notte ma l'indicatore nel cruscotto segnava che all'esterno c'erano trentotto gradi. Nonostante ciò, Bruno iniziò ad avere freddo.

La morte voleva fargli sapere che non s'era scordata di lui.

Giunsero a un motel. Benché fosse situato in una zona che aveva ben poco di turistico, l'insegna proponeva « vacanze per tutta la famiglia ». Una corona di bungalow circondava una piscina colma di liquami e, in generale, la manutenzione lasciava a desiderare. Il posto era presidiato dalla polizia almeno quanto l'ospedale in cui si trovavano Samantha Andretti e Peter Forman.

Bauer parcheggiò la macchina nel piazzale e andò ad aprire lo sportello posteriore per far scendere Genko. L'investigatore privato si guardò intorno: cento occhi di poliziotti si posarono su di lui, mettendo subito in chiaro che l'estraneo non era il benvenuto.

« Da questa parte » indicò Delacroix.

Il piccolo appartamento riservato alla signora

Forman era il più centrale e, perciò, il più facile da sorvegliare. Quando Genko varcò la soglia del bungalow, notò subito l'équipe di supporto psicologico del dipartimento. Gli esperti assistevano la donna e le sue bambine ancora sotto shock per l'esperienza subita.

Meg e Jordan erano bionde e avevano entrambe meno di dieci anni, erano sedute al tavolo della cucina. Una psicologa cercava di distrarle facendole disegnare. Le sorelline sembravano comunque più tranquille della madre che, nella camera accanto, era distesa sul letto e non riusciva a smettere di piangere, mentre un medico le misurava la pressione. Appena li vide arrivare, si tirò su.

«Come sta Peter?» chiese, ansiosa.

«È in buone mani, signora» la rassicurò Delacroix, poi fece cenno al medico di lasciare la stanza e chiuse la porta.

«Signora Forman, può ripetere ciò che ci ha raccontato prima?» le chiese Bauer.

«Certo.» La donna iniziò a mangiucchiarsi nervosamente le unghie laccate di rosso.

Forse era un vizio antico, Bruno pensò che l'avesse sconfitto con costose sedute di manicure. Ma la paura aveva il potere di far dimenticare le apparenze.

«Ho sempre avuto difficoltà ad addormentarmi, fin da ragazza. Prendo un sonnifero prima di andare a letto, perciò ho il sonno pesante... Quando sono nate le bambine, era Peter ad alzarsi di notte per i biberon e per cambiare i pannolini.»

La donna stava cercando di giustificarsi per non aver vigilato sulle figlie, pensò Genko.

«Anche ieri ha preso il solito sonnifero?» domandò Delacroix.

«Questo caldo folle e anche il fatto di dormire di giorno mi hanno scombussolata...» Il suo sguardo si perse nella stanza, in cerca di un ricordo. «Credo che fossero le due del pomeriggio. Devo aver sentito una delle bambine che mi chiamava e ho aperto subito gli occhi. Non riuscivo a capire se era stato un sogno... Le imposte erano chiuse ma, guardando nella penombra, mi sono accorta che Peter non era accanto a me nel letto. Ho pensato che si fosse alzato per andare a controllare le bambine, stavo per rimettermi giù ma ho sentito di nuovo Meg: non me l'ero immaginato, stava proprio chiamando me. La sua voce, però, non proveniva dalla cameretta... Era più distante, ed era spaventata.»

Genko notò che il suo volto iniziava a deformarsi. Solo il terrore era capace di sfigurare in quel modo le persone.

«Mi sono alzata e sono andata a vedere» proseguì la Forman. «Meg e Jordan non erano nei loro letti. Ho cominciato a chiamarle, ma non rispondevano.» Tirò su col naso, stava per mettersi a piangere. «Ho girato per tutta la casa, disperata. Ma poi ho visto che la porta della cantina era accostata.» Fece una pausa. «Le bambine sanno che è proibito andare là sotto, che è pericoloso. Ho pensato che avessero disobbedito, o che fossero cadute, e invece...» La donna si bloccò, smarrita.

«Cosa è successo dopo?» la incoraggiò Delacroix.

La Forman lo ignorò e sollevò lo sguardo su Genko. «Mentre andavo verso la porta, mi si è piazzato davanti quel...» Non sapeva come definirlo, perciò proseguì oltre. «Indossava una tuta da meccanico, dei guanti da sci... All'inizio, non mi sono spaventata, ero più... Sorpresa. Ho pensato, chissà che caldo con quella roba addosso.»

Non era insolito, considerò Genko. La mente impiega un po' di tempo a metabolizzare le stranezze e cerca sempre di razionalizzare l'orrore.

«Ma poi ho visto bene la sua maschera...» La donna scoppiò in un pianto. «Ero sicura che avesse fatto del male alle bambine.»

Genko attese che si calmasse. «Le sue figlie stanno bene» la rassicurò perché immaginava che la donna avesse bisogno che qualcuno glielo ripetesse.

«L'uomo mi ha afferrata per un braccio e mi ha costretta a seguirlo in cantina.» Prese fiato. «Aveva legato le bambine. Ha fatto la stessa cosa con me e ci ha lasciate lì.»

Al termine del racconto, Delacroix guardò Genko

come per dirgli che adesso toccava a lui. « Signora Forman » disse, per attirare la sua attenzione. « Prima di perdere i sensi, suo marito mi ha detto di aver riconosciuto l'uomo mascherato dalla voce. »

La donna ebbe un sussulto, sembrava sconvolta. « Non saprei... Non avevo idea di dove fosse Peter... »

Ad ammazzare Linda, pensò Genko, ma lo tenne per sé.

« Il signor Forman ha fatto riferimento al vostro giardiniere, ma non ha saputo dirmi il nome. »

I due sbirri presero mentalmente nota della nuova informazione e fissarono la donna in attesa di una reazione.

Lei ci pensò un po'. « Non lo so nemmeno io... Non è assunto, viene ogni tanto... » disse soltanto.

« Per caso, ha il suo numero di telefono? » chiese Delacroix, interrompendoli.

Genko notò che l'agente speciale era impaziente, aveva ottenuto ciò che voleva e l'aveva estromesso dal dialogo.

« No, mio marito andava a cercarlo nel parcheggio del centro commerciale » rispose la donna. « Peter mi ha spiegato che lì di solito si radunano i disoccupati che aspettano che qualcuno gli offra una giornata di lavoro. »

Genko immaginò quel taccagno di Forman che si recava in mezzo a quei poveracci a bordo di una lussuosa berlina, promettendo un compenso in nero.

« Ricorda almeno che veicolo guidava il giardiniere? » domandò Bauer.

« Mi sembra un vecchio furgone Ford, di colore azzurro. »

« Sarebbe in grado di descriverci quell'uomo? »

« Sì, penso di sì. » Poi la donna si bloccò, come se improvvisamente le fosse sovvenuto qualcosa d'importante. « C'è una cosa... Aveva una grossa voglia scura proprio qui » e con una mano si coprì interamente l'occhio destro.

Poco dopo erano seduti nel soggiorno del bungalow e la donna iniziò a descrivere nei minimi dettagli il giardiniere.

Siccome il risultato dipendeva essenzialmente dall'interazione fra la memoria del testimone e l'immaginazione del disegnatore, per aumentare le possibilità di giungere a un ritratto che si avvicinasse alla realtà, la Scientifica di solito impiegava tre diversi specialisti che disegnavano in contemporanea. Al termine dell'operazione, ogni ritrattista avrebbe sottoposto alla Forman il proprio identikit, fra cui lei avrebbe scelto quello più somigliante.

Era una procedura lunga e complessa.

Mentre Delacroix e Bauer assistevano in prima

fila, Genko si teneva a distanza. Stava in piedi, appoggiato a una parete, e teneva le braccia incrociate. Osservava il lavoro dei disegnatori, mentre il vero volto di Bunny prendeva gradualmente forma. I tre identikit avevano parecchi dettagli in comune. Era positivo, significava che i ricordi della donna erano nitidi.

Quando giunse il momento di ricostruire l'aspetto della voglia sul viso, Bruno vide apparire la macchia scura che copriva gran parte del profilo destro, dalla guancia fino al sopracciglio.

È per questo che indossa una maschera, si disse. Chissà quante prese in giro, quanti soprusi ha dovuto subire fin da bambino per quell'anomalia fisica. Forse la totale mancanza di empatia per le vittime dipendeva dal fatto di aver sperimentato prima di tutto su se stesso quanto fosse spietata la natura umana.

Il lavoro dei ritrattisti era quasi completato, ma Bruno poteva già guardare in faccia il mostro che gli aveva portato via Linda. Aveva un'espressione asettica, indifferente, ma ciò era tipico di ogni identikit. Mentre cercava di decifrare il mistero di quel volto, ebbe un nuovo capogiro e gli mancò il fiato. Distolse lo sguardo dalla scena. Voltandosi verso la cucina, vide che al tavolo era rimasta solo una delle figlie dei Forman. Sicuramente Meg, la più piccola. L'altra doveva essere già a letto. Proprio come i ritrattisti, anche la bambina era intenta a disegnare. Ma sul suo foglio non c'era il volto banalissimo di un mostro, bensì una barca in mezzo al mare in una bella giornata di sole. Genko espresse il desiderio che l'aldilà fosse quieto come il disegno di Meg Forman. Sì, quello era proprio un bel posto in cui andare. La bambina sollevò lo sguardo come se avesse percepito i suoi pensieri, e gli sorrise.

« Sì, è lui » sentenziò la signora Forman con la voce rotta.

I ritrattisti le avevano presentato l'esito del lavoro, e lei era subito scoppiata a piangere.

Delacroix cercò con lo sguardo Genko e gli fece cenno di avvicinarsi. « Resta ancora un aspetto da chiarire » disse il poliziotto rivolgendosi alla donna. « Dopo che l'abbiamo liberata, lei ha chiesto di incontrare il signor Genko. » Indicò l'investigatore privato. « Eccolo qui. »

« Ha chiesto di vedermi, signora? » chiese Genko con gentilezza.

La donna tirò su col naso e fu attraversata da un fremito. « Non è stata una mia idea. Me l'ha ordinato l'uomo con la maschera. »

Bauer e Delacroix si scambiarono uno sguardo. « Cosa le ha ordinato esattamente? » chiese il primo.

« Di portargli un messaggio. » Fece una pausa. « Di persona. » La donna si alzò dal divano e, passando davanti allo sguardo allibito dei presenti, attraversò la stanza per andare incontro a Genko.

Bruno la vide avvicinarsi. Anche se non sapeva cosa sarebbe accaduto, non si mosse.

Quando gli fu proprio davanti, la donna si sporse verso il suo orecchio e sussurrò: « Robin Sullivan le manda i suoi saluti ».

25

La palazzina numero quattro era grigia e anonima. Situata nell'ala ovest, era la più decentrata del dipartimento di polizia.

Al piano interrato c'era il Limbo.

Era così che solitamente gli sbirri si riferivano all'ufficio persone scomparse. Bruno Genko se n'era sempre chiesto il motivo, ma lo comprese non appena varcò la soglia. L'impatto con la prima stanza fu emotivamente raggelante.

Migliaia di piccoli occhi lo puntarono simultaneamente. Le alte pareti, prive di finestre, erano interamente ricoperte da fotografie di volti.

Bruno notò subito che non erano immagini asettiche, come le foto segnaletiche dei criminali. C'erano persone allegre, ritratte il più delle volte in una circostanza festosa – un compleanno, una gita oppure a Natale. Chissà perché erano state scelte proprio quelle, si domandò. Sarebbe stato più logico mettere la foto di un documento, per esempio. O comunque uno scatto in cui il viso non fosse deformato da un sorriso.

Ogni immagine era corredata da una didascalia.

Nome, luogo dell'ultimo avvistamento, data di scomparsa. C'erano donne, uomini, vecchi. Ma erano soprattutto i bambini a risaltare. Non esisteva distinzione di sesso, religione o colore della pelle: nel Limbo vigeva un'assoluta democrazia del silenzio.

L'investigatore privato mosse qualche passo all'interno della sala e gli occhi che lo osservavano dai muri lo seguirono. Bruno sentiva che, nonostante la gioia stampata sui loro volti, lo invidiavano. Anche lui, di lì a poco, sarebbe passato nel mondo delle ombre. Ma, a differenza di tutti loro, avrebbe saputo di essere morto.

Gli abitanti del Limbo, invece, non sanno cosa sono. Vivono e muoiono ogni istante nell'immaginario di chi ancora li sta aspettando. E per questo non trovano mai pace.

Mentre formulava quel pensiero, nell'eco della grande stanza cominciò a montare un suono in avvicinamento. Indietreggiò timoroso. Poco dopo, dalla porta in fondo vide apparire un essere galoppante che si muoveva velocemente verso di lui. Genko stava per essere assalito. Poi si sentì una voce.

« Hitchcock, a cuccia. »

Al comando, il grosso cane peloso si bloccò e si sedette subito davanti a Genko. Trascorse qualche secondo e, dalla stessa porta da cui era uscito l'animale, sbucò un'alta figura in controluce.

« Posso aiutarla? » domandò una voce maschile.

Genko riconobbe l'agente speciale con cui aveva parlato al telefono quando aveva chiamato il Limbo per chiedere del fascicolo di Robin Sullivan. « Agente Berish? » chiese.

L'altro avanzò. Teneva in mano una bottiglietta d'acqua, perché là dentro c'era un caldo asfissiante. Ancora una volta, era di un'insolita eleganza: indossava un completo blu e una cravatta in tinta.

Non sembrava affatto uno sbirro, considerò Bruno. « Mi chiamo Genko, sono un investigatore privato. »

« Sì, sono Simon Berish » si presentò. Poi lo squadrò meglio. « Si sente bene? »

Per niente, avrebbe voluto dire. « Ho avuto giorni migliori. »

Berish sembrò accontentarsi della risposta. « Venga, si accomodi. » Insieme al cane, lo scortò negli uffici.

« Non avete molto personale » commentò Bruno, passando davanti a due scrivanie vuote. Non c'era da stupirsi: il Limbo non era un posto ambito, vista la percentuale di casi destinati a rimanere irrisolti.

« Io non lavoro qui » specificò Berish. « Ultimamente vengo per dare una mano e sbrigare la corrispondenza » spiegò, indirizzandolo subito verso una terza stanza.

Genko, però, si rese conto che il poliziotto cercava di distrarlo da qualcosa. Prima di entrare, si fermò davanti a una lavagna su cui erano riportate le risultanze di un caso recente.

Una spirale di cartine stradali, appunti vari e immagini di luoghi che non aveva mai visto. Il fulcro era il rudere di un mulino abbandonato dopo un incendio. Sull'immagine era annotato con un pennarello rosso: « Luogo dell'ultimo avvistamento ».

Mentre osservava quella strana composizione, si accorse che Berish era fermo alle sue spalle. « Chi è la persona scomparsa? »

« Non è ancora sicuro che si tratti di un caso di scomparsa » rispose il poliziotto. « La responsabile del Limbo sta seguendo una pista sotto copertura. »

Bruno si voltò a guardarlo, stupito. « María Elena Vasquez » rammentò.

« Mila » lo corresse l'altro.

Il caso del Suggeritore, le bambine rapite e mutilate – ecco dove aveva già sentito quel nome. Era accaduto qualche anno prima e Mila Vasquez era coinvolta nell'indagine. Per Genko fu improvvisamente tutto chiaro: le liti di Berish con Bauer e Delacroix a cui aveva assistito, la rissa sfiorata al posto di polizia, le parole dell'agente speciale che contenevano anche un atto di accusa nei confronti dei colleghi. « Quando comincerete a cercarla? » aveva domandato loro, senza ottenere risposta. A quanto pareva, Berish si stava occupando da solo della questione.

« Mi ha detto di essere un investigatore privato » tagliò corto il poliziotto, passando nell'altra stanza.

Genko lo seguì e andò a sedersi di fronte alla scrivania, mentre l'altro aveva già preso posto. Il cagnone andò ad accucciarsi accanto a lui.

« Non voglio farle perdere tempo, agente Berish » affermò subito Bruno, anche perché non credeva di averne molto a disposizione. « Di solito sono abituato a inscenare una recita quando devo avere a che fare coi poliziotti. » Il trucco era fargli credere che non avevi bisogno di loro, e che anzi erano loro ad aver bisogno di te. « Ma non ho niente da offrirle per la richiesta che sto per formularle. »

« Apprezzo la sincerità. »

« E io la cordialità con cui mi ha accolto. »

« Qui non facciamo gli schizzinosi » gli assicurò Berish, sorridendo. « La filosofia dell'agente Vasquez è di collaborare sempre con chiunque. A differenza di altre divisioni del dipartimento, i casi rischiano di languire nel Limbo per anni senza che si registri il minimo progresso. Mancano i mezzi, le risorse e la volontà politica di occuparsi di scomparsi. Perché il più delle volte è una lotta persa in partenza. E a nessuno piace perdere. »

Genko ne sapeva qualcosa. Quindici anni prima aveva accettato il caso di Samantha Andretti, anche se la credeva già morta. « Mi sto occupando di una scomparsa risalente alla metà degli anni Ottanta:

un ragazzino di dieci anni, di nome Robin Sullivan.»

Berish stava staccando un foglio da un taccuino sul tavolo per prendere nota, ma si bloccò. «'R.S.'» rammentò. «Allora era lei al telefono l'altra notte...» Il poliziotto, però, non sembrava così sorpreso.

«Mi spiace essermi fatto passare per l'agente Bauer» ammise Genko. «Lei invece l'aveva capito subito, vero? Però mi ha aiutato lo stesso...»

Berish lo fissò per un lungo istante, poi si mise a ridere. «Bauer è uno stronzo» affermò. «E poi, so cosa significa avere a che fare con l'ottusità di certi colleghi.»

Probabilmente lo stava sperimentando con il caso di Mila Vasquez, pensò Genko. Al campo base nella palude si era lamentato con Delacroix: «Ormai nessuno risponde più alle mie telefonate» aveva detto. Forse per questo Berish era stato tanto disponibile con lui. «Allora, mi aiuterà di nuovo?»

Il poliziotto annuì. «Mi pare che la scorsa volta al telefono abbiamo appurato che il mistero della scomparsa si è risolto dopo tre giorni, quando il ragazzino è tornato a casa spontaneamente. Cos'altro c'è da sapere?»

«Dopo la riapparizione, Robin non era più lo stesso» iniziò a raccontare Bruno. «I genitori si sono visti restituire un bambino problematico, con strane turbe e pulsioni, talmente cambiato da non riconoscerlo più. Alla fine, hanno deciso di allontanarlo e di affidarlo alle cure di una casa famiglia.» *I figli del buio*, rammentò a se stesso. Secondo le parole di Tamitria Wilson, il padre e la madre di Robin erano due poco di buono. «Nessuno ha compreso che il mostro era penetrato segretamente dentro di lui.» *Il buio l'ha infettato*, aveva detto la vecchia alla fattoria. «Negli anni dell'infanzia, Robin Sullivan ha nutrito l'ombra che si portava dentro: l'abbandono, l'indifferenza e la violenza sono stati una pericolosa incubatrice per ciò che sarebbe diventato in seguito.»

«E cosa è diventato?» domandò Berish.

«Il rapitore di Samantha Andretti» rispose Genko, suscitando la meraviglia dell'interlocutore. Improvvisamente, forse per la prima volta nella vita, sentì di potersi fidare di qualcuno. Che si trattasse addirittura di un poliziotto era sorprendente. Così gli raccontò nei dettagli da dove era partita la sua indagine privata e ciò che era accaduto fino ad allora.

Bunny, l'uomo-coniglio. Il misterioso fumetto apocrifo i cui disegni, riflessi in uno specchio, si tramutavano in scene pornografiche. Il «sadico consolatore» capace di trasformare un comune dentista nello spietato assassino di Linda. Peter Forman che aveva riconosciuto nel proprio giardiniere l'uomo che aveva preso in ostaggio la sua famiglia. Infine, la signora Forman che gli aveva riferito il messaggio del mostro.

« Bauer e Delacroix erano convinti che Robin Sullivan fosse deceduto in un incidente stradale, più di vent'anni fa. Invece è probabile che sia riuscito a inscenare la propria morte. Adesso la polizia gli sta dando la caccia: hanno l'identikit di un volto con una grossa voglia scura che ricopre la guancia destra fino al sopracciglio. »

« E lei conduce un'indagine parallela all'insaputa di tutti » concluse Berish, con lungimiranza.

« Diciamo che io e i suoi colleghi abbiamo un approccio differente alla faccenda » provò a giustificarsi. « Lascio volentieri a loro la caccia all'uomo, ma io ho bisogno di capire. » Più che una motivazione, sembrava una disperata richiesta d'aiuto.

« Perché? Cosa c'è da capire? »

« Un paio d'ore fa stavo per mollare l'indagine e non so ancora fino a che punto arriverò. » *Il disegno della piccola Meg Forman – il mare, il sole, la barca. È lì che sto andando.* « Ma se all'inizio mi ero messo in testa di catturare il rapitore di Samantha Andretti, adesso so soltanto che vorrei andare da lei in ospedale e provare almeno a spiegarle chi è veramente l'uomo che le ha rubato quindici anni di vita. » Fece una pausa. « Che sia pure la polizia a catturare Sullivan, non mi importa: il futuro non mi riguarda più. Ormai faccio parte del passato, agente

Berish. E voglio scoprire cosa è accaduto a Robin nei tre giorni in cui è sparito all'età di dieci anni. »

Berish lo guardò, forse intuì che non gli rimaneva molto tempo. « Qual è la sua richiesta, signor Genko? »

Bruno ripensò alla sala con le pareti tappezzate di fotografie. « Vorrei vedere il volto di quel bambino. »

Scesero in un angusto sotterraneo pieno di casellari, scarsamente illuminato.

Mentre il cagnolone di nome Hitchcock si mise subito a perlustrare il posto, il suo padrone si piazzò davanti a un vecchio pc che occupava una piccola scrivania. Dopo una breve ricerca sul terminale, Berish si inoltrò in un cunicolo di scaffali e sparì alla vista di Genko.

« Non sarà facile, glielo anticipo » si sentì dire poco dopo dalle profondità dell'archivio. « C'è una gran confusione, specie fra i casi risalenti agli anni Ottanta. »

Passavano i minuti e a Genko tornò in mente Mila Vasquez. Dopo aver risolto brillantemente il caso del Suggeritore, avrebbe potuto scegliere qualsiasi destinazione all'interno del dipartimento, invece era andata a seppellirsi al Limbo. « È da molto che non sente la sua collega? » chiese nell'attesa.

La voce del poliziotto arrivò ovattata, come se stesse parlando in un barattolo. « A volte Mila sparisce per settimane per seguire un caso » lo rassicurò. « È già capitato in passato. » Ma non sembrava del tutto sincero, e Bruno capì che era in pena per lei.

« Di cosa si stava occupando esattamente quando ha perso i contatti? »

Berish non rispose. Poco dopo, però, lo vide tornare indietro con un fascicolo aperto fra le mani.

« Ha detto che Robin Sullivan ha una voglia sul viso, giusto? » Il poliziotto staccò una foto dalla prima pagina e la porse a Genko.

C'erano due ragazzini sui dieci anni che posavano l'uno accanto all'altro. Indossavano la divisa di una squadra di calcio. Uno aveva un pallone sotto al braccio, ma fu il secondo ad attirare l'attenzione dell'investigatore.

Una macchia scura gli copriva quasi metà del volto. Era malinconico.

Tamitria Wilson aveva descritto Robin Sullivan come un bambino fragile, estremamente bisognoso d'affetto, compassionevole. Bruno ripensò alla scelta dell'ultimo vocabolo. Perché poi la vecchia aveva concluso dicendo che Robin era la preda perfetta per qualsiasi malintenzionato.

Il buio l'ha infettato.

La « compassione » di cui parlava la Wilson era stata il varco, la lesione da cui era passato qualcosa

di malvagio che poi gli aveva contaminato il cuore.
« È strano » commentò l'investigatore privato.

« Cosa? » chiese Berish.

« Vedere il mostro con le sembianze di un bambino... »

« Non lo chiami così, sarebbe un grave errore » lo ammonì l'altro. « La mia amica Mila lo ripete sempre... Loro non sanno di essere mostri, pensano di essere persone normali. Se cerca un mostro, non lo troverà mai. Se invece pensa a lui come a un uomo comune, come me o come lei, allora ha qualche speranza. »

Loro non sanno di essere mostri, Bruno memorizzò il consiglio. Poi spostò lo sguardo sul secondo bambino della foto, un tipino coi capelli ricci a cui mancava un incisivo – l'amichetto sorridente, con un braccio intorno al pallone e l'altro che cingeva le spalle di Robin. « Perché ci sono due bambini? »

« Avrà notato la grande stanza all'ingresso: la chiamano 'la sala dei passi perduti'. È la raccolta dell'ultima immagine degli scomparsi prima di essere ingoiati dal nulla. »

Ecco il perché dei volti sorridenti, si disse. « La gente si scatta le foto nei momenti felici, non certo immaginando che finiranno su quelle pareti. »

Berish annuì. « Perciò capita di frequente che nello scatto sia presente anche un parente o un amico, oppure un estraneo. »

Genko osservò ancora l'immagine coi due amichetti che aveva fra le mani. Uno triste, l'altro allegro. Due bambini, due destini. « Suppongo che nel fascicolo non ci sia altro. »

Berish sfogliò le poche pagine. « Un'altra cosa c'è: pare che Robin Sullivan sia cresciuto nello stesso quartiere di Samantha Andretti. »

26

Era stato quasi catartico parlare del caso con Simon Berish.

L'avergli riferito i dettagli dell'indagine aveva permesso a Bruno di condividere anche l'angoscia che derivava dalla storia di Robin Sullivan. Ora che si era sbarazzato di parte dell'energia negativa accumulata, si sentiva in grado di ricominciare.

Loro non sanno di essere mostri.

Genko continuava a ripetersi le parole di Mila Vasquez che gli aveva riferito Berish, mentre si aggirava a bordo della Saab per le strade di quello che una volta era un quartiere di operai, con le palazzine in mattoni e i viali alberati. Un posto in cui tutti si conoscono, dove vivere in armonia, crescere i figli e immaginare un futuro tranquillo. Poi la prima recessione della fine degli anni Settanta aveva incrinato i sogni e i buoni propositi. Le successive congiunture economiche e, soprattutto, la crisi dell'industria manifatturiera avevano spazzato via ogni illusione e quel luogo era cambiato, trasformandosi rapidamente in ciò che l'investigatore aveva davanti agli occhi in quel momento.

Un altro ghetto di periferia.

A Genko quei luoghi sembravano familiari. Pur non avendoci mai messo piede, li aveva già visti nei disegni che accompagnavano la perizia psichiatrica di « R.S. ».

È cominciato tutto qui, si disse. Ed era anche probabile che tutto vi trovasse fine.

Verso mezzogiorno, sotto la cappa di afa che soffocava la città, Genko teneva il finestrino aperto e si guardava intorno, ma il panorama era desolante. Esercizi commerciali falliti, rifiuti ovunque, scritte che imbrattavano i muri. I condomini erano diventati dormitori e, nonostante il caldo, troppi uomini bighellonavano in giro. Segno che non c'era lavoro e l'unico modo per andare avanti era dedicarsi a traffici illeciti o attaccarsi a una bottiglia.

Il quartiere era già messo male ai tempi dell'infanzia di Robin Sullivan, figurarsi quando ci viveva Samantha Andretti. Infatti, dopo la scomparsa, suo padre era andato altrove per cercare un'occupazione. Bruno non si era stupito di scoprire che rapita e rapitore provenissero dallo stesso ambiente. Tutti i predatori scelgono luoghi familiari per andare a caccia. In fondo, era una legge di natura.

Da investigatore, Genko conosceva bene l'attitudine delle persone a tornare alle proprie origini. Pericolosi criminali, latitanti ricercati dalle polizie di mezzo mondo, truffatori così scaltri da mettere sotto scacco potenti società, avevano tutti una cosa in comune.

Nessuno era capace di resistere al richiamo di casa.

Molti avevano avuto infanzie terribili, entrando e uscendo dai riformatori. Oppure venivano da esperienze familiari drammatiche e violente. Tuttavia, anche se odiavano i posti in cui erano nati, c'era sempre qualcosa che li riportava indietro. Era come un rito di riconciliazione, come se avessero paura di dimenticare chi erano veramente e da dove venivano.

Una volta Genko stava cercando un tizio che aveva ideato un'articolata frode ai danni di una potente multinazionale, e che, alla fine, gli aveva fruttato un bottino di svariati milioni. Per recuperare il maltolto, la società si era rivolta subito a tre diversi investigatori. Avevano meno di ventiquattro ore per catturare il truffatore prima che facesse perdere per sempre le proprie tracce. Come per ogni professionista dell'inganno, certamente il suo piano prevedeva anche una sicura via di fuga, con cambi d'identità e depistaggi.

Mentre i colleghi si dedicavano a inseguire il fuggitivo, ipotizzando ogni possibile scenario per anticipare le sue mosse, Genko s'informò sul suo passato, quando non era ancora un abile furfante ma solo un piccolo ladro di quartiere. Da una vecchia foto scoprì che era cresciuto con la nonna paterna, morta già da anni. Si recò nel cimitero in cui era sepolta e attese. Dopo parecchie ore, quando stava già per imbrunire, notò un uomo con impermeabile, cappello e occhiali da sole. Si aggirava tutto solo fra le lapidi. Però, prima di andarsene, lo sconosciuto passò accanto alla tomba che stava sorvegliando Genko e fece cadere distrattamente un fiore. Bruno si accorse del gesto e smascherò il truffatore.

Era proprio vero: puoi abbandonare il luogo in cui sei nato, ma il luogo in cui sei nato non ti abbandona mai.

Ecco perché, quando doveva rintracciare qualcuno, per prima cosa Bruno Genko contattava amici e parenti del ricercato e si faceva mostrare album di famiglia e annuari scolastici. In quelle immagini trovava sempre un dettaglio che nessun travestimento o chirurgia plastica potevano cancellare. Ed ecco anche perché era andato fino al Limbo per procurarsi una foto d'infanzia di Robin Sullivan. Gli sbirri davano la caccia a un giardiniere che guidava un furgone Ford azzurro e che aveva una voglia scura sulla faccia. Lui era venuto a cercare un bambino a cui piaceva giocare a pallone.

È ancora qui, si disse.

Se quindici anni prima Robin aveva scelto il proprio quartiere d'origine per procurarsi la sua giovane prigioniera, a maggior ragione adesso era il posto più adatto per trovare rifugio e complicità.

Conosce il territorio, qui sa come nascondersi.

Bruno aveva assicurato a Bauer e Delacroix che non avrebbe dato la caccia al mostro. Ma dopo la visita al Limbo, era cambiato qualcosa. Qualcosa che non aveva messo in conto, che teneva lontano lo spettro della fine e lo faceva sentire ancora vivo. Un antico istinto predatorio.

L'animale più difficile da cacciare è l'uomo. E lui, come Robin Sullivan, era un cacciatore.

Qualcosa gli diceva che l'ultima verità sul conto di Bunny non era lontana da quelle case fatiscenti e da quella puzza d'immondizia. Forse mi ha mandato i suoi saluti tramite la signora Forman per farmi sapere che è vicino, si disse. Forse mi sta osservando anche adesso, e aspetta solo il momento giusto per comparirmi davanti.

Loro non sanno di essere mostri.

Mentre immaginava come sarebbe stato trovarsi faccia a faccia col suo avversario, intravide un campetto di calcio che sembrava proprio quello della fotografia di Robin insieme all'amichetto con i capelli ricci e l'incisivo rotto.

Si trovava nel retro di una chiesa che, stando a quanto scritto su una targa apposta su una cancellata, era dedicata alla Santissima Misericordia.

Accanto alla canonica c'era anche un giardino con due altalene e uno scivolo su cui vegliava un grande tiglio. Genko scorse un giovane prete con le maniche della tonaca arrotolate fino ai gomiti che cercava di aggiustare un tubo esterno con una chiave inglese. Accostò e scese dall'auto per parlargli.

« Così lei è cresciuto qui » disse il sacerdote mentre, chino sul tubo, continuava la riparazione.

« È passato tanto tempo, coi miei siamo andati via che avevo quattordici anni » affermò Genko, per avvalorare la bugia che gli aveva raccontato presentandosi. « Mi trovo in città per una questione di affari e mi è venuta voglia di tornare a dare un'occhiata. »

« Io sono sempre vissuto a nord, mi hanno trasferito qui appena due anni fa. »

« Infatti, ricordo che negli anni Ottanta c'era un altro prete » mentì.

« Padre Edward » precisò l'altro mentre, con fatica, cercava di stringere una valvola. « È venuto a mancare nel 2007. »

« Già, padre Edward » confermò Genko, mostrandosi anche dispiaciuto. « Lei ha avuto modo di conoscerlo? »

« No, purtroppo. Ma il vescovo, quando mi ha assegnato qui, me ne ha molto parlato: padre Edward è stato parroco così a lungo che tutti lo ricordano nel quartiere. » Lasciò cadere la chiave inglese in una cassetta degli attrezzi, si tirò su e iniziò a risistemarsi le maniche arrotolate della tonaca.

« Padre Edward era un'istituzione da queste parti » concordò Genko. « Se è morto nel 2007, immagino che fosse ancora in servizio quando è scomparsa quella ragazza di cui parlano in tv... Samantha Andretti » affermò, gettando un'esca.

Il prete si rabbuiò. « A padre Edward avrebbe fatto sicuramente piacere sapere che è ancora viva. I parrocchiani mi hanno raccontato che lui non ha mai smesso di crederci e, per questo, molti lo prendevano per matto. Pensi che ogni anno, nel giorno della scomparsa, diceva una messa per lei e invitava tutti a pregare perché tornasse a casa. » Poi si mise a raccogliere lattine e cartacce dal prato del giardino. « Ha sperato fino all'ultimo che qualcuno gli rivelasse qualcosa nel segreto del confessionale... Magari anche un familiare del rapitore che nutriva solo un sospetto, oppure un complice. »

« Ho sentito dire che in Vaticano c'è un archivio segreto in cui vengono raccolti i peccati che i malvagi rivelano in confessione » disse Genko, per non mostrarsi troppo interessato all'argomento.

L'altro scosse il capo, divertito. « Ogni volta che sento una nuova storia sui misteri vaticani, penso sempre che la gente dimentica troppo facilmente la missione di carità che Cristo ha assegnato alla sua Chiesa. »

« Ha ragione » si scusò Genko, simulando anche imbarazzo.

Il giovane prete finì di ripulire il giardinetto e andò a depositare i rifiuti raccolti in un bidone di plastica nero. Poi si terse la fronte sudata col dorso della mano e si voltò verso Bruno. « Posso fare qualcos'altro per lei, signor Genko? »

« Be', sa... Mi piacerebbe rivedere gli amici di un tempo, sempre se sono ancora qua. »

« Non so se posso esserle d'aiuto: come le ho detto, sono arrivato da poco. »

« Aspetti » disse Bruno mentre si frugava in tasca. « Ho portato una vecchia foto, ci sono due compagni della mia squadra di calcio. Giocavamo sempre nel campetto qua dietro. » Estrasse lo scatto che aveva preso al Limbo e lo mostrò al sacerdote.

Il prete prese la foto e la studiò attentamente. « Quello con la voglia me lo ricorderei se l'avessi già visto » affermò, scettico.

Genko era deluso. Ma pensò che poteva ancora rintracciare l'amico di Robin, quello riccio con l'incisivo rotto. « E dell'altro che mi dice? »

Il sacerdote scosse il capo. « Mi dispiace » e gli rese la fotografia.

Genko se la rimise in tasca. « Va bene, grazie lo stesso » e si voltò per andarsene.

« Magari le va di rivedere l'oratorio » affermò il prete, forse per consolarlo dalla delusione. « C'è una vetrinetta coi trofei della squadra di calcio, e lì ci sono altre foto. »

Attraversarono una sala con un tavolo da ping-pong, aleggiava un odore pungente di chiuso e di scarpe da ginnastica. C'erano i poster di alcuni calciatori, campioni moderni oppure del passato, che condividevano quei muri con le immagini di Gesù.

« Ormai ci vengono solo i più piccoli » disse il prete, sconsolato. « Appena raggiungono gli undici o dodici anni, sono già per strada a combinare guai. E quel che è peggio è che l'età degli adolescenti che hanno problemi con la giustizia si abbassa ogni anno. »

Mentre il prete parlava, Genko puntò la vetrinetta con i trofei.

Era situata in un corridoio di passaggio, di fronte a una porta scorrevole con un cartello che recitava: « Biblioteca padre Edward Johnston ».

Bruno si piazzò davanti al mobile e si chinò per osservare meglio le foto di squadra incorniciate in mezzo a coppe e medaglie. Andò alla ricerca delle immagini risalenti agli anni Ottanta. Sperava che il prete riconoscesse in qualche vecchio compagno di Robin le sembianze di un adulto in grado di dargli una dritta.

L'investigatore individuò l'amico riccioluto di

Bunny, ritratto in un'epoca in cui aveva ancora entrambi gli incisivi. Ma poi, con grande stupore, fra gli altri giocatori in posa non riconobbe il futuro rapitore di Samantha Andretti.

« Quest'anno siamo arrivati ultimi in campionato » si lamentò il prete alle sue spalle. « L'anno prossimo non so nemmeno se saremo in grado di schierare una squadra. »

« Capisco » commentò Genko distratto, rendendosi conto di aver fallito ancora.

« Padre Edward, invece, era straordinario nel coinvolgere i ragazzi » proseguì l'altro. « Il suo punto di forza era la biblioteca. »

A Bruno l'ultima frase suonò subito strana. Come poteva essere che padre Edward riuscisse a convincere dei ragazzini a leggere? In quel momento, sentì che il prete alle sue spalle stava già aprendo la porta scorrevole della sala intitolata all'illustre predecessore. Incuriosito, Genko si voltò a guardare. Ciò che vide nella stanza lo paralizzò.

Nella biblioteca di padre Edward c'erano solo fumetti.

Interi scaffali che ricoprivano le pareti fino al soffitto. Ammutolito, Bruno iniziò a passarli in rassegna. Ce n'erano per tutte le età. Si andava dai personaggi adatti ai più piccini fino ai supereroi.

« Immagino che anche lei da piccolo abbia trascorso molto tempo qua dentro » commentò il prete.

Bruno si limitò ad annuire, perché intanto la sua mente tentava di far combaciare i vari indizi in cerca di una soluzione.

Un prete che gode della fiducia incondizionata dei bambini. Una biblioteca di fumetti. Bunny il coniglio. Un albo con immagini pornografiche. E, infine, i tre giorni in cui Robin Sullivan era sparito da casa.

Nessuno aveva mai scoperto dove fosse stato, né lui aveva mai raccontato cosa gli fosse accaduto in quel breve lasso di tempo. *Il buio l'ha infettato.* Ma chi crederebbe mai a un bambino che accusa un prete? Per questo Robin aveva taciuto.

Padre Edward, si ripeté provando a immaginare quali nefandezze potesse aver commesso ai danni di innocenti ragazzini grazie alla copertura della tonaca. Un insospettabile, un benefattore. Un santo. In fondo, anche lui era un mostro con una maschera.

Bruno cominciò a odiarlo per ciò che aveva fatto a un bambino di soli dieci anni, molto tempo prima. Ora ne aveva la conferma: Robin non era nato mostro, lo era diventato. Per cui, anche ciò che aveva subito Samantha Andretti era colpa di padre Edward.

«Che lei sappia, c'è qualcun altro a cui potrei chiedere informazioni sui miei due amici nella fotografia?» domandò Genko. Il suo tono era cambiato, non era più gentile ma deciso. L'investigatore era determinato a trovare almeno il compagno di Robin.

« Mi faccia pensare » disse il giovane sacerdote. « L'unico che può saperne qualcosa è Bunny. »

Quel nome lo raggelò. Si voltò lentamente a guardare il prete. « Chi? »

« Il vecchio custode » specificò l'altro. « Si occupava lui della manutenzione. In verità si chiama William, il soprannome devono averglielo dato i ragazzi tanto tempo fa. Sta qui da una vita. Non se lo ricorda? »

« Certo, è vero. L'avevo dimenticato » disse Genko con calma, mentre cercava di assimilare la cosa. « Bunny. »

« Da quando l'hanno ricoverato sono costretto ad aggiustare tutto da solo. » Il prete sorrise. « Per questo poco fa mi ha visto lavorare in giardino. »

« Ricoverato? » domandò Genko per essere sicuro di aver capito.

« Ha un brutto male » rispose l'altro, di nuovo serio. Forse aveva letto un turbamento nell'espressione del visitatore.

Genko lo fissò. « E dove sta di solito Bunny? »

Il sacerdote indicò in basso. « Qui sotto, in una stanza accanto al locale caldaie. »

27

Aveva commesso un errore di valutazione.

Se non fosse stato corretto dall'intervento provvidenziale del giovane sacerdote, Genko avrebbe ancora maledetto il defunto padre Edward invece di trovarsi in cima alla scala di pietra che conduceva nel sottosuolo della Santissima Misericordia.

La casa di Bunny il custode.

« Le dispiace se non l'accompagno? » disse il prete.

« No, affatto » rispose Genko, concentrato sul buio che lo attendeva là sotto.

Appena l'altro si allontanò, Bruno allungò la mano verso un interruttore e il sotterraneo si illuminò di una debole luce giallastra, intermittente. Scese lentamente i gradini. Venne ad accoglierlo un'umida frescura che risaliva dalle fondamenta della chiesa. Sarebbe stata una sensazione piacevole nel caldo torrido di quel mattino, ma lui rabbrividì come se quell'alito giungesse da qualcosa di malefico.

Qualcosa che si annidava là sotto e che lui aveva risvegliato con la sua presenza.

Arrivato alla base della scala, si voltò verso destra. Dal basso soffitto pendeva una lampadina che sfrigolava, pronta a fulminarsi. Genko le diede un paio di colpetti con la punta dell'indice e quella vibrò come se stesse per spegnersi. Poi invece, inaspettatamente, la luce divenne brillantissima – come una stella che sta per morire. Produceva un suono elettrico, come una nota prolungata. Con quell'accompagnamento, Bruno proseguì l'esplorazione del sottomondo.

Davanti a lui c'era un lungo corridoio di tubature di diametri diversi che scorrevano sul soffitto e si arrampicavano sui muri. C'era odore di cherosene e trementina. In fondo al tunnel, c'era un'alta rete metallica. Genko si mosse in quella direzione.

La rete circoscriveva il perimetro di una stanzetta.

Accanto all'ingresso c'era un tavolo da lavoro con uno sgabello e una lampada orientabile. Genko l'accese per vedere meglio. Insieme alla luce, apparvero le note gracchianti di una canzone blues. Provenivano da una radio a transistor che si trovava su uno scaffale, era stata assemblata in una scatola per scarpe con pezzi di altri apparecchi. A giudicare dagli attrezzi presenti sul piano di lavoro, era sicuramente opera di Bunny.

La camera, però, non era solo un laboratorio per le riparazioni, perché di fronte al tavolo c'era una branda con le lenzuola immacolate, un cuscino sottile da sotto cui spuntava il collo di una bottiglia di whisky, e una coperta marrone scuro perfettamente rimboccata sotto il materasso. Il letto era sormontato da una mensola su cui il custode teneva oggetti di scarso valore, che sembravano recuperati dalla spazzatura. Un vaso di ceramica incollato alla meglio, una abatjour con le sembianze di Marilyn Monroe, una sveglia a carica manuale ferma sulle sei e ventotto.

Genko passò in rassegna la paccottiglia, quindi si avvicinò a un armadietto di metallo. Lo aprì e vide che all'interno c'erano soltanto quattro grucce con appese un paio di camicie, jeans sbiaditi e un giaccone invernale. C'era anche un completo nero, abbinato a una cravatta scura, che odorava d'incenso. Probabilmente, veniva usato in occasione dei funerali che si celebravano alla Santissima Misericordia, quando il custode aiutava i becchini a portare la cassa e suonava le campane a morto. Sul ripiano sotto i vestiti c'erano due paia di scarpe. Le prime erano da lavoro, le altre nere con i lacci. Accanto, un vecchio proiettore Super8. Erano anni che Genko non ne vedeva uno.

L'investigatore privato richiuse le ante dell'armadietto e si dedicò al cassetto del comodino. Ma il custode ci teneva solo un piccolo specchio e un pettinino, un libretto bancario dalle pagine ingiallite su cui erano segnati i miseri risparmi e, infine, qualche ritaglio di un giornale sportivo.

Il mondo di William il custode, *alias* « Bunny », era tutto lì.

Genko si sedette sulla branda, spossato. La canzone blues alla radio terminò e ne cominciò subito un'altra. Come si fa a vivere come un ratto? si domandò. Un'esistenza nascosta e solitaria. Pensò a se stesso. Gli bastò paragonare il collage di Hans Arp, appeso al muro del suo studio, con la paccottiglia che c'era sullo scaffale alle sue spalle, quindi sostituire Bach col blues... e il gioco era fatto.

La vita di quell'uomo e la sua si somigliavano.

Entrambi avevano scelto di sparire agli occhi del mondo. C'era solo un motivo che poteva spingere un uomo ad annullarsi in quel modo.

Un segreto.

Per Bruno riguardava essenzialmente la professione di investigatore privato. E per Bunny?

Hai fatto qualcosa a Robin Sullivan. Gli hai fatto del male. L'hai infettato col tuo buio, e l'hai fatto diventare un mostro. Esattamente come te.

Bruno pensò anche che non doveva andare troppo lontano per comprendere l'essenza di quell'uomo. Bastava continuare a pensare a sé. Siccome lui custodiva in casa un'opera dadaista e i dischi di Glenn Gould, era sicuro che anche William volesse tenersi vicino ciò che amava di più. Allora, istintivamente, si chinò e infilò una mano sotto la branda su cui era seduto. Nel buio andò in cerca di qualcosa. E quando finalmente le sue dita lo trovarono, lo tirò fuori rapidamente.

La scatola di cartone stava lì, ai suoi piedi.

Bruno sollevò il coperchio e riconobbe subito il sorriso familiare del coniglietto con gli occhi a forma di cuore. Ma stavolta non era solo. Perché di fumetti ce n'era un'intera pila.

Genko iniziò a esaminarli. Nessun autore o editore, niente numeri di serie. Erano apocrifi come l'esemplare che si portava appresso nella tasca della giacca di lino. Ed erano identici.

Recuperò lo specchietto che aveva notato nel cassetto del comodino e verificò che gli albi custodissero lo stesso maleficio. Era proprio così. Chissà quanti ragazzini come Robin Sullivan erano stati adescati con quel subdolo strumento e poi istruiti a pratiche immonde per la loro giovane età.

Pieno di rabbia, Bruno cominciò a rimettere in ordine gli albi, senza neanche sapere cosa ne avrebbe fatto. E allora si accorse che nella scatola c'era ancora qualcos'altro.

Un sottile astuccio di metallo.

Lo prese, cercando di capire cosa fosse. Quando lo aprì, gli scivolò fra le mani una bobina di pellicola.

Un film.

Allora si ricordò anche del proiettore Super8 che aveva visto nell'armadio.

28

Il cuore sul muro pulsava. *Tutùm, tutùm, tutùm.* Aveva dimenticato la sua bambina. *Tutùm, tutùm, tutùm.* Nel sogno che stava facendo la vedeva muovere i suoi primi passi incerti, con l'equilibrio precario che è proprio dei neonati, mentre si avventurava per esplorare il labirinto. Ma ogni volta che provava a raggiungerla per guardarla in viso, lei scompariva. Le rimaneva soltanto la sua risata cristallina che evaporava nell'eco della prigione sotterranea.

Tutùm, tutùm, tutùm.

Non riuscire più a vedere la faccia di sua figlia era la punizione per averne sostituito il ricordo con quello di un gatto immaginario – ora lo sapeva.

Tutùm, tutùm, tutùm.

« Gli hai dato un nome? » aveva chiesto Green, riferendosi all'animale.

« No » aveva risposto lei.

« Perché no? »

« Io non avevo un nome là dentro, nessuno mi chiamava più... I nomi non servono nel labirinto, non hanno alcuna utilità. »

Tutùm, tutùm, tutùm.

Dov'era adesso quella bambina senza nome? Green le aveva promesso che avrebbero cercato insieme la risposta. Però lei aveva anche paura di scoprirla.

Tutùm, tutùm, tutùm.

Si dibatteva in un tempestoso dormiveglia. Ogni tanto apriva gli occhi e riconosceva la stanza d'ospedale, provava a rimanere a galla nella realtà, ma poi la stanchezza la risucchiava giù, e le sembrava di precipitare all'interno del letto, come attraverso un buco nero – un passaggio segreto che la riportava direttamente nel labirinto.

No, adesso sono salva. Non può accadermi nulla qui, c'è un poliziotto fuori dalla mia porta.

Tutùm, tutùm, tutùm.

In uno dei momenti di confuso risveglio, sentì una mano calda che si appoggiava delicatamente sulla sua fronte. Le parve d'intravedere una figura vestita di bianco accanto al letto. L'infermiera dai capelli fulvi si voltò di spalle per sostituire la flebo. « Riposa, cara, riposa... » disse dolcemente.

Il battito finalmente cessò. Le palpebre diventarono pesanti, il buio venne ad abbracciarla.

Sbarrò gli occhi di colpo.

Sembrava passato un istante, invece chissà quanto tempo era trascorso. Lo capì perché l'infermiera non c'era più ed era riapparso il dottor Green. Si era addormentato sulla sedia – gambe distese in avanti, piedi e braccia incrociati, testa reclinata su una spalla. Gli occhialini gli erano scivolati sulla punta del naso.

Osservò meglio quell'uomo. Un sessantenne ancora piacente, con un certo gusto nel vestire – cravatta *ton sur ton* con la camicia blu. Si domandò se fosse la moglie a scegliergli gli abiti da indossare. Magari li prendeva lei stessa dall'armadio e glieli faceva trovare pronti sul letto ogni mattina. Quel pensiero così tenero e banale la fece riflettere di nuovo sulla sua condizione. Le erano stati sottratti quindici anni di vita – ordinaria, convenzionale, forse mediocre ma sempre vita. Chissà com'era cambiato il mondo nel frattempo. Era una fortuna che l'avessero messa nel reparto ustionati del Saint Catherine, perché così la sua stanza non aveva una finestra. La spaventava uscire da quella porta. Era come essere stati ibernati per tanto tempo o aver fatto un viaggio nel futuro. Non sapeva cosa l'attendesse oltre la soglia.

Oppure *chi*.

«Voglio che ti sbarazzi per sempre di questo incubo» aveva detto Green. «Lo sai meglio di me che, se non lo prendiamo, una volta là fuori non riuscirai ad avere una vita normale...»

Era già difficile così, non poteva convivere anche col terrore che *lui* volesse riportarla nel labirinto.

Green si ridestò. Dapprima strizzò gli occhi, quindi si risistemò gli occhiali spingendoli con un dito verso la fronte. Si accorse che anche lei era sveglia, le sorrise. « Come stai? » chiese mentre si sgranchiva.

« Sono stata io a portare la bambina nel labirinto? » domandò prontamente. La angosciava l'idea che avesse potuto coinvolgere, anche involontariamente, un altro innocente nell'incubo. E per giunta si trattava di sua figlia.

Il dottore si sistemò meglio sulla sedia e fece partire la registrazione. « Non credo che tu fossi già incinta quando ti hanno rapita. In fondo, avevi solo tredici anni. »

« Allora come è stato possibile? » Era confusa.

« La vera domanda non è come la bambina sia entrata nel labirinto, ma come abbia fatto a entrare dentro di te... Capisci la differenza, vero Sam? »

Certo che la capiva, non aveva mica otto anni. « So come nascono i bambini... Qualcuno ha messo il suo seme dentro di me. »

« E hai anche idea di chi possa essere questo 'qualcuno'? »

Si soffermò a pensarci. « Qualcuno che era con me nel labirinto » rispose, perché era la cosa più logica da dire. Ma le sembrò subito che il dottor Green non fosse soddisfatto.

« Potresti essere più precisa, per favore? »

Ci provò. « Forse un altro prigioniero. »

« Sam, a parte la ragazzina di cui mi hai parlato, non credo che ci fossero altri prigionieri » disse.

« E come fa a esserne così sicuro? » Vide che Green cercava ancora un modo per spiegarle, e ciò la irritò. Non sono stupida, avrebbe voluto dirgli.

« Vedi, Sam, l'uomo che ti ha rapita ti ha anche scelta. »

« Che vuol dire? »

« Che tu rientravi in un canone di desiderabilità... In altre parole, noi tutti sappiamo bene cosa ci piace e cosa è meglio per noi. Sei d'accordo? »

« Sì » rispose, senza sapere dove volesse arrivare l'altro.

« Pensa al gelato. Hai dei gusti preferiti? »

« Crema, e anche caramello » disse, senza sapere però da dove venisse quel ricordo.

« Bene: se ti piacciono soprattutto 'crema e caramello' non sarai portata a chiedere un cono di cioccolato o di vaniglia. »

Annuì, anche se quel discorso le sembrava cretino.

« È altamente improbabile che scegliamo qualcosa che non ci soddisfa, non ti pare? » proseguì Green. « Per questo tendiamo a ripetere le stesse preferenze, perché conosciamo noi stessi. E il modo di comportarsi del rapitore suggerisce che concentra le sue attenzioni sulle femmine. Lui prende le ragazzine, Sam.» Poi precisò: «Femmine, non maschi».

Perché tutto quel giro di parole? «Che sta cercando di dirmi?»

Green si concesse un profondo respiro. «Che l'unico maschio presente nel labirinto era il tuo rapitore, Sam. Ed è illogico che se lui è il padre della tua bambina tu non l'abbia mai visto in volto.»

Perché Green insisteva con quella storia? Perché si ostinava a volerle fare del male? «Non è vero» disse, impuntandosi. «Non è così che è andata. Ci deve essere per forza un'altra spiegazione.» Ma non le veniva in mente niente.

«Sam, io voglio aiutarti.» Green si avvicinò, le prese la mano. «Lo voglio sul serio» ripeté, guardandola negli occhi. «Ma se non accetti questa realtà, non riuscirò mai a farti ricordare che fine ha fatto tua figlia.»

Sentì che gli occhi le si riempivano di lacrime calde e pesanti. «Non è vero» ripeté piano, con la voce rotta.

«Perché non proviamo a rifare l'esercizio di poco fa? Potresti concentrarti di nuovo su un punto della stanza e rilassarti, prima ha funzionato» insistette il dottore. «Forse tua figlia è ancora là sotto, Sam. E ti sta aspettando... Aspetta solo che la sua mamma vada a liberarla.»

Fissò nuovamente la leggera macchia di umidità

sul muro che somigliava a un cuore – un cuore pulsante, il cuore della sua bambina. L'ho abbandonata? si chiese. Sono scappata e l'ho lasciata lì per salvarmi?

« Coraggio Sam » la esortò Green. « Parlami di quando lui veniva a trovarti nel labirinto... »

« Il buio » disse allora lei e si bloccò.

« Va bene, Sam: va' avanti... »

« Io lo chiamavo il gioco del buio... »

I neon iniziano a tremare. Sa che significa. È già successo. E accadrà ancora.

È un segnale, il gioco del buio sta per iniziare.

Se vuole salvarsi, c'è una procedura da rispettare. L'ha perfezionata col tempo. Non sempre funziona, ma a volte sì. Per prima cosa, è inutile cercare un nascondiglio: il labirinto non ha anfratti o angoli in cui ci si possa rifugiare. Il trucco è mimetizzarsi. Bisogna diventare tutt'uno con l'ambiente circostante. Ma, per farlo, deve attendere l'ultimo secondo.

Esce nel corridoio e inizia a correre da una direzione all'altra. Intanto tiene d'occhio i neon. Le lampade sfrigolano sempre di più. Sta per accadere, manca poco. Conta: « Tre, due, uno... »

Buio.

S'infila in una stanza e si appiattisce contro il muro. Ha il fiatone, il cuore le batte forte ma le basteranno pochi secondi per calmarsi. Inizia a regolare il respiro, il battito decelera. Non si muove.

E attende.

Nel labirinto regna una pace apparente. Le sue orecchie percepiscono solo un fischio continuo – il rumore del silenzio. Poi le sembra di cogliere qualcosa. Assomiglia a uno scalpiccio unito a un rumore metallico. Potrebbe essere solo frutto dell'immaginazione, ma sa bene che non è così.

Lui è lì adesso. È sceso a farle visita.

Non sa da dove sia arrivato, o da dove arrivi ogni volta. Ma ora c'è, è lì con lei. Inizia a udire i suoi passi – lenti, pazienti. La sta cercando.

Anche lui non può vedere, è proprio questo il gioco. Perciò cammina e con le braccia tese perlustra ciò che lo circonda – lei può sentire il fruscio delle sue mani che accarezzano i muri grigi, sembra un essere strisciante. Intanto sa che il mostro spera di catturare un suono, uno qualsiasi, che gli riveli dove si trova la sua prigioniera.

Non è lontano, si sta avvicinando.

Lo sente: sta passando davanti alla porta della stanza. Non ti fermare, non ti fermare. Ecco, la supera. Poi, però, si ferma.

Cosa sta facendo? Perché non prosegue?

Invece torna indietro. È lì, davanti alla porta aperta e si interroga. Sta decidendo se entrare o meno.

Vattene. Vattene via.

Lui varca la soglia. Può sentire il suo respiro – il respiro del mostro. Ma lei non si muove, rimane dov'è. Non cercherà di scappare, perché è già successo che lui arrivasse vicino all'obiettivo e, per qualche oscuro motivo, lasciasse perdere o ci ripensasse. Ma stavolta ha il presentimento che non sarà così fortunata. Stavolta la sorte è dalla parte del suo avversario. Lo sente procedere con cautela verso di lei.

Si ferma, come se la vedesse attraverso l'oscurità.

Sa che sta per accadere qualcosa, ma rimane immobile. Lui avvicina il volto al suo – è a pochi centimetri dalla sua faccia, avverte il calore e l'odore del suo fiato. Dolce e anche amaro, l'alito del mostro.

Poi una mano si posa delicatamente sulla sua guancia. Non è affetto, si dice, e s'irrigidisce – non vuole darsi per vinta. La carezza scende lungo il collo, percorre la spalla, indugia su uno dei piccoli seni. Scivola sul ventre, s'insinua nell'elastico delle mutandine. Le dita esplorano la peluria. Si fermano quando trovano la carne viva. Lei non chiude gli occhi – non vuole sovrapporre buio al buio. Vuole comunque guardarlo in faccia, anche al buio. Non sono una vittima, si ripete. Non sono tua. Ma intanto cerca di farsi venire un'idea per farsi trovare pronta, là sotto. Perché l'ultima volta, mentre si prendeva ciò che gli appartiene, lui le ha fatto male...

« Voleva saperlo, dottor Green? Ecco, è proprio così che andava » disse con tono sgarbato. « Stronzo, sei contento adesso? »

« No, certo che no » disse Green.

Intuì che era sinceramente dispiaciuto. E non solo perché non aveva ottenuto l'informazione che sperava. Sembrava afflitto per lei, per ciò che aveva dovuto subire – i giochi perversi di un mostro invisibile. Si sentì in colpa per averlo insultato.

« D'accordo, Sam: cercheremo insieme un'altra via per recuperare dalla tua mente i ricordi del rapitore » promise spegnendo il registratore. Si voltò verso lo specchio e con la mano sfiorò il moschettone con le chiavi attaccato alla cintura. Sembrava un gesto concordato, una specie di segnale per chi stava osservando.

29

Il disegno di Meg Forman – la barca dondolata dolcemente da un mare tranquillo, il sole caldo. Il posto in cui Genko voleva stare, alla fine di tutto.

Il paradiso perfetto nella mente di una bambina.

Quel luogo immaginario era un rifugio ambito, ma ancora non poteva andarci. Perché devo restare qui e guardare cosa c'è nel film, si disse.

Posizionò il proiettore sullo sgabello di Bunny il custode, sistemò la pellicola e lo orientò verso il muro. Poi spense la lampada. Nei pochi istanti di buio, prese un profondo respiro.

Quindi diede inizio allo spettacolo.

I primi fotogrammi erano a vuoto, ma presto si incominciò a intravedere qualcosa. La ripresa in Super8 era amatoriale, l'operatore non riusciva a mettere bene a fuoco. Poi l'immagine divenne più nitida.

Un interno: un elegante salotto con poltrone di cuoio, parquet e boiserie in legno scuro. La luce color seppia era concentrata soprattutto nella parte centrale dell'inquadratura, mentre le porzioni inferiore e superiore erano in ombra. Il risultato era che le persone erano perfettamente visibili soltanto dalle ginocchia al mento.

Uomini con completi eleganti – in abito gessato con panciotto, col fazzoletto nel taschino o un garofano nell'occhiello della giacca. Avevano quasi tutti un drink in mano oppure fumavano il sigaro. Conversavano amabilmente e sorridevano, mentre dei camerieri in livrea bianca passavano in mezzo a loro con vassoi di bicchieri e canapè.

Sembrava di vedere una scena d'altri tempi, pensò Genko. Un club frequentato da gente rispettabile e altolocata. Bruno aveva temuto il contenuto della bobina, ipotizzando chissà quale scena nefanda. Stava per ricredersi.

Poi lo scenario mutò improvvisamente.

Esterno. Una fitta boscaglia. L'obiettivo cercava qualcosa nella vegetazione. La trovò, mimetizzata fra i cespugli. Una ragazzina dai capelli biondi, scalza. Il vestito azzurro strappato, braccia e gambe graffiate dai rami. Si udivano solo i suoi passi sulle foglie secche. Poi un rumore, la ragazza si voltò, impaurita. Qualcuno rise.

Genko si sporse in avanti per cercare di capire chi fosse la giovane, ma il film mutò di nuovo.

Ancora un bosco, ma stavolta era un cartone animato che sembrava risalire agli anni Quaranta. Un grande coniglio con gli occhi a forma di cuore in mezzo a un grande prato. Bunny era seduto su un tronco e spiegava qualcosa a due bambini che si erano accomodati sulle sue grandi zampe. Una farfalla passò sulle loro teste, il vento smosse le foglie di un albero.

Uno stacco improvviso. Gemiti.

Una donna nuda impegnata in un rapporto sessuale con due uomini incappucciati. Era distesa su un grande altare di marmo circondato da candele e da coltelli. La donna aveva i capelli sciolti sulle spalle, la pelle ricoperta da una sottile patina di sudore. Teneva gli occhi chiusi mentre i due uomini la penetravano a turno, violentemente. Nelle grida di piacere si celavano parole incomprensibili. Una specie di invocazione o di preghiera.

Un nuovo stacco, un altro ambiente.

Una stanza illuminata dalla luce del giorno, una sedia vuota. Sul muro la scritta « Amore ». L'operatore indugiava inspiegabilmente sulla scena. Poi, di colpo, la stanza diventò buia. Sulla sedia era legato un uomo nudo, il capo abbandonato in avanti. La scritta alle sue spalle era appena visibile. L'operatore avanzò velocemente verso il prigioniero, aveva in mano qualcosa, forse una lama. L'uomo sollevò il capo, urlò.

Genko si ritrasse come se stesse succedendo a lui. Ma la scena tornò di giorno. La sedia era di nuovo vuota. Tutto tranquillo.

Altro stacco.

Il cortile di una scuola. Bambini coi calzoni corti che giocavano a rincorrersi. L'operatore li seguiva a distanza, nascosto dietro un'inferriata. Puntò uno dei ragazzini. Era diverso dagli altri. Era albino. Quello si fermò, come se un sesto senso lo avesse avvertito di un pericolo. Si guardò intorno, ma poi riprese a giocare come se niente fosse.

Un frenetico montaggio di sequenze. Una donna anziana che allattava al seno un neonato. La tenda di un circo piantata in mezzo a una pianura desolata. La parola « Rosso ». Un uomo senza gambe che si trascinava cantando. Un televisore che trasmetteva la vecchia reclame di un detersivo. La parola « Orgasmo ». Due donne con indosso cappucci neri si accarezzavano e si toglievano i vestiti. La parola « Luce ». Un funerale sotto la pioggia. Ancora pornografia. Sangue. Simboli di morte. Genko era stordito dal continuo cambio di scena. Ma anche profondamente inquietato dalle immagini. Si interrogava su cosa esattamente stesse guardando e sul perché il custode di una parrocchia possedesse quel filmato.

Altra scena.

Un luogo indefinibile, buio profondo perforato dal raggio polveroso di una torcia. L'operatore stava camminando su un pavimento sconnesso, si sentiva solo il rumore dei suoi passi, ruvidi e pesanti, che si perdeva nell'eco di una grande sala vuota. Stava cercando qualcosa, ma intorno a lui non c'era nulla. Si fermò, in ascolto. Si udì un brusio di piccole voci lontane. L'operatore scartò verso la propria destra, la torcia si mosse velocemente, perlustrando l'ambiente. Mentre il fascio scorreva su una parete di mattoni, per un attimo Genko vide apparire un brulicame. La torcia si bloccò e tornò indietro per inquadrare meglio. In un angolo, scovò un gruppetto di occhi spaventati. Ragazzini a torso nudo che si stringevano fra loro cercando di sottrarsi al loro inseguitore. Sette o forse otto, sui dieci anni. L'operatore s'incamminò con calma verso di loro. Ma stavolta non era solo.

Dalle sue spalle avanzarono delle ombre scure. Figure umane che lo superarono e andarono incontro ai ragazzini...

Il proiettore ingoiò l'ultimo pezzo di pellicola e le immagini scomparvero dal muro, lasciando Genko con un mucchio di domande e una sensazione sgradevole nell'anima.

Ciò a cui aveva assistito era a dir poco surreale. E malvagio – sì, malvagio. Quale mente disturbata aveva concepito una cosa del genere?

Nel seminterrato della chiesa, al buio, Bruno si pentì di aver iniziato l'indagine, e d'essersi incaponito a tenere fede a un patto stretto quindici anni prima con i genitori di Samantha Andretti e anche con lei. Non era così che avrebbe voluto concludere la propria vita, avrebbe preferito non conoscere l'assurda e dolorosa verità. Cioè che la natura umana era capace di genio e bellezza, ma anche di generare abissi oscuri e nauseabondi come quello che si era appena richiuso davanti ai suoi occhi.

Per fortuna gli uomini muoiono, si disse. E William il custode stava appunto morendo. Ma prima che la dea nera trovasse entrambi, Genko doveva fare una chiacchierata con Bunny.

30

Il posto in cui era diretto si trovava nell'angolo più remoto del quartiere.

Dai murales sui palazzi, Genko intuì che le gang di strada si spartivano ogni centimetro di quella specie di enclave. Infatti, appena superato l'incrocio con una scuola abbandonata, ebbe l'impressione di aver varcato un confine invisibile. Un'auto con a bordo tre ragazzi che indossavano bandana e occhiali da sole si mise subito alle calcagna della Saab. Le sentinelle avevano segnalato la presenza di un estraneo, pensò Genko. Quei tre avevano il compito di scortarlo e di tenerlo d'occhio.

Non c'era da meravigliarsi. Un anno prima c'era stata una guerra fra bande che, in poco più di una settimana, aveva lasciato per strada quasi venti morti ammazzati. Questioni di droga o di territorio – vallo a sapere. Le vittime erano sempre giovanissime, vent'anni al massimo. La vita da quelle parti valeva talmente poco che le madri sapevano che sarebbero sopravvissute ai figli già quando li davano alla luce.

Fra poco tutto questo non ti riguarderà più, si

disse. Il mondo dei vivi, con le sue maledette contraddizioni, poteva anche andarsene affanculo.

Genko guidava con le mani bene in vista sul volante in modo da far capire a chi lo stava sorvegliando che non aveva intenzioni ostili. Sul sedile del passeggero c'era una bottiglia di whisky che aveva acquistato in un negozio di liquori. Aveva sistemato sul cruscotto la rudimentale cartina che il giovane sacerdote della Santissima Misericordia gli aveva disegnato su un foglio per spiegargli come arrivare a destinazione. Da quelle parti i navigatori satellitari si smarrivano e sulle mappe di Internet, al posto della zona, appariva soltanto una grande macchia bianca.

Giunse nei pressi del palazzo che cercava, parcheggiò accanto a una panchina, recuperò il whisky dal sedile accanto e scese dalla macchina. Il sole di mezzogiorno picchiava, Bruno sentiva come un peso sul cranio. Si guardò intorno, anche per dare modo ai suoi sorveglianti di squadrarlo per bene. Quindi, con passo tranquillo, si diresse verso l'ingresso dello stabile.

Varcò la soglia e venne travolto da un odore di cucina e disinfettante. Nell'androne c'erano alcune sedie di plastica spaiate e un tavolino su cui erano sparsi dei dépliant informativi su argomenti medico-sanitari – dalla prevenzione delle malattie veneree fino ai consigli di igiene dentaria. Al momento, in quella che assomigliava a una sala d'aspetto, c'era solo un senzatetto che dormiva sul pavimento. Probabilmente aveva cercato riparo dalla calura e nessuno l'aveva mandato via.

Il luogo aveva l'aspetto di un consultorio ma, a detta del parroco che l'aveva inviato lì, era molto di più.

Lo chiamavano « il porto », perché la gente ci andava soprattutto a morire. Poveri, vagabondi e quanti non avevano nessuno al mondo che si occupasse di loro. I parenti non li volevano e non potevano permettersi una degenza in ospedale.

Genko non trovò nessuno a cui rivolgersi, perciò nascose la bottiglia sotto la giacca e iniziò a salire la scala che portava ai piani superiori. I gradini non infondevano alcuna sicurezza e la balaustra dondolava paurosamente. Appena varcò la porta a vetri di un reparto, Bruno si rese conto che la sua morte imminente, in fondo, non era affatto una sventura se paragonata a ciò che attendeva i relitti umani relegati là dentro. I ventilatori sul soffitto non ce la facevano a rinfrescare l'aria, servivano solo a diffondere i miasmi nell'ambiente. I posti letto non bastavano per tutti e allora ci si arrangiava con le brandine, qualcuno doveva perfino accontentarsi di una sedia a rotelle.

La cosa che colpì subito Genko fu che nessuno, però, si lamentava.

Un silenzio quasi assoluto dominava le corsie. Come se tutti avessero accettato da tempo la fine con enorme dignità. O paziente rassegnazione, si corresse per un attimo.

Finalmente notò una presenza. Si trattava di una signora di mezza età, coi capelli corti e grigi, non troppo alta e con i fianchi abbondanti. Indossava un paio di vecchie All Star rosse, gonna lunga fino al ginocchio e una t-shirt di almeno due taglie più grandi con stampata la bocca con la linguaccia dei Rolling Stones. Portava al collo un rosario di plastica rosso.

La donna lo vide e, senza neanche sapere chi fosse, gli rivolse un bellissimo sorriso e gli andò incontro. « Buona giornata » disse, accogliendolo.

Quando i limpidissimi occhi azzurri si posarono su di lui, Bruno provò subito un'insolita sensazione di benessere. « Buona giornata a lei » si sforzò di ricambiare l'allegro saluto. « Sto cercando un uomo ricoverato qui: il custode alla chiesa della Santissima Misericordia. Il suo nome è William, però si fa chiamare Bunny. »

L'altra sembrò adombrarsi. « Sì, certo » disse. « Lei è un amico? »

« Sì » confermò Bruno. « Ho saputo che Bunny sta poco bene e volevo fargli un salutino. » Ebbe subito l'impressione che la donna non gli credesse.

Forse si era pure accorta del whisky che nascondeva sotto la giacca, ma non disse nulla al riguardo.

« Quell'uomo non ha amici » replicò invece con un filo di voce, come se non volesse farsi sentire dagli altri.

« Sorella Nicla, può venire un momento? » si sentì chiamare dall'entrata del reparto.

La donna si voltò verso una giovane molto carina che portava una bacinella con degli asciugamani. Bruno si stupì nell'apprendere che aveva davanti una suora.

« Arrivo subito » confermò la donna, poi tornò a dedicarsi a lui. « Lei non dovrebbe stare qui. » Pronunciò la frase con grande delicatezza. Poi, inaspettatamente, sollevò il braccio e lo accarezzò sulla guancia ispida.

Rimase spiazzato da tanta tenerezza. Ebbe la misteriosa consapevolezza che la suora avesse percepito che gli mancava poco e volesse fargli sapere che andava tutto bene, che non doveva avere paura.

« Lei non è credente » affermò la religiosa. « Peccato. »

« Ho imparato che il mondo è malvagio » disse Genko, perché tanto era inutile proseguire con la recita. « E se Dio ha creato il mondo, allora anche lui lo è. In fondo, basta osservare ciò che fa ai suoi figli prediletti » affermò, indicandosi intorno.

Nicla rivolse uno sguardo compassionevole a coloro che stavano lì, in attesa. « Ho chiamato questo luogo 'il porto' non perché è un ultimo approdo. In realtà, il loro viaggio non è ancora cominciato, e il posto in cui sono diretti assomiglia a un immenso oceano caldo. »

Bruno pensò a Meg Forman, e gli sembrò che la donna gli avesse letto nel cuore. « Un oceano disegnato dalla mano di un bambino » disse, senza neanche sapere perché.

A Nicla piacque la definizione. « Dio è un bambino, non lo sapeva? Per questo quando ci fa del male non se ne rende conto. »

Stavolta fu Bruno a sorridere, e le invidiò la fede così salda.

La suora tornò seria. « L'uomo che cerca è nell'ultima stanza, in fondo al corridoio. » Dopo avergli indicato la direzione, lo fissò preoccupata. « Faccia attenzione. »

31

La porta era accostata. Genko la spinse con la mano. Nonostante il sovraffollamento del porto, l'uomo disteso nel letto era il solo occupante della stanza.

Una debole luce filtrava dalle imposte chiuse della finestra, si posava irriguardosa sul lenzuolo bianco che avvolgeva come un sudario le scarne membra del degente. Spuntavano solo la testa e le braccia magrissime.

A giudicare dall'odore, William il custode aveva iniziato a decomporsi da vivo.

Il vecchio teneva gli occhi chiusi e respirava a fatica. Ma poi si ridestò e cercò di capire chi fosse l'intruso che aveva disturbato il suo riposo.

« Salve, Bunny » disse subito Genko.

Dapprima l'altro lo scrutò in silenzio. « Chi sei? » domandò.

Bruno tirò fuori la bottiglia di whisky. « L'angelo della morte » rispose.

Quello esitò ancora un momento, poi gli mostrò un sorriso di denti ingialliti. « Vieni avanti » lo invitò, con un gesto della mano ossuta.

Bruno prese l'unica sedia, che stava a ridosso di

un muro, e la avvicinò al letto. « Ti dispiace se facciamo due chiacchiere? » chiese, mentre si sedeva.

« No, affatto » disse l'altro, con voce gracchiante. Poi tossì e un grumo di catarro gli risalì lungo la gola. « Sei uno sbirro? »

« Non esattamente, ma ho comunque delle domande da farti. » Si accorse che il vecchio guardava il whisky come un assetato davanti a un'oasi nel deserto. « Se alla fine sarò soddisfatto, ti lascerò solo con questa » promise.

Bunny rise di gusto. « So cosa sei venuto a chiedermi. »

« Se lo sai, perché non inizi subito a parlarmene? Prima finiamo, meglio sarà per tutti. »

Il vecchio spostò lo sguardo verso il muro, come se cercasse un modo per incominciare. « Ti stupiresti se ti dicessi che il mio nome non è William? »

« No, affatto » rispose lui.

« Per quarant'anni sono stato custode nella Santissima Misericordia, ma solo perché non riuscissero a trovarmi. »

« Chi non doveva trovarti? »

« La polizia. O quelli come te. » Un altro potente colpo di tosse gli squassò il torace. « Ma ormai penso di avervi fregati tutti. » Rise ancora.

« Perché avremmo dovuto cercarti? »

« Perché per voi io sono il diavolo » affermò.

Forse lo disse per autocompatirsi, ma Genko avvertì anche una punta d'orgoglio. « E non è così? »

« In realtà sono solo un servitore, amico mio. »

« Al servizio di chi? »

Il vecchio si perse per qualche istante nei propri pensieri.

Genko, però, lo sollecitò. « Qual era il tuo compito? Adescare ragazzini con quei fumetti? Fargli il lavaggio del cervello? A proposito, ho visto il film. »

« Tu non puoi capire » affermò il vecchio, sprezzante. « Nessuno di voi può. »

La luce del sole calò di colpo. Fuori dalle persiane si addensavano nuvole scure. La stanza piombò in una grigia penombra.

« Cosa c'è da capire? Perché non me lo spieghi? »

« Sarebbe inutile. »

« Tu provaci. »

« Lascia perdere, dammi retta. » Altra risata, altro accesso di tosse. « Continua a vivere la tua miserabile vita come hai fatto fino a oggi, fidati. »

Genko era furioso, ma non voleva farlo trasparire. « Chi stai coprendo? »

« Nessuno. »

Ma Genko sentiva che stava mentendo. « Cosa ci hai guadagnato, Bunny? A parte vivere in uno scantinato... » ironizzò.

« Quando mi è stato chiesto di scegliere, io l'ho fatto » disse il vecchio, inaspettatamente.

Da fuori si udì il rumore di un tuono che preannunciava un temporale.

« Che cosa vuoi dire? Che cosa significa che 'hai scelto'? Spiegati meglio » lo sollecitò Bruno.

Il vecchio lo fissò coi suoi occhi liquidi e imperscrutabili. « Invece di domandarti chi sono, dovresti chiederti *cosa* sono. »

Bruno ci pensò un momento, poi comprese. « Anche tu sei un figlio del buio. »

L'uomo annuì.

Genko capì che, nonostante l'apparente reticenza, Bunny aveva voglia di parlare, di sputare fuori una storia che si era portato dentro per chissà quanto tempo. Doveva solo attendere e le risposte sarebbero arrivate da sole. Infatti, poco dopo, il vecchio prese a raccontare.

« Un giorno, mentre stavo giocando per strada, si avvicina un uomo. Mi chiama a sé e dice che vuole farmi un regalo. Poi mi mostra un albo a fumetti. Il protagonista è un coniglio, ma lui dice che c'è anche un segreto. Mi spiega cosa devo fare... 'Prendi uno specchio', dice... 'Se ti piace ciò che vedi, torna da me'. »

« E poi cosa succede? »

« Torno da lui, ma solo perché sono curioso... Mi porta via e mi chiude in una specie di buco nero. E mi lascia lì, al buio. Ero solo un bambino spaventato a morte. Non so quanto ho urlato, non so nemmeno quanto tempo è passato. Giorni o forse mesi. Ma poi la porticina si è aperta e qualcuno mi ha teso una mano. Era un poliziotto. Sei salvo, mi ha detto... Ma lui non lo sapeva che ormai non potevo più essere salvato – mai più. Nessuno immaginava che avevo addosso una specie di maledizione. Neanch'io lo sapevo ancora. Ma il buio mi aveva già marchiato.»

«Come si chiamava l'uomo che ti ha rapito?»

Il vecchio distolse lo sguardo. «Bunny, ovviamente... O, perlomeno, è ciò che ha detto a me. Gli altri lo conoscevano con un altro nome. Per vent'anni aveva fatto il guardiano notturno di un deposito di fertilizzanti. Di giorno dormiva, perciò non aveva alcun contatto umano. Quando sono andati ad arrestarlo, nessuno dei vicini sapeva chi abitasse in quella casa. Al processo non ha detto una parola, nemmeno quando un giudice l'ha condannato a trascorrere in galera il resto dei suoi giorni.»

Dal racconto, Genko notò che il vecchio nutriva una specie di ammirazione per il proprio aguzzino. Voleva conoscere il seguito della storia. «Non finisce così, giusto?»

«Avevo tredici anni... Un mattino a casa nostra si presenta un agente penitenziario. Dice che Bunny è morto, ma ci spiega pure che, tempo prima, ha fatto testamento e mi ha nominato unico erede.» Si passò il dorso della mano sulle labbra secche e masticò la dura saliva che gli si addensava nella bocca. « Mia madre non avrebbe voluto un soldo da quell'uomo, ma eravamo troppo poveri per permetterci di rifiutare. Però poi non arriva solo il denaro, perché portano da noi anche la sua roba. Qualche vestito, un proiettore Super8, una scatola con dei fumetti tutti uguali e uno strano film. »

« Tu l'hai guardato... »

« E ho capito. Era come un messaggio... 'Passa il testimone', o una cosa del genere... »

« Chi ha iniziato tutto questo? »

« Non lo so » rispose l'altro. « Ma io ho portato a termine il mio compito, sono stato bravo » si lodò.

Loro non sanno di essere mostri, si ripeté Genko. E anche il custode pensava di essere normale. In fondo, dal proprio punto di vista, William aveva solo svolto bene il proprio lavoro. « Vuoi farmi credere che non sai chi c'è dietro? Chi hai servito con tanta devozione? » domandò di nuovo.

« Il buio » rispose stavolta il vecchio, senza tergiversare.

Un secondo tuono, ma ancora non si udiva il rumore della pioggia.

Genko era disgustato. « È questo che hai fatto a Robin Sullivan quando era ancora un bambino? »

Sentendo il nome, il vecchio si scosse.

« L'hai rapito per tre giorni e l'hai portato con te... Nel buio? » lo incalzò l'investigatore.

« Ho passato il testimone » si giustificò l'altro con un sorriso.

« Quanti ce ne sono stati prima e dopo? Quanti? »

« Non lo so, ho perso il conto. Ma gli altri non sono importanti... Occorrono molti tentativi per trovare il ragazzino giusto. Dopo Robin ho continuato per un po', ma ormai sapevo che lui avrebbe fatto la sua scelta. Proprio come me, quando avevo più o meno la sua età. »

Genko si frugò in tasca e prese la foto del fascicolo del Limbo in cui Robin Sullivan era in compagnia dell'amichetto coi capelli ricci e l'incisivo mancante. La mostrò al vecchio.

« Eccoti qua, figliolo » lo riconobbe subito. « Da quanto tempo... » Gli occhi gli brillavano.

« Chi è l'altro ragazzino nella foto? Quello con i riccioli e senza un dente? »

Il vecchio lo guardò, smarrito.

« Da questa immagine si deduce che frequentava la parrocchia, perciò sono sicuro che lo conosci. » E, come incoraggiamento, gli agitò la bottiglia di whisky davanti alla faccia.

Il custode si umettò le labbra aride con la lingua. « Paul, mi pare... Abitava nella casa verde a due isolati dalla chiesa. »

Dopo l'iniziale spaesamento, il custode era stato collaborativo. L'investigatore non seppe dare una spiegazione. Era anche probabile che William gli avesse rifilato una balla solo per toglierselo dai piedi. L'unico modo per scoprirlo era andare a verificare di persona bussando alla porta della casa verde. Prima, però, consegnò al moribondo il premio promesso. « Addio, Bunny » gli disse.

« A presto » gli rispose il vecchio.

Al pensiero che forse entrambi erano diretti nello stesso posto, Bruno provò un brivido. Ma aveva ragione l'altro: doveva ancora meritarsi la pace raffigurata nel disegno di Meg Forman, e non era rimasto molto tempo.

Un altro tuono, il temporale era vicino.

32

La casa verde si trovava dietro un fitto muro d'acqua.

Genko scese dalla Saab e attraversò la pioggia diretto al portico. Arrivato al riparo della pensilina, tirò giù il bavero della giacca. Il temporale l'aveva colto all'uscita del porto e non era ancora terminato, capelli e vestito di lino erano zuppi. Si mise una mano sulla fronte, sentiva di avere la febbre. Il cuore, però, continuava a pulsargli nel petto smentendo la previsione dei medici. Non durerà, si disse. Era inutile illudersi. Non erano battiti, ma i rintocchi di un orologio che girava al contrario.

Cercò di darsi una sistemata per essere più presentabile. Poi lesse il nome sulla cassetta per le lettere. « Paul Macinsky » disse fra sé per memorizzarlo meglio. « Paul » ripeté, coincideva con la soffiata ricevuta dal custode.

Però qualcosa ancora non gli tornava.

Provò a suonare, ma il campanello non funzionava. Immaginò che, a causa della tempesta di fulmini, fosse andata via la corrente. Allora bussò alla porta. Attese per qualche secondo. Tentò ancora, perché forse il rumore della pioggia battente impediva agli occupanti della casa di sentire. Anche stavolta, niente.

Allora, si spostò verso una finestra per sbirciare all'interno.

Un soggiorno con un divano coperto di giornali e, davanti a un vecchio televisore, una poltrona sformata. Accanto, un tavolino su cui c'erano almeno dieci bottiglie di birra vuote e un posacenere colmo di mozziconi.

Dal disordine – tipico degli uomini che non avevano famiglia – Genko dedusse che Paul Macinsky fosse l'unico occupante dell'abitazione. Ma anche che, probabilmente, al momento l'uomo non era lì.

Voleva incontrare il vecchio compagno della squadra parrocchiale di calcio di Robin Sullivan per un motivo preciso. Se il mostro aveva cercato un rifugio sicuro nel quartiere in cui era cresciuto, allora poteva anche darsi che si fosse rivolto a Macinsky per ottenere favori e coperture. Forse Paul sapeva addirittura dove si nascondeva Bunny.

È ancora qui – lo so.

L'investigatore privato comprese di dover prendere rapidamente una decisione. Avrebbe potuto attendere in auto o sotto al portico il ritorno del padrone di casa, oppure entrare e dare un'occhiata in giro.

La seconda opzione era quella che di solito preferiva.

Quando doveva interrogare una fonte o un testimone, cercava sempre di essere preparato. Perché l'unico modo per indurre qualcuno a parlare era conoscere il più possibile della sua vita.

Per esempio, una volta aveva bisogno che una donna di mezza età gli rivelasse dove si trovava una conoscente. Se Genko si fosse presentato semplicemente da lei e le avesse fatto una richiesta diretta, quella si sarebbe insospettita e non gli avrebbe detto alcunché. La gente diffidava sempre degli sconosciuti che facevano domande: anche se si trattava di proteggere qualcuno che frequentavano appena, scattava un automatico senso di solidarietà. Non avendo il tempo di stringere un'amicizia preventiva, quella volta Genko dedicò qualche ora a sorvegliare la donna. Scoprì che passava gran parte delle proprie giornate in compagnia delle soap-opera trasmesse in tv. Così andò da lei e le chiese dove fosse l'amica, dicendole di esserne perdutamente innamorato. La signora, commossa dalla storia, gli disse senza problemi tutto ciò che voleva sapere.

Ecco perché, in quel momento, Genko saggiò la maniglia della porta della casa verde. E, dopo aver constatato quanto sarebbe stato facile averne ragione, assestò un paio di gomitate e la aprì.

Una volta all'interno, il primo impatto con la casa fece capire a Bruno molte cose di Paul Macinsky. La prima fu che l'ex ragazzino con l'incisivo rotto da adulto non se la passava affatto bene. I mobili sembravano recuperati da una discarica. Per terra c'era una moquette che forse un tempo era stata beige, ma adesso era un arcipelago di macchie di unto. In giro abbondavano polvere e sporcizia. In un angolo c'era una coperta con due ciotole e un guinzaglio, ma per fortuna non c'era traccia di cani.

L'investigatore si richiuse l'uscio alle spalle. Il frastuono della pioggia si attenuò. L'abitazione era composta da due piani. Genko decise di dedicarsi prima a quello superiore.

In cima alle scale c'era un breve corridoio su cui si affacciavano tre stanze. Si avvicinò alla porta con un vetro smerigliato e immaginò che dietro ci fosse un bagno. La aprì di pochi centimetri e subito un cagnaccio nero gli abbaiò contro, feroce. Ebbe la prontezza di richiudere prima di essere attaccato. Maledisse l'animale, se stesso e anche il cuore che gli rimbalzava nel torace. Ebbe paura, ma poi si mise a ridere, perché sarebbe stato un modo proprio idiota di farsi venire un infarto fatale.

Proseguì la perlustrazione. Nella seconda stanza c'erano solo le reti arrugginite di un letto matrimoniale. Per terra si era formata una pozza di acqua piovana proveniente da qualche crepa nel tetto.

Nell'armadio erano conservati vestiti da donna che odoravano di naftalina. Bruno pensò che appartenessero alla madre di Paul e ipotizzò che la signora Macinsky doveva essere morta già da un po'.

La terza camera, invece, veniva ancora usata regolarmente. Il letto di Paul era un materasso gettato per terra. Sulle pareti nere c'erano alcuni poster di gruppi heavy metal, sembrava la cameretta di un teenager degli anni Ottanta. Solo che l'uomo che dormiva in quella stanza aveva poco meno di cinquant'anni. Di fianco a un giradischi, c'era una discreta collezione di vinili. Su una mensola faceva bella mostra un piccolo trofeo, sulla targhetta in ottone apposta sulla base c'era scritto: « Torneo Parrocchiale '82-'83 – Terzi classificati ». Considerando come si era ridotto, quello doveva essere stato l'unico momento di gloria dell'esistenza di Paul.

Accanto al giaciglio sul pavimento, sotto una pila di riviste porno, c'era una ciotola di creta con tutto l'occorrente per prepararsi una canna. Notò anche una porzione del battiscopa che si discostava leggermente dal muro. Genko la sfilò senza difficoltà e gli si svelò un'intercapedine in cui era custodito un panetto di hashish. Lo soppesò sul palmo della mano: in fondo, era una quantità modesta, da piccolo spacciatore. La rimise dove l'aveva trovata.

A quel punto, Bruno concluse che l'esplorazione sommaria della casa non gli aveva portato alcuna informazione utile a instaurare un dialogo amichevole con Paul. Era difficile trovare un interesse comune con uno che amava soprattutto sballarsi e leggeva solo pubblicazioni oscene. Avrebbe dovuto cercare un'altra via per conquistare la sua fiducia e convincerlo ad aprirsi. Paul Macinsky era la persona più vicina a Robin Sullivan che fosse riuscito a scovare.

Se sa dove si trova Bunny potrei spingerlo a tradirsi. Ma come?

Il cane nel bagno continuava ad abbaiare, impedendogli di ragionare. Gli stava venendo anche un'emicrania. Bruno fu scosso da un brivido improvviso, iniziò a battere i denti. La febbre stava aumentando. Tornò di sotto.

Avrebbe dovuto lasciare subito la casa e appostarsi nella Saab in attesa del ritorno di Paul Macinsky. Ma dopo aver disceso le scale, lo colse un'improvvisa spossatezza. Non poteva tornare là fuori e prendere altra pioggia. Scostò i giornali dal divano del soggiorno, ma poi scelse la poltrona e occupò quello che sembrava il posto preferito di Paul, davanti alla tv che adesso però era spenta. C'era anche un plaid, sporco e pieno di buchi, ma lo usò lo stesso per avvolgersi le spalle. Il fremito che lo attraversava non accennava a smettere. Era anche spaventato, ma capì che doveva scacciare subito l'idea dell'imminenza della morte. Provò a calmarsi. Doveva pensare a qualcosa.

Gli venne in mente di nuovo il vecchio custode e, soprattutto, la facilità con cui gli aveva rivelato il nome del ragazzino riccio col dente rotto ritratto accanto a Robin nella foto del Limbo.

Quando Genko gli aveva rinfacciato di aver portato nel buio un povero bambino indifeso, William si era giustificato con una motivazione assurda.

« Ho passato il testimone » aveva detto.

Si riferiva a Robin come fosse un degno discepolo, ed era proprio questo che adesso non tornava a Bruno. Se il vecchio Bunny riteneva Robin il suo erede – il nuovo Bunny – perché aveva aiutato un estraneo a scovarlo? Avrebbe dovuto proteggere meglio l'identità dell'amichetto d'infanzia che poteva fornire informazioni utili alla cattura del suo prediletto.

Invece aveva pronunciato quasi subito il nome di Paul.

Non riusciva a venirne a capo. Però almeno i tremori erano cessati. Anche il cane al piano di sopra si era arreso. Coccolato dal silenzio e dalla vecchia poltrona, Genko fissò il proprio riflesso sullo schermo del televisore spento. Si compiacque di essere ancora lì e di non essere morto. L'aveva scampata un'altra volta. Provò gratitudine e sollievo.

Ma, senza accorgersene, scivolò anche in un sonno profondissimo.

33

Una stretta fortissima alla gola, la bocca spalancata in cerca di ossigeno – disperatamente. Il modo peggiore per svegliarsi da un sonno profondo come la morte: scoprire di essere vivi solo per dover morire ancora – dolorosamente.

L'energumeno alle spalle di Genko non mollava la presa. Sentiva il possente avambraccio che serrava la morsa, implacabile. L'investigatore provò a strapparsi via quell'arto dal collo, ma le sue dita continuavano a scivolare sulla pelle dell'assalitore bagnata di pioggia. Avrebbe voluto avere il tempo di spiegare a Paul Macinsky perché era entrato in quel modo in casa sua, come un ladro. Dirgli che comprendeva la sua reazione ma che, considerando la situazione, era anche esagerata. Avrebbe voluto dire tutto questo all'uomo che stava per ammazzarlo. Ma poi scorse il suo riflesso nel televisore spento che aveva di fronte.

L'energumeno aveva una macchia scura sul lato destro del volto.

Non era Paul Macinsky. Era Sullivan.

Per questo il vecchio mi ha aiutato. Mi ha mandato qui e, in qualche modo, ha avvertito il suo discepolo. Mi ha fatto finire in trappola.

Bunny non aveva più bisogno della maschera da coniglio, finalmente erano faccia a faccia. E anche lui lo stava fissando attraverso lo schermo. Non c'era odio nei suoi occhi lucidi come biglie, nemmeno rabbia. Sembrava una fredda e lucida voglia di uccidere.

Il disegno di Meg Forman – *il caldo oceano, la barca, il sole*. Il paradiso immaginato da una bambina. L'ho meritato, mi spetta – si convinse Bruno. « Dio è un bambino, non lo sapeva? » aveva detto la suora del porto. « Per questo quando ci fa del male non se ne rende conto. »

Genko iniziò ad accettare il dolore della fine.

Scie brillanti, simili a graziose fatine, iniziarono a danzargli nello spettro visivo. I polmoni si svuotavano rapidamente e ormai annaspava. *Il caldo oceano, la barca, il sole* – gli sembrava quasi di vederli. Sto arrivando, disse. Si sentì strattonare verso l'alto e tirò indietro il capo. Fu quasi un riflesso incondizionato. Tuttavia, riuscì ad assestare una botta involontaria al naso dell'assalitore.

Stordito dalla reazione imprevista, Robin Sullivan allentò un poco la presa. Bruno ne approfittò per sottrarsi totalmente alla sua stretta, poi diede un colpo di reni per alzarsi dalla poltrona. Cadde in avanti, atterrando con le mani sulla moquette lurida. Provò a respirare, ma ci riuscì a malapena solo al terzo tentativo. Si voltò per controllare l'aggressore: Bunny perdeva sangue dal naso e le lacrime gli offuscavano la vista. Ciò, però, non gli impedì di avventarsi nuovamente su Genko. Lo afferrò per la caviglia, ma l'investigatore riuscì a sfilare la gamba, quindi scattò in avanti, allontanandosi dal mostro ma anche dalla porta d'ingresso. In realtà non sapeva dove stava andando, si comportava come una mosca che non riesce ad accorgersi dello spiraglio in una finestra aperta e rimane prigioniera della propria stupidità.

Così, barcollando, si ritrovò in cucina. L'unico locale della casa che non aveva perlustrato.

E si sentì sollevato quando vide che, di fianco a un vecchio frigorifero con lo sportello ricoperto da magneti, c'era un'uscita che dava su un cortile posteriore.

Genko si accorse che, nel frattempo, Bunny si era ripreso e l'aveva già puntato.

Essere fuori dalla casa non voleva dire essere anche in salvo, ma era comunque un ottimo stimolo per non darsi per vinto. Con le poche forze che gli restavano si diresse verso la porta, sperando che non fosse chiusa come poche notti prima alla fattoria dei Wilson, mentre Bunny lo seguiva esattamente come adesso.

Afferrò la maniglia, tirò: la porta era aperta. Stava

per muovere un passo fuori, ma indugiò. Gli sembrò che accadesse tutto lentamente. Sentì il proiettile che gli si conficcava nella schiena, dritto fra le scapole. Un pezzo di metallo rovente che gli scavava le carni.

Ma non aveva udito alcuno sparo. Come è possibile? si chiese.

La sensazione era di essere stato trapassato da una pallottola. Ma quando chinò il capo si accorse che mancava il foro d'uscita sul torace. Prima di darsi una spiegazione, sentì le gambe che cedevano: cadde in ginocchio. Nelle orecchie, una percussione profonda e controtempo – era il suo cuore che perdeva il ritmo dei battiti.

Nessuno aveva sparato.

Era l'infarto fatale che attendeva da giorni.

Bruno Genko mollò la maniglia, fece una breve piroetta sulle ginocchia, appoggiò le spalle allo sportello del frigo e si lasciò scivolare fino al pavimento portandosi appresso una cascata di magneti colorati.

Sospeso fra la vita e la morte, i suoi occhi si posarono distrattamente su una calamita in particolare: una palma tropicale. Sotto di essa, c'era un disegno.

Lo stile e i colori erano inequivocabili. Era stato fatto da un bambino.

Ritraeva un grosso coniglio con gli occhi a forma

di cuore che teneva per mano una bambina dai capelli biondi.

Ma ciò che stupì Genko fu la firma apposta sotto l'opera. Soltanto il diminutivo del nome di battesimo.

« *Meg.* »

34

Era incredibilmente strano come il cervello di un uomo in punto di morte lavorasse rapidamente, pensò Genko. Perché adesso il suo riusciva a ragionare al doppio della velocità.

Come fa la figlia più piccola dei Forman a conoscere Bunny il coniglio?

Bruno sollevò lo sguardo, immaginava di trovarsi di fronte l'assalitore pronto a infliggergli il colpo di grazia. Invece, inaspettatamente, l'altro lo fissava immobile. Forse attendeva che crepasse da solo. Ma, qualunque cosa gli passasse per la testa, Genko aveva ancora il tempo per conoscere la verità. Fece uno sforzo e si mise una mano in tasca. Estrasse la foto presa al Limbo e la porse all'uomo con la voglia scura sulla faccia.

Quello esitò un attimo, ma poi la prese.

Dalla sua espressione, Genko dedusse che ci aveva visto giusto. « Sei Paul Macinsky, vero? » azzardò.

L'uomo tacque, ma poi ebbe una reazione. « Che significa questa fotografia? » domandò nervosamente. « Chi sei tu? E che ci fai in casa mia? »

Bastò l'ultima frase a confermare a Bruno che non si trovava al cospetto di Robin Sullivan.

Il vecchio custode mi ha fregato, pensò. Ecco perché sembrava come smarrito quando Genko gli aveva chiesto il nome del ricciolino nella foto. Ha capito che cercavo la persona sbagliata. Perché credevo che Robin fosse quello triste con la voglia sul viso. Ma non è così.

È l'altro – quello allegro.

Il vecchio Bunny l'aveva depistato, ma lo scambio di persona era iniziato prima. L'errore era stato generato dalla testimonianza del dentista: Peter Forman aveva riconosciuto la voce dell'uomo con la maschera da coniglio che, *a suo dire*, l'aveva costretto a uccidere Linda minacciando la sua famiglia. Era stato il dentista a indicare per primo il giardiniere.

Come fa la figlia più piccola dei Forman a conoscere Bunny il coniglio?

« Parlami di Robin » disse Genko a Paul Macinsky con un filo di voce.

« Amico, forse è il caso che ti chiamo un'ambulanza. »

Sembrava sinceramente preoccupato, ma Genko scosse il capo. « Robin Sullivan » ripeté.

« Non si chiama più così, adesso ha cambiato nome. Ci frequentavamo da piccoli, poi non ho più saputo nulla di lui... Forse pensava che non lo riconoscessi quando è venuto a chiedermi di sistemargli il giardino, ma io ho capito subito che era lui. »

« Chi? » domandò Bruno. « Dimmelo, per favore. » Aveva bisogno di sentirlo dalla sua voce.

« Robin... Robin Sullivan... Ha una bella casa, una bella moglie, due bambine. Adesso si fa chiamare Peter Forman e fa il dentista. »

Come fa la figlia più piccola dei Forman a conoscere Bunny?

« Adesso parlami di questo... » Genko indicò il disegno sotto il magnete a forma di palma.

« Io chiamo il numero delle emergenze » disse invece l'altro, sfilandosi dalla tasca un cellulare.

« Ti prego: il disegno. »

L'uomo aveva digitato le cifre sulla tastiera, ma si fermò per rispondere alla domanda. « Me l'ha dato la figlia di Forman, la più piccola. È successo una settimana fa. »

La bambina aveva provato compassione per quell'uomo solitario, che nelle foto d'infanzia mostrava la tristezza che l'avrebbe accompagnato per l'intera vita. Bruno Genko, invece, l'aveva scambiato per un mostro e si sentiva in colpa. « Meg ti ha spiegato cosa significa il disegno? »

« No » disse.

Come fa la figlia più piccola dei Forman a conoscere Bunny il coniglio? Perché conosce l'uomo sotto la maschera, si disse Genko. *Bunny è il suo papà.*

Rivide la scena a casa di Linda, quando in bagno aveva trovato Peter Forman gravemente ferito. Era stato allora che il mostro aveva iniziato la recita.

Ma perché coinvolgere la sua stessa famiglia inscenando un sequestro? « Si è introdotto in casa nostra » aveva detto il dentista fra le lacrime, quando invece lui stesso era apparso alla moglie con la maschera di Bunny, per poi rinchiuderla in cantina insieme alle bambine. « Mi ha detto che se non avessi fatto come diceva, le avrebbe uccise » aveva affermato singhiozzando. Ma perché fingere anche con loro? Perché non si era semplicemente recato a casa di Linda per ucciderla?

Perché anche quello era uno sporco trucco, pensò l'investigatore. « Aveva una maschera, ma io lo conosco... Io so chi è. » Non era solo l'inizio di un piano ingegnoso per depistare tutti, indirizzando i sospetti sull'incolpevole giardiniere.

No, lui aveva uno scopo preciso.

Quando aveva rinvenuto l'uomo con la maschera di coniglio accasciato sul pavimento del bagno, nudo e sanguinante, Bruno aveva pensato che Linda si fosse difesa, che avesse ferito gravemente il suo assassino. Ed era stato fiero di lei.

Non è stata Linda a ferirlo col coltello, si disse adesso. Bunny ha fatto tutto da solo.

Bruno si era meravigliato quando Bauer e Delacroix gli avevano riferito che Forman era ricoverato al Saint Catherine. « È il posto più sicuro, visto che lo stiamo già presidiando in forze » aveva detto lo sbirro con la solita arroganza.

Il posto più sicuro per Bunny era anche quello in cui si trovava Samantha Andretti.

Vuole riprendersela, pensò. *Quel bastardo vuole riportarla nel buio.*

Ma appena ebbe davanti a sé una visione completa del piano, l'investigatore privato Bruno Genko morì.

35

Il dottor Green rientrò nella stanza e si richiuse rapidamente la porta alle spalle. Nascondeva qualcosa dietro la schiena. « Ecco qui » annunciò e le mostrò un sacchetto di carta. « Ho pensato che avessi fame. »

Lo seguì con lo sguardo mentre andava a sedersi al solito posto.

« Il cibo dell'ospedale fa schifo, questo è decisamente meglio. » Estrasse dal sacchetto due sandwich avvolti nel cellofan trasparente. « Pollo o tonno? » domandò.

« Pollo » rispose lei.

Le porse uno dei due panini. « Ottima scelta: l'insalata di pollo di mia moglie è imbattibile. »

Lo prese e lo osservò.

« Che fai, non mangi? » chiese lui mentre dava il primo morso a quello col tonno.

« Sì, mi scusi » disse. « Mi è venuta in mente una cosa... Come faceva il rapitore a darmi i farmaci per tenermi buona? »

« Intendi gli psicotici. » Green si fermò a riflettere. « Credo che te li somministrasse col cibo. »

Si rigirò ancora il sandwich fra le mani, era da

tanto che non assaggiava qualcosa preparato con amore. « Sua moglie deve volerle un gran bene. »

« Abbiamo avuto i nostri alti e bassi » ammise Green. « Ma credo che capiti a tutte le coppie che stanno insieme da tanto tempo. »

Si voltò verso lo specchio. « Mio padre non è ancora arrivato? »

« Ci vorrà un po', poi lo faremo venire direttamente qui. »

« Non lo so... » Non si sentiva ancora pronta a incontrarlo.

« Nessuno ti obbliga, Sam. Puoi prenderti tutto il tempo che vuoi. »

« Il fatto è che non mi ricordo nemmeno come è fatto. »

« Posso portarti una sua foto, se vuoi. Magari ti torna in mente qualcosa. »

Le parole del dottore ebbero l'effetto di sollevarla. Liberò il sandwich dal cellofan e lo addentò voracemente: aveva ragione Green, era buonissimo. « Martedì » disse senza pensarci.

« Cosa? » chiese subito l'altro.

Si concentrò ancora una volta sulla macchia di umido sul muro – il cuore pulsante. « Il martedì è il giorno della pizza » ripeté...

In realtà, non sa se è martedì. E nemmeno se è giorno oppure notte. Anzi, è persino probabile che quello che lei chiama « il martedì della pizza » cada una vol-

ta al mese o anche di più. Ma lei ha deciso così. È una delle piccole convenzioni che ha imposto alla routine del labirinto.

Tutto è iniziato la prima volta che è riuscita a terminare la terza faccia del cubo di Rubik. Era orgogliosa di sé, tanto fiera del lavoro ben fatto da diventare subito rabbiosa. Perché sentiva di meritare un premio. E allora se n'è andata in giro per il labirinto, con il cubo esibito come un trofeo, marciando e gridando: « Pizza! Pizza! Pizza! »

Oltre a rivendicare la giusta ricompensa, il suo intento era anche infastidire il bastardo, semmai fosse stato in ascolto. Ma lei sapeva che poteva sentirla. E provava anche un certo gusto a essere indisciplinata.

Alla fine, aveva ottenuto ciò che voleva.

In una delle stanze aveva trovato un cartone con della pizza margherita molliccia, già vecchia di qualche giorno. Il bastardo pensava di punirla così, ma lei l'ha mangiata lo stesso di gusto. Da allora, il rito si è ripetuto.

Ogni terza faccia del cubo terminata, arriva un nuovo martedì. Pizza scadente.

Il bastardo chissà dove la prende. Il cartone è semplice, anonimo. Nessuna indicazione riguardo al locale di provenienza. Forse è una pizzeria di catena oppure un piccolo esercizio che pratica solo asporto. Lo immagina come un posto con un odore perenne di fritto, con le mattonelle bianche coperte da una patina di unto, lucida e viscida, che ormai nessun sapone manderà più via.

Ogni volta, mentre addenta la prima fetta di quella pizza, si domanda che faccia abbia la persona che l'ha preparata. Chissà perché se la figura come un ragazzo con le braccia robuste, sporche di farina, e la pancetta da bevitore di birra. Un tipo allegro, a cui piace stare con gli amici, andare insieme al cinema a vedere i film d'azione, o a giocare a bowling. Non ha la fidanzata, ma nella sua vita c'è una brunetta molto carina, fa la cassiera in un supermercato.

Il ragazzo non si domanda mai a chi sono destinate le sue pizze – perché dovrebbe? Non sospetta nemmeno che quella che sta preparando finirà nel labirinto, a sfamare una povera prigioniera. Non sa di essere l'unico contatto, anche se indiretto, che lei ha col mondo esterno. Ma lui è la prova che c'è qualcosa oltre quelle mura. Che l'umanità non si è ancora estinta per un olocausto nucleare o perché dal cielo è caduto un asteroide...

«Speravo sempre di trovare un messaggio per me in uno dei cartoni che arrivavano nei miei martedì immaginari. Non certo un biglietto, anche solo una parola scritta con la salsa di pomodoro. Un semplice saluto – 'ciao', per esempio. Una volta sulla pizza c'era un carciofino, e l'ho interpretato come un segno. Ma poi la cosa non si è più ripetuta.»

«Cosa ti infastidiva di più del labirinto?» domandò Green, mentre dava l'ultimo morso al sandwich di tonno.

« Il colore delle pareti... Quel grigio era insopportabile. »

« C'è una teoria che sostiene che certi colori abbiano un'influenza sulla psiche » disse il dottore mentre si puliva la bocca con un kleenex. « Il verde trasmette sicurezza, per questo i tavoli da gioco sono quasi sempre verdi: per spingere i giocatori a rischiare... I toni caldi, invece, stimolano la serotonina e, per esempio, inducono le persone a essere loquaci o sessualmente promiscue. »

« E il grigio? » domandò.

« Inibisce l'azione delle endorfine » disse Green. « Le stanze dei manicomi sono dipinte di grigio, e anche le celle delle carceri di massima sicurezza. » Poi aggiunse: « Le gabbie degli zoo... Alla lunga, il grigio rende mansueti ».

Il grigio rende mansueti, si ripeté. Lui la considerava una specie di animale a cui placare l'istinto.

Forse il dottor Green si accorse che l'argomento l'aveva rabbuiata. Per distrarla appallottolò il kleenex, si voltò verso il cestino della carta straccia che stava in un angolo, prese la mira e fece canestro. « Sono stato playmaker nella squadra di basket dell'università: modestamente, ero un fenomeno. »

Le strappò un sorriso.

Ma poi lei si accorse che Green, approfittando

della sua distrazione, stava nuovamente toccando il moschettone con le chiavi attaccato alla cintura. Ancora una volta quel segnale per comunicare con i poliziotti al di là dello specchio, si disse. Cosa significava? Forse non c'era alcun linguaggio in codice, era solo frutto della sua paranoia.

Il dottore notò che gli era caduto un po' di tonno sulla camicia blu. « Ora chi la sente mia moglie » borbottò, mentre cercava inutilmente di far sparire la macchia con le dita. « Devo trovare un modo per toglierla » disse alzandosi. « Torno subito. »

Meglio così, pensò. Le scappava la pipì e, anche se aveva il catetere, si vergognava a farla davanti a lui.

« Ti porto anche qualcosa da bere » promise prima di uscire. « Ma tu non perdere la concentrazione, dopo dobbiamo rimetterci al lavoro. »

Rimasta sola, obbedì a Green e continuò a fissare il cuore sul muro. Fu in quel momento che il telefono giallo sul comodino squillò di nuovo.

Ancora una volta, la sensazione paralizzante di terrore.

Ha ragione Green, si disse. È solo qualcuno che ha sbagliato numero. È ridicolo avere paura. Ma c'era solo un modo per scoprirlo.

Rispondere.

Gli squilli riecheggiavano sinistri nella stanza e

anche nella sua testa. Voleva solo che smettessero in fretta, ma non accadeva.

Allora si decise. Allungò una mano verso il comodino. La gamba ingessata le ostacolava il movimento, ma riuscì lo stesso a sfiorare la cornetta con le dita. La tirò a sé e l'afferrò, portandosela all'orecchio. Sentirò solo un profondissimo silenzio, immaginò. E dentro quel silenzio si nasconderà un respiro. « Sì? » disse soltanto, e rimase in timorosa attesa.

« Avete dimenticato l'indirizzo » affermò subito una voce maschile.

Non capiva, di sottofondo c'era anche parecchio rumore. Era come aveva detto Green, si trattava di uno sbaglio. Si rasserenò.

« Pronto? » L'uomo dall'altra parte si stava spazientendo.

« Mi scusi, ma non so di cosa parla. »

« Mi serve l'indirizzo » ripeté quello. « Per l'ordinazione. »

Sgranò gli occhi, un fremito l'attraversò come una scossa elettrica.

« La pizza » ribadì l'uomo al telefono. « Dove dobbiamo consegnarla? »

Gettò via la cornetta, come se scottasse. Poi, istintivamente, si voltò verso la parete con lo specchio. Fu molto più di un semplice presentimento. Mentre guardava il proprio riflesso, ebbe la vivida sensazione che dietro si nascondesse un'ombra malvagia che aveva ascoltato il suo racconto.

E con quello scherzo voleva farle sapere che era vicino.

36

Un suono unico, lineare, in sottofondo.

« Libera! »

Non aveva più il controllo del proprio corpo. Era lì, ma era anche come se non ci fosse. Prigioniero dentro uno scafandro di carne. Ma non sentiva alcun dolore. Anzi, provava uno strano benessere.

Non riusciva a chiudere le palpebre, perciò aveva gli occhi sbarrati e poteva assistere da posizione privilegiata alla scena dei soccorritori che si affannavano sopra di lui. Spettatore della propria morte – *figo!*

« Libera! »

I paramedici erano un uomo e una donna. Lui era un tipo robusto, sulla trentina, con i capelli a spazzola e gli occhi scuri. Il classico compagnone con cui farsi una birra o andare alla partita. Gli teneva premuto un pallone ambu su naso e bocca. Lei era più minuta, ma non per questo appariva meno determinata. Capelli blu legati in una coda di cavallo, carnagione chiara, lentiggini e occhi verdi. In un altro momento, l'avrebbe invitata volentieri a uscire. Con tono cazzuto, diede un nuovo comando.

« Libera! »

L'uomo robusto arretrò di un passo e la donna poggiò ancora gli elettrodi sul suo torace, poi fece partire un'altra scossa. Ogni volta, era come se qualcuno appiccasse un incendio dentro di lui. Le fiamme divampavano e si estinguevano in un istante.

Dopo una breve pausa, il suono di sottofondo mutò, divenne cadenzato.

« Bene » annunciò capelli blu, entusiasta. « Lo abbiamo ripreso: adesso è trasportabile. »

Nessuno vi ha chiesto di riportarmi indietro. Dovevate lasciarmi dov'ero.

Lo caricarono su una barella. Quindi, dopo aver percorso il vialetto con una serie di scossoni, lo infilarono nell'ambulanza. Le porte del mezzo si richiusero. Poi si accese la sirena.

« Ehi bello, ora resta con noi, va bene? » stava dicendogli l'uomo per cercare di tenerlo sveglio. « Sei stato fortunato: il tuo amico ti ha fatto dieci minuti di massaggio cardiaco. Se non c'era lui, noi saremmo stati inutili... Perciò pensa a un bel regalo. »

Paul Macinsky gli aveva salvato – temporaneamente – la vita, non riusciva a crederci. Avrebbe voluto dire ai due paramedici che l'uomo era innocente, che non c'entrava nulla col rapimento di Samantha Andretti. Che in realtà Bunny era... Chi era Bunny? L'aveva dimenticato.

Buio.

Un lampo improvviso – come i flash di magnesio

delle macchine fotografiche di una volta – che si dissolse rivelando una scena totalmente diversa. Non era più in ambulanza. Suoni e rumori frenetici. Intorno, un intenso viavai. Era ancora disteso, una luce bianchissima lo vegliava dall'alto. Mille mani si muovevano su di lui. Voci indistinte. Erano tutti nudi.

«Com'è l'ossimetria?» domandò una ragazza bassina, con seni enormi.

«Scende... Sessantasette per cento» rispose un tipo con la barba, pelosissimo.

«Asistolia» annunciò un altro di cui scorgeva solo la pancia prominente.

«Preparo una siringa di atropina» disse una voce femminile prima di voltarsi e rivelare un bel culetto.

Sono senza vestiti per via del caldo, pensò Genko che non riusciva a spiegarsi una simile assurdità. Mentre tutti rimanevano seri, lui cominciò a sbellicarsi dalle risate.

«Applichiamo la *cpap*» comandò una giovane dottoressa coi capelli neri che le ricadevano morbidamente sulle spalle. Era l'unica a indossare il camice bianco. Ma sotto non aveva niente. *Dio, come gli sarebbe piaciuto toglierglielo!*

«Come va la pressione?»

«Ottantotto su cinquantanove.»

Potresti sfilarti quel camice, che ne dici? Sono sicuro che ti piacerei, *baby*... Non aveva più il controllo di sé, ma in fondo, morire non era così male. Era euforico.

Intanto qualcuno parlava al telefono. «Pronto, qui l'unità coronarica del Saint Catherine: abbiamo bisogno di informazioni riguardo a un paziente... Si chiama Bruno Genko.»

Sono al Saint Catherine, si disse. Lo stesso ospedale di Samantha Andretti. E c'era anche Bunny, rammentò – chi è Bunny? Il nome non gli veniva. Ma Samantha era in pericolo. Ehi, mi sentite? Sta per accadere qualcosa di terribile, dovete avvertire subito la polizia. O, in alternativa, portatemi una tequila e facciamo una festa.

«Cosa stringe nella mano destra?» chiese qualcuno: era il barbuto e provò ad allargargli le dita. «Sembra una pallina di carta, ma non molla la presa.»

«Lasciate perdere, l'importante è che non sia un oggetto con cui può farsi o farci male» disse ancora la dottoressa carina. «Preparate una siringa di adrenalina.»

Buio.

Altro lampo, ma stavolta più simile a un fuoco d'artificio. I rumori di prima si erano placati, adesso c'era di nuovo un suono ritmico che lo cullava – la versione elettronica del battito del suo cuore. Era sempre disteso, avvertiva la pressione di una grande maschera di plastica che gli copriva quasi tutta la faccia e gli pompava forzatamente ossigeno nei polmoni.

Davanti al letto, la giovane dottoressa coi capelli neri e un dottore un po' più anziano che parlavano fra loro. Stranamente, erano entrambi vestiti.

« Chi vi ha autorizzato a rianimarlo? » stava domandando il medico, era alterato e teneva fra le mani un foglio.

Quello è il talismano, si disse Genko.

« L'equipaggio dell'ambulanza non poteva saperlo e noi non abbiamo avuto il tempo di frugargli nelle tasche » si giustificò la dottoressa. « Come potevamo immaginare che fosse un caso terminale? »

Lo faceva terribilmente incazzare il fatto che parlassero di lui come se non fosse lì presente.

« L'unità dispone di risorse limitate, e tu le sprechi per uno che al massimo ha la speranza di arrivare a domattina. »

Magari nemmeno a me andava di essere riportato in vita – ci hai pensato, brutto stronzo? Se fossi crepato mi sarei almeno risparmiato la tua faccia di merda. In realtà, però, gli dispiaceva che della sua morte non interessasse proprio a nessuno. Anche se, in fondo, stava solo raccogliendo il frutto di una vita solitaria. Non aveva messo su famiglia e non aveva mai pensato di avere dei figli. Anzi, l'aveva dato addirittura per scontato. Il progetto « mi sposo e poi mi riproduco» non era mai stato preso in considerazione.

Il vecchio Bunny ha passato il testimone al nuovo Bunny, si disse. Persino il mostro ricoverato al porto aveva una discendenza che ne avrebbe perpetrato la memoria. E il nuovo Bunny aveva una moglie e due bambine bionde. Come diavolo si chiamava, però?

Forman, si disse. *Peter Forman, e fa il dentista!*

Ma l'entusiasmo per quell'epifania svanì quasi subito, perché non c'era modo di comunicarlo all'esterno.

Toglietemi la maschera d'ossigeno, devo dirvi una cosa!

«Hai riportato in vita un vegetale» sentenziò il medico anziano.

Non sono un vegetale, coglione. Toglimi questa cazzo di maschera e te lo dimostro.

«Mi spiace, dottore» disse la dottoressa carina. «Non accadrà più.»

L'altro la squadrò, severo. Poi le restituì il talismano e se ne andò.

La dottoressa scosse il capo, stava per ripiegare il pezzo di carta ma si fermò e lo guardò meglio. Non stava leggendo il referto, notò Genko. Guardava il disegno che c'era dietro al foglio.

Il ritratto di Bunny abbozzato dal bracconiere che per primo aveva soccorso Samantha Andretti.

In quel momento accadde qualcosa. Sentì una vocina nella testa. Linda – la *sua* Linda – gli stava parlando. *Passa il testimone*. Ma non era facile. Bruno iniziò a concentrarsi. A differenza della mente, il suo corpo era già quasi morto. Ma doveva farcela. Visualizzò la propria mano destra, le dita strette intorno a una pallina di carta. *Passa il testimone*, ripeté Linda con dolcezza. Cominciò dall'indice, che si mosse appena. Non te ne andare, diceva intanto al medico col pensiero. Resta ancora un po'. Toccò al pollice – era una fatica immensa, come spostare un macigno pesantissimo. *Passa il testimone!* Poi sentì che Linda gli prendeva la mano e lo aiutava. Il medio, poi l'anulare, infine il mignolo. Non sapeva se stava accadendo sul serio o se anche questo avveniva solo nella sua testa. La voce di Linda svanì. La dottoressa ripiegò il talismano e se lo infilò nella tasca del camice. Stava andando via. No, ti prego. *No!*

Il debole rumore di un rimbalzo.

La dottoressa si bloccò, voltandosi verso il letto. Poi abbassò lo sguardo. Coraggio, vieni a guardare. E, in effetti, lei andò verso di lui. Si chinò e raccolse la pallina di carta che era scivolata dalla sua mano. La aprì. Un'espressione incerta sul viso. Il suo sguardo fece la spola un paio di volte fra lui e il contenuto del foglio. Poi recuperò il talismano dalla tasca. Confrontò i due pezzi di carta.

Il ritratto del bracconiere e quello della figlia più piccola di Forman che era attaccato con una calamita al frigo di Paul Macinsky.

Lo stesso soggetto. Un coniglio con gli occhi a forma di cuore.

La dottoressa sembrava confusa. Prese una specie di penna dal taschino del camice. No, era una lucina. Si avvicinò alla sua faccia. Con le dita gli sollevò la palpebra dell'occhio destro. Gli sparò nell'iride quella specie di raggio luminosissimo. Poi ripeté l'operazione passando all'occhio sinistro.

Bruno provò a muovere le labbra, sperando che lei se ne accorgesse nonostante l'enorme maschera di plastica.

Se ne accorse.

Esitò un momento, poi gli sollevò piano gli elastici, scoprendogli parte del volto. Si avvicinò ulteriormente e rivolse l'orecchio in direzione della sua bocca.

Col poco fiato che aveva in corpo, Genko pronunciò delle sillabe.

La dottoressa attese, ma poi si tirò su. Riposizionò la maschera d'ossigeno e lo fissò interdetta.

Non era sicuro di essere riuscito a comunicare. Probabilmente non aveva detto nulla poiché la mente gli faceva strani scherzi – l'allucinazione in cui erano tutti nudi, però, gli era piaciuta.

Poi la donna si diresse verso la porta della stanza.

No, maledizione, no...

Invece di uscire, afferrò la cornetta di un telefono a muro e compose un numero. « Sì, sono io » disse all'interlocutore.

Coraggio bellezza, *passa il testimone.*

« Il paziente della 318 potrebbe avere un parente... Dobbiamo avvertirlo, mi ha appena detto il nome. »

37

Quel tardo pomeriggio di metà giugno l'estate si annusava già nell'aria.

Lui e Paul tornavano a casa dalla partita di calcio nel campetto della parrocchia, sudati e felici come si può essere solo a dieci anni. Il sole era una sfera rossa in fondo alla strada e, dalle finestre aperte delle case, arrivavano voci che si mescolavano alle risate delle tv accese, mentre la gente si preparava a cenare.

Paul Macinsky era il suo migliore amico. Almeno così aveva deciso padre Edward. Li aveva presi da parte e aveva detto a entrambi: « Da oggi sarete amici per la pelle ». Paul non era molto sveglio, perciò si era limitato ad annuire senza fare domande. Robin invece sapeva perché il prete li aveva messi insieme. C'era una precisa categoria per i ragazzini come lui e Paul, non aveva un nome ma era chiara subito a tutti la differenza fra chi vi apparteneva e gli altri. Raramente qualcuno gli rivolgeva la parola, non ricevevano mai inviti alle feste, erano sempre gli ultimi a essere scelti quando si componevano le squadre di calcio e, soprattutto, nessuno conosceva il loro nome di battesimo e venivano chiamati solo col cognome.

Sullivan e Macinsky.

Non avevano neanche diritto a essere presi di mira dai bulli, come i secchioni o gli effeminati. Semplicemente, non esistevano.

Padre Edward, che sapeva bene quanto possono essere crudeli i bambini nei confronti dei loro pari, li aveva convocati in sacrestia. Decretando la loro amicizia, forse aveva voluto evitare loro l'onta della solitudine che, nell'età della spensieratezza, è il peggior marchio d'infamia.

Nonostante la voglia sul viso, che era anche la causa principale di una tremenda timidezza, Paul non era male. Certo, era dura fargli pronunciare qualche parola. Robin aveva intuito che l'amico viveva con la madre e non aveva mai conosciuto il padre. Per non metterlo in imbarazzo, non aveva mai voluto approfondire la cosa. Ma in giro si diceva che la madre di Paul avesse avuto una storia con un tizio che era già sposato e che per questo era stata abbandonata dalla famiglia, che l'aveva messa alla porta insieme al bastardo che aveva in grembo.

Nonostante Paul portasse il cognome della madre e fosse considerato a tutti gli effetti un figlio della colpa, Robin lo invidiava. A casa sua le cose non andavano bene e non c'era giorno che non ci fosse una lite. I genitori erano entrambi dediti alla bottiglia e se le davano di santa ragione. Una volta la madre aveva accoltellato il marito all'addome mentre dormiva. Lui era riuscito lo stesso a cavarsela, ma appena tornato dall'ospedale le aveva fratturato il cranio col ferro da stiro. Ogni tanto nelle liti domestiche era Robin a rimetterci, ma Paul non gli domandava mai da dove venissero i lividi.

In fondo, quasi tutti i ragazzini del quartiere avevano guai in famiglia. Ma, a differenza di loro due, se la sapevano cavare nel mondo. Era come se il padreterno li avesse dotati di una specie di corazza, dimenticandosi di darne una anche a lui e a Paul.

Forse era solo questo che li accomunava. Ma poteva bastare come fondamento di un'amicizia? Robin pensava di no, e padre Edward era stato troppo ottimista a sperare che potessero aiutarsi a vicenda. Non avevano niente in comune e non facevano altro che passare il tempo a tirare sassi alle lattine vuote o a dare la caccia ai gatti randagi.

Poi, però, un giorno era accaduta una cosa.

Si erano ritrovati nella stessa squadra di calcio, anche se sempre come rincalzi. In campo era successo una specie di miracolo perché, inaspettatamente, avevano formato una coppia formidabile di difensori. Un muro invalicabile per gli attaccanti avversari. Da allora, le cose erano un po' migliorate. Al di fuori delle partite, gli altri ragazzini continuavano a chiamarli per cognome e a rivolgergli a malapena la parola. Però, per la durata del match, li trattavano con rispetto.

Quel pomeriggio di giugno del 1983, mentre per strada commentavano l'incontro appena disputato, Robin Sullivan e Paul Macinsky erano di nuovo quasi estranei, perché anche la loro amicizia si concretizzava solo su un campo di pallone. Girato l'angolo della parrocchia, si ritrovarono davanti Bunny il custode che portava fuori un secchio di spazzatura.

« Ehi, ragazzi, come vi va? »

Nessuno dei due rispose al saluto, ma rallentarono il passo. All'epoca, Robin riteneva che quel tizio fosse semplicemente strambo. Aveva un sorriso di denti ingialliti dalle troppe sigarette e gli sembrava eccessivamente gentile quando si rivolgeva alle signore che andavano a messa. Anche padre Edward lo trattava con distacco, come se diffidasse di lui. Il più delle volte, il custode se ne stava per i fatti propri. Quando qualcuno lo nominava, a Robin veniva subito in mente l'immagine di Bunny con una scopa in mano sul sagrato della chiesa. Una volta era passato in bici davanti alla Santissima Misericordia e, voltandosi verso la facciata, aveva scorto l'uomo che aveva smesso di ramazzare per fissarlo. In quello sguardo che l'aveva seguito fino in fondo all'isolato c'era qualcosa che gli faceva rizzare i peli sulle braccia.

« Come è andata la partita? » domandò il custode posando il secchio della spazzatura.

« Al solito. » Stranamente, era stato Paul a rispondere. Robin avrebbe capito solo molti anni dopo che il coraggio dell'amico era determinato dal fatto che voleva liquidare in fretta Bunny perché forse ne era intimorito.

« Vi ho osservati spesso: voi due siete inseparabili. » Non replicarono a quella che sembrava solo un'innocua constatazione, ma Bunny non aveva finito. « Lo vedo, come vi trattano gli altri ragazzi. Però voi due mi piacete e, quasi quasi, vi voglio confidare una cosa che non sa nessuno... » Il custode si bloccò per tossire, poi sputò un grumo di catarro sul marciapiede. « Lo sapete tenere un segreto, vero? » Non risposero, ma l'uomo si sentì in dovere di proseguire lo stesso col racconto. « C'è un fumetto che, secondo me, vi piacerebbe un sacco. Ma non è come quelli che compra padre Edward... Il fumetto di cui parlo è speciale. » Lo aveva detto con gli occhi che brillavano.

« Che intendi per speciale? » domandò Robin, incuriosito.

Bunny si guardò intorno e poi tirò fuori dalla tasca posteriore dei pantaloni un albo arrotolato.

« Un coniglio? Ma questa è roba da poppanti » lo schernì Robin, vedendo la copertina.

« E se ti dicessi che invece non è affatto così? » lo sfidò l'uomo. « Perché se lo leggi in uno specchio, succede una cosa che non immagini nemmeno. »

Paul lo tirò per un lembo della maglietta. « Siamo in ritardo per la cena. »

Ma Robin ignorò l'amico. « Non ci credo » obiettò al custode.

« Be', non dobbiamo far altro che andare da me e potrete verificare coi vostri occhi. »

« Perché dobbiamo andare da te? » chiese Paul, sospettoso.

« In realtà non ce n'è bisogno: se avete uno specchio qui con voi, ve lo mostro adesso. »

Era evidente che l'uomo li stava provocando. Ma Robin sapeva di essere più astuto di lui. « Va' a prendere lo specchio, noi ti aspettiamo qui. »

Bunny rimase senza parole. Poi, però, sorrise. « Spiacente ragazzi, credevo che vi interessasse. Vorrà dire che lo farò vedere a qualcuno più in gamba di voi... » Dopodiché, si voltò per andarsene.

Paul riprese a camminare, invece Robin rimase a fissare l'uomo che si allontanava.

« Allora, non ti muovi? » chiese l'amico.

E lui allora lo seguì, ma con scarsa convinzione.

Arrivati all'angolo della strada, giunse il momento di separarsi. Paul avrebbe proseguito verso destra, diretto alla casa verde. « Tutto ok? » chiese a Robin, vedendolo pensieroso.

« Sì » rispose lui.

« Siamo sempre amici, vero? » domandò, timoroso.

« Sì, lo siamo » gli assicurò lui.

Si guardarono per qualche istante, in silenzio.

« Allora, ciao » disse Paul, poi si incamminò.

Dopo aver fatto qualche passo, Robin si voltò di nuovo a guardarlo. Una vocina cattiva gli diceva che Paul non ce l'avrebbe mai fatta a cavarsela nel mondo. Conosceva quella voce, apparteneva a suo padre. Finché Fred Sullivan beveva non c'erano problemi. Ma appena l'effetto della sbornia cominciava a scemare, diventava crudele. Quando non lo picchiava, se la prendeva con lui anche se non aveva fatto niente di male. E, soprattutto, si ricordava improvvisamente di essere un genitore e gli riservava le sue « perle » educative. Tipo: « Le donne sanno fare solo una cosa ». Oppure: « Non ti far fottere dai negri ». Ma la sua preferita era: « Fattela con quelli meglio di te ». Per Robin non era difficile stabilire con chi « farsela », visto che praticamente tutti erano meglio di lui. La parte complicata era convincere loro a farsela con lui. Ma se continuava ad andare in giro con « Paul faccia di mostro » non avrebbe avuto alcuna speranza di essere accettato.

Quel giorno di giugno, mentre il pomeriggio si spegneva intorno a lui, non gli andava giù che perfino Bunny il custode si permettesse di prendersi gioco di loro, facendoli passare per codardi. Forse era arrivata l'occasione di dimostrare che lui e Paul erano diversi. Per questo, attese che l'amico si allontanasse sul marciapiede.

Poi tornò indietro.

Arrivato alla chiesa, bussò alla porta che conduceva al seminterrato della parrocchia. Aveva intenzione di dare una lezione al custode, voleva rubargli qualcosa e scappare. Poi avrebbe esibito la refurtiva per vantarsi del gesto temerario con gli altri ragazzi. Come diceva suo padre, per imparare ad affrontare quelli più forti bisognava sempre cominciare a prendersela con uno più debole.

« Vedo che hai cambiato idea » disse Bunny ritrovandoselo sulla soglia.

« Sì » lo sfidò Robin.

« Allora prego, accomodati... » E gli indicò la scala dietro di lui.

Robin lo seguì, ma appena la porta di legno si richiuse alle sue spalle, provò una brutta sensazione.

Scesero nel sotterraneo, nei locali che ospitavano le caldaie. La tana di Bunny era una stanzetta delimitata in parte da una rete metallica. Sembrava un pollaio.

Robin si guardò intorno.

Il posto in cui viveva il custode lo metteva a disagio. Là sotto non arrivava la luce del sole e c'era un odore penetrante di cherosene. La branda, una collezione di cianfrusaglie senza alcun valore sistemate su una mensola, il tavolo da lavoro, un armadietto di ferro. Bunny accese subito una radio a transistor assemblata in una scatola per scarpe, trasmetteva un blues allegro e chiarissimo, in contrasto con l'ambiente.

Il custode si sedette sul letto, aprì il cassetto del comodino e prese un piccolo specchio per mostrargli il segreto serbato dal fumetto. « Vieni a metterti vicino a me » lo invitò, battendo leggermente la mano sulla coperta. La sua voce era cambiata, nel tono c'era una dolcezza sgradevole.

In quel momento, Robin ebbe paura. Avrebbe dovuto dar retta a Paul, perché adesso non voleva più stare lì. « Forse è meglio che vada » provò a dire.

« Perché, non ti piace stare qui? » domandò il custode, fingendosi offeso. « Sono sicuro che diventeremo amici. »

« No, sul serio... Mia madre mi sta aspettando » balbettò. « Avrà già preparato la cena. » Sua madre al massimo aveva rimediato un pollo arrosto vecchio di un paio di giorni dal supermercato, e gliel'avrebbe sbattuto davanti senza nemmeno scaldarglielo. Ma, al momento, Robin avrebbe mangiato qualsiasi schifezza pur di andare via di lì.

« Ti va del latte con i biscotti? » chiese Bunny. Prese un cartone dall'armadietto e cominciò a versarlo in un bicchiere sporco.

Robin non rispose.

Bunny scosse il capo, contrariato. « Perché fate tutti così? All'inizio sembrate spavaldi, poi cercate di tirarvi indietro. »

« Non mi sto tirando indietro, magari torno un'altra volta. » Invece iniziò a indietreggiare.

Allora Bunny lo fissò, serio. « Mi dispiace ragazzo, ma non credo sia possibile. » Gli porse il bicchiere. « Su, adesso bevi il tuo latte. »

38

A più di trent'anni di distanza dal giorno in cui aveva seguito Bunny il custode nel sotterraneo, Robin Sullivan *alias* Peter Forman non riusciva a dimenticare i dettagli della scena. Risentiva gli odori, il freddo del sotterraneo, i rumori ovattati. Perfino l'eco del pezzo blues era intatta.

Il ricordo che la memoria aveva proiettato sul soffitto bianco della stanza d'ospedale si spense, e riemerse il dolore della ferita all'addome. I punti gli tiravano la pelle, ma era stato bravo a infliggersi la coltellata. Conosceva il punto esatto in cui affondare la lama perché era lo stesso in cui la madre una volta aveva piantato un coltello da cucina a suo padre. I medici all'epoca avevano detto che, nonostante il sangue perso, l'uomo era stato fortunato perché lì non c'erano organi vitali.

I suoi genitori avevano costituito un pessimo esempio per quasi tutta l'infanzia, mentre Bunny il custode era stato un buon maestro. Nei tre giorni in cui l'aveva tenuto prigioniero, quel bastardo aveva approfittato di lui ma, in fondo, gli aveva anche insegnato che esisteva un brivido misterioso nella paura altrui.

Perché era proprio ciò che il vecchio Bunny cercava. La paura dei bambini era il suo nutrimento, la sua passione.

Settantadue ore di sevizie, abusi e torture psicologiche. Robin era riuscito a fuggire per una pura casualità, solo perché la terza notte il suo aguzzino si era addormentato ubriaco senza ricordarsi di legarlo alla spalliera del letto. Allora era sgusciato fuori dalla prigione e aveva chiesto aiuto a una donna di passaggio che l'aveva accompagnato subito alla polizia.

Ma perché nella fuga si era portato appresso il fumetto del coniglio?

La decisione aveva influito anche nella scelta di non raccontare ciò che gli era accaduto. All'inizio pensava che fosse per vergogna o per paura che il mostro potesse vendicarsi. Ma non era così. C'era un motivo, e aveva a che fare con ciò che il vecchio Bunny aveva inseminato nella sua mente col fumetto e anche con la visione di uno strano film.

Durante la breve segregazione, il terrore aveva scavato in lui una voragine profonda. Un luogo distante e sconosciuto in cui il Robin adulto aveva accumulato desideri inconfessabili, oscure pulsioni, germi di violenza. Ma a soli dieci anni d'età ancora non poteva sapere che in quel baratro stava incubando qualcosa.

Una presenza.

C'era qualcuno dentro di lui. L'aveva scoperto nello sguardo dei genitori, quando era tornato a casa. C'era un coniglio malvagio riflesso negli occhi di sua madre. E, per la prima volta, lei e suo padre avevano paura di lui. Per questo poi l'avevano allontanato.

Nella fattoria dei Wilson aveva trovato un nuovo tipo d'affetto, da condividere con altri ragazzini simili a lui, prede di uomini e donne senza scrupoli che si erano presi con la forza e con l'inganno l'innocenza della loro infanzia. Ma Robin si sentiva anche diverso dagli altri, perché non accettava la propria condizione di vittima. Forse per questo Tamitria Wilson gli si era così affezionata, pensava che Robin volesse semplicemente affrancarsi da una terribile esperienza oppure che si rifiutasse di esserne segnato per il resto della vita. Per questo lo aveva aiutato ad assumere una diversa identità e a prendere un diploma che gli sarebbe servito per frequentare l'università.

Tamitria aveva colpito alla testa e imprigionato un investigatore privato, Bruno Genko, quando si era presentato qualche notte prima chiedendo di un ragazzo che si chiamava Robin Sullivan. Come una madre premurosa, voleva proteggere un figlio di nome Peter Forman che si era lasciato alle spalle un passato spaventoso.

Voleva bene a Tamitria, ma aveva lo stesso dovuto ucciderla perché la donna non aveva capito la più elementare delle verità. Cioè che il bambino Robin Sullivan rifiutava di sentirsi vittima perché era già consapevole di far parte della categoria dei carnefici.

Tamitria si era insospettita per l'albo a fumetti che si portava sempre appresso, ma non ne aveva mai compreso il vero significato. Quando aveva lasciato la fattoria, aveva chiesto alla donna di custodirlo per lui perché non aveva la forza di sbarazzarsene ma, soprattutto, perché ormai aveva deciso che Bunny meritasse di uscire da quelle pagine.

In segreto, stava già pensando a una maschera per dargli una sembianza. Ma non umana. Perché Bunny doveva essere una specie di divinità.

Se l'era portata dietro anche la notte in cui Tamitria l'aveva convocato alla fattoria dicendogli dell'impiccione. Aveva seppellito il cadavere della vecchia dietro al fienile, ma non gli era piaciuto doverla ammazzare. In realtà, non provava alcuna soddisfazione nel togliere la vita a qualcuno. Anche se spesso era stato costretto a farlo.

A differenza del vecchio Bunny, a lui piacevano le ragazzine.

Nutriva le proprie fantasie andando a caccia sul deep web. Ma poi, quelle che rapiva per portarle nella tana segreta non duravano mai a lungo. Era come con i criceti o i canarini, che dopo qualche mese, massimo un anno, si ammalavano. E allora, piuttosto che assistere a una fine triste e lenta, faceva in modo che le ragazze smettessero di soffrire. In fondo, il suo era un atto di pietà.

Con Samantha, però, era andata diversamente.

Lo aveva capito subito che lei non era come le altre. Per prima cosa, il destino aveva voluto che si avvicinasse spontaneamente al suo furgone con i vetri a specchio in una normalissima mattina di febbraio, mentre si recava a scuola. Come una mosca che, inconsapevole, vola troppo in prossimità di una ragnatela, attratta dal proprio riflesso sull'intrico luccicante, Samantha Andretti aveva pagato il giusto prezzo della propria vanità.

Era sicuro che quella ragazzina minuta non avrebbe retto nemmeno un mese in cattività. Ma poi era diventata il suo orgoglio. Non solo Sam aveva resistito per quindici anni, ma fin da subito gli aveva offerto anche una motivazione per migliorare la propria strategia per occultare Bunny al resto del mondo.

Se Peter Forman si era sposato e aveva messo al mondo due splendide bambine, lo doveva soltanto a lei.

Ben nascosto in una famiglia normale, con un'esistenza apparentemente tranquilla, il quieto dentista poteva avere due vite perfette. Sua moglie non sospettava nemmeno che lui custodisse in sé un altro essere. Doveva confessare che si era perfino divertito a spaventarla a morte la notte prima, quando l'aveva sorpresa con la maschera di Bunny e aveva rinchiuso lei e le piccole in cantina. Proprio lì, Meg l'aveva trovato con indosso la testa di coniglio. Era riuscito a convincerla a tenere la bocca chiusa, dicendole che era un segreto tra padre e figlia.

A casa riusciva sempre a essere gentile e a dominarsi. Invece con Samantha era stato duro troppe volte, sicuramente per troppo amore. C'era stata la storia della bambina. Era sempre stato attento quando aveva rapporti con lei. E poi erano anni che Sam non aveva più mestruazioni, perciò pensava che non fosse fertile. Invece era rimasta incinta. Forse avrebbe dovuto ammazzarla subito, ma non ce l'aveva fatta. Pensava che sarebbe morta di parto. Ma, quando era giunto il momento, l'aveva aiutata a far venire al mondo la sua bastarda. Grazie alle competenze mediche come dentista, era riuscito a praticarle un rudimentale cesareo – roba da radiazione dall'albo. Poi era andato via e aveva evitato di recarsi alla prigione per quasi una settimana. Era convinto che al suo ritorno avrebbe rinvenuto due cadaveri. Invece quella straordinaria puttanella ce l'aveva fatta a evitare di morire dissanguata.

Portarle via la bambina era stata la parte più difficile.

Aveva tre anni, ma ne dimostrava meno della metà. Non cresceva e aveva diversi problemi legati alla condizione di cattività.

Sam non glielo aveva perdonato. Nel tempo gli aveva sempre tenuto testa, ma dopo che le aveva sottratto l'unica ragione di vita gli si era rivoltata contro nel modo peggiore. Aveva iniziato a ignorarlo. Non aveva più rabbia in serbo per lui, la paura che provava costantemente era svanita.

Bunny non la spaventava più.

Prima che si lasciasse morire, aveva voluto offrirle un'opportunità di cambiare da sola il proprio destino.

Un gioco.

L'aveva infilata nel bagagliaio dell'auto e l'aveva portata nella palude. Qui le aveva tolto i vestiti per ammirarla un'ultima volta, in tutta la sua animalesca bellezza.

Poi l'aveva lasciata andare.

Aveva atteso un'ora e poi era andato a cercarla.

Aveva impiegato parecchio a trovarla. L'aveva avvistata sul ciglio di una strada, era ferita. Mentre attraversava il bosco per recarsi da lei con le sembianze di Bunny, era sopraggiunto un maledetto pick-up. Il ragazzo a bordo del mezzo, sicuramente un bracconiere, si era precipitato a soccorrerla. Robin aveva assistito alla scena, nascosto dietro un tronco.

Sam aveva gettato le braccia al collo di quell'estraneo.

Guardarla mentre abbracciava un altro gli aveva lacerato l'anima di gelosia. Ora lo sapeva: era innamorato di lei, da sempre. Per questo, davanti alla scena, non ce l'aveva fatta più ed era apparso.

Vedendolo, il giovane che era con Samantha – la sua Sam – aveva esitato, ma poi era fuggito via.

Buon per te, ragazzo. Buon per te.

Mentre il pick-up si allontanava, Samantha aveva cominciato a gridare. Era corso subito da lei, per consolarla e dirle che l'amava. Ma lei aveva pronunciato una parola che l'aveva ferito, facendogli molto male.

Con un filo di voce aveva detto: « Uccidimi ».

Dopo tutti gli anni trascorsi insieme, dopo che avevano condiviso l'esperienza di diventare genitori di una bambina, dopo che lui le aveva confidato cosa provava per lei, quella vigliacca preferiva morire piuttosto che ammettere che erano uniti da un sentimento profondo.

Non poteva accettarlo. Perciò, visto che aveva già un'evidente frattura alla gamba destra, aveva deciso di abbandonarla al proprio destino. « Se è questo ciò che vuoi, allora lo otterrai » aveva detto prima di allontanarsi.

Non si era più voltato a guardarla. Sotto la maschera di Bunny, però, scorrevano lacrime calde di dolore.

Quando era tornato a casa, i telegiornali stavano già dando la notizia del ritrovamento della donna. La gente era incredula e si riversava per strada per festeggiare. Avrebbe dovuto temere per se stesso perché la polizia da tempo si era dimenticato di Samantha Andretti e quindi anche di lui, invece adesso gli avrebbero dato di nuovo la caccia. Ma, stranamente, la cosa non gli importava.

Nelle ore successive era stato difficile recitare il ruolo del quieto dentista, specie in famiglia. Temeva sempre che la tristezza valicasse il confine che aveva eretto con tanta disciplina e che dal baratro emergesse il grido sofferto di Bunny, che da qualche parte, in fondo al buio, si disperava.

Ma poi, prima che tramontasse il sole, era giunta una rivelazione.

Anche lei mi ama. Ma, come capita a tutte le coppie, anche noi litighiamo ogni tanto. Ecco cos'era accaduto, una semplice discussione fra innamorati. Sì, è stato solo un bisticcio per la mia assurda gelosia. Aveva peccato d'orgoglio ed era andato via offeso, ma avrebbe dovuto provare a chiarire subito le cose.

Ecco cosa doveva fare.

Era certo che bastasse andare da lei, in ospedale. Se avesse avuto modo di parlarle ancora, tutto si sarebbe chiarito, e le cose sarebbero tornate come prima. Ecco perché perfino l'idea di ferirsi con un coltello non lo spaventava. Era una prova d'amore, Sam avrebbe apprezzato il gesto.

Era perfino riuscito a servirsi del vecchio Paul Macinsky per portare a termine il suo piano. Poche settimane prima era andato in cerca di un giardiniere nel parcheggio del centro commerciale in cui si radunavano i disoccupati. Aveva identificato l'amico d'infanzia dalla voglia sul viso. Certo, era un azzardo mostrarsi a lui, ma non aveva resistito alla curiosità di sapere se Paul l'avrebbe riconosciuto a sua volta.

No, non è accaduto – si disse.

Provvidenzialmente, quell'incontro casuale gli era tornato utile quando si era trattato di dirottare altrove la polizia e anche lo sciocco investigatore privato. Mentre loro si dedicavano a Paul Macinsky, Robin poteva agire indisturbato.

Da quando era ricoverato nel reparto di chirurgia del Saint Catherine, aveva anche fatto dei progetti per sé e Samantha. Dopo essere scappati insieme dall'ospedale, sarebbero andati a nascondersi per un po'. Magari nella vecchia tana. In fondo, quel luogo era il loro nido d'amore. Sempre che nel frattempo la polizia non l'avesse individuata, nel seminterrato della casa in cui era cresciuto. Unica eredità che gli avevano lasciato i genitori, morti entrambi di cirrosi epatica.

Comunque non potevano rimanere lì a lungo. Così Robin aveva previsto di ritirare un'ingente somma dal conto in banca, acquistare un'auto usata e dirigersi altrove. Avrebbero girovagato un po' per il paese, per far perdere le proprie tracce. Poi un giorno sarebbero giunti in un tranquillo paesino di montagna. E lì avrebbero potuto rimanere per il resto della vita. Usando nomi falsi, avrebbero potuto prendere una casa vera, trovare due lavori dignitosi e magari riprovare ad avere dei figli – un bambino o forse anche due.

Sì, sarebbe stato bellissimo. Due fuggiaschi innamorati.

Doveva solo parlarne con Samantha, raccontarle quel sogno e chiederle di realizzarlo insieme. Ovviamente, prima avrebbe dovuto scusarsi con lei. Ma Sam era intelligente e comprensiva: gliene aveva perdonate già tante, l'avrebbe fatto anche stavolta.

Robin guardò di nuovo il soffitto della stanza d'ospedale. La sua dolce Sam era a poca distanza da lui, nel reparto ustionati. Li separavano appena due piani. Non poteva credere di essere riuscito a resistere così a lungo alla tentazione di andare subito a trovarla. Con un po' di fatica, ancora sofferente per i punti alla ferita, si tirò su. Era contento.

Finalmente, fra poco avrebbe potuto riabbracciare la donna che amava.

39

La porta tagliafuoco da cui si accedeva alla scala antincendio era solo accostata.

Robin Sullivan la teneva d'occhio già da un po' e aveva notato un discreto viavai di poliziotti. Si avvicinò e avvertì subito l'odore inconfondibile di nicotina. La spinse verso l'esterno e si ritrovò davanti due sbirri che conversavano fumando una sigaretta. Appena lo videro, si fermarono per squadrarlo per bene: indossava solo il leggero camice in dotazione ai pazienti dell'ospedale e un paio di ciabattine di spugna. Li salutò con un cenno del capo e quelli ripresero a parlare e a fumare come se niente fosse.

Si appoggiò alla balaustra. Una brezza rendeva più sopportabile il caldo e c'era un magnifico cielo stellato. Sì, era davvero la notte perfetta. Inspirò ed espirò a pieni polmoni, con un orecchio sempre teso a ciò che avveniva alle sue spalle. Uno dei due sbirri spense il mozzicone schiacciandolo sul muro e lo lanciò nel vuoto, quindi si congedò dal collega per tornare in servizio. Rimasti soli, Robin s'infilò una mano in tasca.

Anche il secondo poliziotto terminò di fumare.

Stava per imitare il collega ma, appena si voltò verso il muro per spegnere il mozzicone, Robin tirò fuori una siringa che aveva preparato poco prima nella medicheria. Con un gesto rapidissimo, gliela conficcò nel collo. Quindi indietreggiò prontamente. Lo sbirro si portò subito una mano alla gola, contemporaneamente si girò verso di lui con gli occhi sgranati per la sorpresa. Allungò l'altro braccio per afferrarlo, ma il potente barbiturico iniettato direttamente nella giugulare aveva già raggiunto il sistema nervoso centrale. Il poliziotto barcollò e cadde sulle ginocchia.

Robin si accertò che avesse perso conoscenza.

Poi iniziò a spogliarlo della divisa.

Il reparto ustionati si trovava all'ultimo piano del nosocomio. Le camere dei degenti erano concentrate nella parte interna ed erano prive di finestre perché la luce del sole e il calore potevano essere dannosi per la pelle dei pazienti. Erano stati astuti a ricoverare lì Samantha, pensò. Così potevano sorvegliarla meglio.

Raggiunse il piano con un ascensore di servizio. Appena si aprirono le porte, gli vennero incontro due poliziotte ma abbassò il capo per celarsi meglio sotto la visiera del berretto. Non badarono a lui e proseguirono oltre.

Nel corridoio c'erano solo medici e infermieri. Il grosso delle forze dell'ordine era concentrato intorno all'ospedale e c'era solo un servizio di ronda fra i piani perché bisognava comunque preservare la sterilità degli ambienti per gli altri ricoverati.

S'incamminò fra le stanze, cercando quella che ospitava Sam. Gli spiaceva presentarsi da lei a mani vuote. Avrebbe voluto portarle qualcosa, magari dei fiori, ma c'era il rischio di dare troppo nell'occhio. Aveva già in mente cosa avrebbe fatto: si sarebbe inginocchiato di fronte a lei e le avrebbe chiesto perdono.

Individuò la porta della camera perché fuori c'era un agente di guardia. Andò verso di lui.

Quando si accorse che si avvicinava, il poliziotto lo squadrò. Probabilmente si stava domandando il perché di quella visita. « Che succede? » disse.

« Non saprei » rispose Robin. « Mi hanno ordinato di venire qui. »

L'agente guardò l'orologio. « Strano, il mio cambio è previsto alle due. »

Sollevò le spalle. « Non so che dirti. »

Il poliziotto prese la radio che aveva attaccata alla cintura. « Chiediamo al sergente. »

Robin lo bloccò. « Sicuramente c'è stato un errore, torno di sotto e li avverto. »

« Va bene » acconsentì l'altro.

« Come va là dentro? » chiese indicando la porta, come se fosse semplicemente curioso.

« Il profiler ha fatto una pausa, credo che ora la ragazza stia dormendo. »

Annuì e si avviò, ma poi tornò a voltarsi. « Già che sono qui, se vuoi andare a fumare una sigaretta o fare un goccio d'acqua, posso trattenermi cinque minuti. »

« Oh cavoli, sì » disse subito lo sbirro. « Grazie, sei un amico. »

Lo guardò allontanarsi e svoltare l'angolo del corridoio. Aspettò ancora qualche secondo poi si appoggiò con la schiena alla porta, allungò il braccio verso la maniglia. Dopo essersi assicurato che nessuno lo stava osservando, aprì e s'introdusse rapidamente nella stanza.

Era buio. L'unico, tenue bagliore proveniva dalle lucine dei macchinari medici disposti intorno al letto. Attese che gli occhi si abituassero alla penombra e, poco a poco, gli oggetti cominciarono ad affiorare nel suo campo visivo. Sentiva un respiro provenire dal letto – cadenzato, tranquillo.

Il mio amore sta dormendo, pensò. Chissà come sarà felice di vedermi. In fondo, quindici anni insieme sono una specie di matrimonio.

Cominciò ad avvicinarsi a lei. Voleva svegliarla con un bacio.

Arrivato davanti al letto si fermò, sorrise. Tese una mano per accarezzarla, ma non riuscì a trovarla.

Il letto era vuoto.

« Salve, Bunny. »

La voce maschile era venuta da dietro di lui. Istintivamente, fece per voltarsi.

« Non ti muovere » lo ammonì l'altro.

Udì chiaramente il rumore pesante degli stivali che si spostavano per la stanza, mentre gli uomini si posizionavano intorno al bersaglio. Immaginò i fucili che lo tenevano sotto tiro, i loro visori notturni. Hanno mandato una squadra speciale, si disse. Era lusingato da tanta attenzione. Scosse il capo, incredulo di essere giunto all'epilogo, poi cominciò a sollevare le braccia in segno di resa.

« In ginocchio » disse ancora la voce.

Non era perentoria. Aveva un tono calmo, paziente. E ciò lo confortò.

« Mani dietro la nuca. »

Obbedì. Mentre lo faceva sentì che il cuore si spezzava, una lacrima gli rigò il viso. L'idea che fosse finita non era dolorosa quanto il pensiero che non avrebbe mai più rivisto il suo amore. Lo afferrarono e gli misero le manette. « Posso sapere almeno chi mi sta arrestando? » domandò.

« Agente speciale Simon Berish » si presentò la voce.

40

Dopo aver scoperto che il letto di Sullivan era vuoto, avevano capito immediatamente che il mostro si muoveva indisturbato nell'ospedale. Una caccia all'uomo avrebbe messo a rischio troppe persone innocenti, per questo l'idea di Berish era stata subito accolta da tutti con favore.

Non era stato necessario spostare Samantha Andretti. Era bastato piazzare un agente di guardia davanti alla porta di una stanza diversa e attendere all'interno che scattasse la trappola.

Alla fine avevano arrestato Sullivan. Mentre lo portavano via, piangeva come un bambino. La sua prima richiesta era stata alquanto singolare. Latte e biscotti.

Berish continuava a pensarci, mentre raggiungeva il camper dell'unità operativa. Aveva dovuto lasciare Hitchcock nel piazzale esterno. Per fortuna, qualcuno gli aveva messo accanto una ciotola con dell'acqua. Erano le tre del mattino ma faceva caldo come a mezzogiorno, ed era evidente che il cane patisse più di altri il clima impazzito. « Fra poco ce ne torniamo a casa, va bene? » disse il poliziotto accarezzando il muso all'hovawart. Nel frattempo, però, provò anche a chiamare Mila, senza farsi illusioni. Infatti, il cellulare della responsabile del Limbo risultava sempre spento.

Vasquez, dove diavolo sei?

Non aveva idea del caso di cui si stava occupando, né del perché fosse sparita per settimane. Le ultime parole che le aveva sentito dire si riferivano a una pista molto promettente. Quando le aveva domandato in cosa consistesse, lei lo aveva liquidato malamente.

« Lasciami in pace, Berish. »

Non era certo una novità per Mila, ma stavolta aveva giurato a se stesso che non gliel'avrebbe perdonata. L'amica dimenticava troppo spesso i propri doveri di madre: Alice era ancora piccola e aveva bisogno di lei. Ma appena fosse tornata dalla sua stramaledetta missione, le avrebbe detto a muso duro come la pensava – tutto quanto.

« La chiamata è stata trasferita alla segreteria telefonica » annunciò una voce registrata al telefono. Berish stava per lasciare un messaggio ma si bloccò.

Bauer e Delacroix stavano venendo verso di lui.

« Allora, ci puoi dare una spiegazione? » domandò il biondo. « Che c'entri tu con Bruno Genko? »

« È venuto al Limbo ieri notte, ci siamo conosciuti così. Cercava informazioni sulla scomparsa di Robin Sullivan. »

« E tu gliel'hai fornite? » Bauer allargò le braccia, incredulo. « Non sei nemmeno in servizio lì e offri collaborazione a chiunque ne faccia semplice richiesta? »

Berish non lo sopportava. « Sentite ragazzi, mettiamo subito in chiaro una cosa: state per caso cercando qualcuno su cui scaricare le colpe del vostro disastro? »

Il biondo stava per replicare, ma Delacroix si mise in mezzo. « Nessuno ha intenzione di fare processi qui, vogliamo solo capire come sono andate le cose. »

Berish valutò la situazione prima di parlare. « Genko mi ha raccontato ciò che aveva scoperto: il fumetto, Bunny e l'uomo con la voglia sul viso... Credo avesse un disperato bisogno di liberarsi dall'angoscia. » Ripensò al volto pallido dell'investigatore privato, all'evidente fatica con cui stava affrontando quella storia. « Così, senza volerlo, sono entrato in possesso di tutti gli elementi del caso. »

« E tu cosa gli hai dato in cambio? » domandò Bauer, sempre più agitato.

« Una fotografia » rispose Berish, senza esitazione. « Genko voleva sapere com'era Robin Sullivan da bambino... Lo scatto conservato nel fascicolo del Limbo lo ritraeva accanto a un amichetto d'infanzia. »

« Tutto molto commovente » lo schernì il poliziotto bianco.

Berish lo ignorò e continuò rivolgendosi a Delacroix. « Un paio d'ore fa, mi ha chiamato una dottoressa del Saint Catherine: mi ha riferito che un loro paziente che versava in gravi condizioni le aveva fatto il mio nome – credeva fossi un parente o un amico. Quando sono arrivato, mi hanno spiegato che a prestargli i primi soccorsi era stato un certo Paul Macinsky, che l'aveva accompagnato fino in ospedale. Me l'hanno indicato e ho capito che c'era stato un errore di persona, che il bambino con la voglia sul viso nella foto del Limbo non era Robin Sullivan e che, di conseguenza, il dentista aveva mentito. »

Delacroix lo scrutò, forse cercava di capire se avesse detto tutta la verità.

Berish era consapevole di non godere di una fama favorevole fra i colleghi, per anni era stato una specie di reietto. Forse era per questo che si era trovato a proprio agio con Bruno Genko. « Dovreste ringraziare l'investigatore privato » disse. « Senza di lui, Samantha Andretti avrebbe corso un serio pericolo. »

« È morto venti minuti fa » disse Bauer, bruscamente. Quindi gli voltò le spalle e se ne andò.

La notizia colse Berish impreparato. Conosceva a malapena quell'uomo, ma gli dispiacque lo stesso.

« Mi ha detto che alla fine di tutto avrebbe voluto incontrare Samantha, credo volesse scusarsi con lei per qualcosa... »

Delacroix gli appoggiò una mano sulla spalla. « Tanto non sarebbe servito. »

Berish lo fissò, stupito. « Perché? »

« Fra mezz'ora il capo convocherà una conferenza stampa. »

Di cosa diavolo stava parlando Delacroix?

« C'è una notizia che ancora non abbiamo diffuso. E riguarda proprio Samantha Andretti... »

41

Si era tirata il lenzuolo sulla testa, non voleva più essere osservata dallo specchio. E non voleva più ascoltare lo squillo del telefono giallo sul comodino.

Lui sa che sono qui, sta venendo a prendermi per riportarmi nel labirinto. Ripensò alla prigione dalle pareti grigie, senza uscita.

« Le stanze dei manicomi sono dipinte di grigio, e anche le celle delle carceri di massima sicurezza, le gabbie degli zoo... » così aveva detto Green. « Alla lunga, il grigio rende mansueti. »

Dov'era finito il dottore? Ormai era trascorsa almeno un'ora da quando era uscito dalla stanza per andare a pulire la camicia che si era macchiato col sandwich. Aveva detto che sarebbe tornato subito, invece l'aveva lasciata sola.

Il lenzuolo era un bozzolo, l'ultima difesa che le restava.

All'inizio aveva funzionato, era bastato per calmarla. Ma poi qualcosa si era insinuato nel suo rifugio. Insieme ai suoni familiari dell'ospedale, era tornato il battito del cuore sul muro.

Il cuore della bambina nata in cattività di cui non

ricordava più nulla. Il cuore di sua figlia. Ma che era anche figlia del mostro.

Smettila di battere. Ti prego, smettila. Ma non smetteva.

Il palpito ossessivo rischiava di farla impazzire. Capì che doveva fare qualcosa, perché altrimenti non l'avrebbe mai lasciata in pace. Allora prese coraggio e, lentamente, tirò fuori la testa dal lenzuolo.

Gli avevano spiegato che avrebbe potuto osservare la donna da dietro un falso specchio. Perciò adesso ciò che separava Simon Berish da Samantha Andretti era solo un vetro sottile.

A parte il bracconiere che l'aveva salvata, i poliziotti, il profiler che la stava seguendo e, naturalmente, il mostro che l'aveva tenuta prigioniera, nessuno là fuori conosceva il suo aspetto da adulta. La maggioranza della gente se la ricordava ancora com'era a tredici anni. Per il resto del mondo, Sam era ancora una bambina.

Berish era fra coloro che erano stati ammessi ad assistere alla verità.

Ciò che l'agente speciale vedeva era solo una creatura fragile e indifesa. Delacroix gli aveva detto che Samantha si era fratturata una gamba mentre scappava, e questo perché la prigionia aveva indebolito le sue ossa. Anche il sistema immunitario era compromesso, per questo avevano scelto di ricoverarla in un ambiente sterile.

Esistevano davvero uomini capaci di fare una cosa del genere a un'innocente?

Il cuore sul muro era diventato enorme e continuava a crescere.

È solo una macchia di umido su una parete bianca, si ripeteva. È un'allucinazione. Sono i farmaci psicotici che mi somministrava il bastardo. Sparirà presto, quando l'antidoto nella flebo mi avrà ripulito il sangue e il cervello.

Le pulsazioni erano colpi di tamburo. E la chiamavano.

È la mia bambina, vuole solo una carezza dalla sua mamma. La mamma che l'ha abbandonata. Le venne da piangere. Non fidarti, lei è la figlia del mostro, vuole solo riportarti nel labirinto. Tu sai che è ancora lì, e ti aspetta. Se non vuoi tornarci, devi ignorarla.

No, non posso. Sono sua madre, non posso.

Tirò via il lenzuolo con un gesto deciso. Poi si mise a sedere sul letto. Allargò le gambe e si strappò via il catetere, lo gettò via – sul pavimento si allargò una pozza di urina. Guardò la flebo, con cautela si sfilò l'ago dalla vena – l'avrebbe ricollegato dopo. Non era sicura di avere forze sufficienti a mettersi in piedi, ricordava ancora quando ci aveva provato la prima volta ed era franata per terra – il dottor Green l'aveva subito soccorsa, profumava di acqua di colonia. Allora, prima mosse la gamba destra e appoggiò il piede per terra, poi afferrò quella ingessata con entrambe le mani e, sollevandola, iniziò a spostarla verso il margine del letto – un po' alla volta, gradualmente. Quando giunse proprio sul bordo, diede una spinta col bacino e la adagiò piano fino a farle toccare il suolo. Infine si puntellò con le braccia sul materasso, fece un profondo respiro e si tirò su.

All'inizio, la stanza girò intorno a lei, ma riuscì comunque a non perdere l'equilibrio. Bene, si disse. E puntò subito il cuore sul muro bianco.

Doveva dimostrare al suo cervello che non esisteva realmente, che si trattava di un inganno, di una falsa percezione. Mosse per primo il piede destro, avanzò col busto e quindi si trascinò dietro anche l'arto ingessato. Calcolò che la separavano un paio di metri dal traguardo, confidò di farcela.

Procedette, passo dopo passo, faticosamente. Al quarto si fermò, riprese fiato. Intanto il battito sulla parete aveva accelerato. Devo arrivare fin lì. Fermarlo.

Giunta a meno di un metro sorrise. Mancava davvero poco al termine della sua piccola impresa. Un ultimo sforzo, avanti.

Quando fu in prossimità del muro, non resistette e allungò un braccio. Posò delicatamente la mano sul cuore. E quello smise di battere.

Finalmente si era placato.

Al tatto provò una sensazione di bagnato. Ecco, avevo ragione: è solo una maledetta macchia di umidità.

Ma quando tirò via la mano dal muro bianco, anche il suo cuore si fermò.

Berish continuava a osservare la ragazza distesa nel letto d'ospedale, provando una pena infinita per lei.

« C'è una notizia che ancora non abbiamo diffuso. E riguarda proprio Samantha Andretti... » aveva affermato Delacroix.

Berish capiva le resistenze del dipartimento, perché appena la gente là fuori avesse conosciuto la verità se la sarebbe presa con la polizia per non aver salvato Samantha Andretti in quindici, lunghi anni.

« Lo so cosa sta pensando » disse una voce femminile alle sue spalle.

Berish si voltò e si ritrovò davanti una splendida donna di colore, sui quaranta, molto elegante. « È vero ciò che dicono? È in una specie di coma? » domandò.

« Non proprio » lo corresse l'altra. « In realtà, è in stato catatonico e alterna momenti in cui è parzialmente vigile ad altri in cui è completamente assente.»

«A dire il vero, l'agente speciale Delacroix ha usato un'altra espressione per descrivermi lo stato in cui versa Samantha...»

«E sarebbe?»

«Come qualcuno imprigionato per sempre in un incubo, senza potersi risvegliare.»

La donna sospirò. «Speravamo che potesse fornirci indicazioni utili alla cattura del rapitore o a individuare la prigione in cui è rimasta segregata per quindici anni, invece ogni tentativo è stato inutile.» Fece una pausa e scosse il capo. «La vera prigione è nella sua mente, liberarla da lì è ormai impossibile.»

Si accorse della delusione sul suo volto e si domandò che ruolo avesse avuto la donna nella vicenda di Samantha Andretti. «Sono l'agente speciale Simon Berish» disse porgendole la mano.

Lei ricambiò la stretta e gli sorrise debolmente. «Sono la profiler incaricata di seguire il caso, il mio nome è Clara Green.»

La parete sotto la macchia di umido era grigia.

Il palmo della sua mano, invece, era sporco di vernice bianca. Non può essere, si disse. Un'ondata di terrore la travolse. Non sta succedendo sul serio. Non sta succedendo a me.

Doveva avvertire subito qualcuno. Il telefono giallo, pensò. Adesso non era più ostile, era suo amico.

Si diresse più velocemente che poteva verso il comodino, fregandosene della fatica di trascinarsi dietro la gamba ingessata. Appena arrivò davanti all'apparecchio, afferrò la cornetta e se la portò all'orecchio. Compose il nove, come le aveva spiegato il dottor Green... Ma era muto, non c'era linea.

Avrebbe voluto urlare, ma si trattenne.

Si voltò verso la porta, per chiedere aiuto. Ma se ciò che stava accadendo era reale, allora era del tutto irrazionale sperare che qualcuno la soccorresse.

Ciononostante, si diresse verso l'uscita con la frenesia ma anche la paura di scoprire come stavano le cose. Giunta di fronte alla porta, saggiò dapprima la maniglia: non era chiusa a chiave. Lo interpretò come un buon segno.

La aprì e scorse la schiena del poliziotto di guardia fuori dall'uscio. Per la gioia, stava quasi per saltargli al collo. L'euforia durò un istante, perché la sua mente intuì che ciò che aveva di fronte era solo un oggetto senza vita.

Un manichino sorridente, come quelli dei grandi magazzini, con indosso una divisa.

Su un tavolino, in mezzo a siringhe e medicinali, era appoggiato un vecchio stereo portatile: dalle casse proveniva un sottofondo di suoni ospedalieri.

C'era il televisore su cui Green le aveva mostrato le immagini della diretta fuori dall'ospedale, ma solo ora si accorse che era collegato a un videoregistratore.

C'era una catasta di vecchi giornali ingialliti, sul primo della pila spiccava un articolo sulla sua insperata riapparizione. Su una sedia erano appoggiati una parrucca fulva e un camice da infermiera. « Riposa cara, riposa... » aveva detto con voce materna la donna mentre le sostituiva la flebo.

Infine si guardò intorno. Riconobbe le pareti grigie e le porte di ferro delle stanze che si affacciavano nel corridoio. La speranza di essersi sbagliata fu spazzata via dalla realtà. Ora sapeva perfettamente di cosa si trattava.

Un gioco.

Non aveva mai lasciato il labirinto.

« Mi hanno riferito del suo amico investigatore privato, mi dispiace » affermò la dottoressa Green.

« Non eravamo amici » precisò Berish ma avrebbe voluto aggiungere che gli sarebbe piaciuto conoscere meglio Bruno Genko. « Comunque, grazie. »

« Le va una tazza di caffè? » propose la donna.

« Con piacere » rispose. Gettò un'ultima occhiata al di là del falso specchio. Chissà quante Samantha Andretti erano prigioniere da qualche parte, senza che nessuno lo sapesse, e senza che nessuno potesse salvarle.

Poi Berish ripensò anche al fumetto del coniglio con gli occhi a forma di cuore. Chissà quanti bambini erano stati infettati dal buio e da adulti erano diventati mostri.

Chissà quanti Bunny c'erano là fuori.

42

Io non sono Samantha Andretti.

La consapevolezza la schiacciò. Doveva andare via di lì. Sapeva che era impossibile, ma il suo stupido cervello si rifiutava di accettare l'idea che si era trattato solo di un'illusione.

Il gioco sadico di un mostro.

Continuava a spingersi lungo il corridoio, tirandosi appresso la gamba ingessata come un peso morto. Probabilmente anche la frattura è un inganno, si disse. Un modo per trattenermi a letto, impedendomi di andare in giro a scoprire la verità. E dietro lo specchio di cui aveva tanta paura non si celava alcuno sguardo minaccioso, ma soltanto un altro maledetto muro.

Dopo aver percorso una ventina di metri, si bloccò. La sua attenzione era stata attratta da un debole suono. Proveniva dalla terza stanza sulla destra.

Sembrava una trasmissione radio.

Procedette in quella direzione e si fermò poco prima della soglia. Tese le orecchie: era proprio una conversazione.

Decise di sbirciare all'interno.

Il dottor Green era in piedi, di spalle. Davanti a lui, l'apparecchio con cui aveva registrato le loro conversazioni. Portava delle cuffie. Il volume era abbastanza alto perché i suoni trasbordassero.

« Non lo so se sono capace. »

Riconobbe la propria voce. Poi sentì anche quella del dottore.

« Ascolta, Sam: tu vuoi che quell'uomo paghi per ciò che ti ha fatto, vero? E, soprattutto, non vorresti mai che facesse la stessa cosa a qualcun altro... » Erano le parole che le aveva detto quando si era risvegliata senza ricordare nulla, dopo averle mostrato il volantino con la foto di Samantha Andretti tredicenne. *« Come avrai capito, non sono un poliziotto. Non ho una pistola e non vado in giro a inseguire i criminali e a farmi sparare addosso. Anzi, a dire il vero, non sono nemmeno tanto coraggioso. »* Lo sentì ridere alla sua stessa battuta. *« Ma una cosa posso assicurartela: lo prenderemo insieme, io e te. Lui non lo sa, ma c'è un posto da cui non può scappare. Ed è lì che avverrà la caccia: non là fuori, ma nella tua mente. »*

L'ultima frase del dottor Green la fece rabbrividire come la prima volta.

« Che ne dici: ti fidi di me? »

Rammentò di aver teso la mano per farsi restituire il volantino con la foto. Senza saperlo, così aveva dato inizio al gioco.

« Bene, brava la mia ragazza. »

Io non sono la tua ragazza. E non sono nemmeno brava.

Tu non sei un dottore. E non vuoi aiutarmi.

Tu sei *lui*.

Ora che sapeva com'era fatto, il mostro le appariva ancora più mostruoso. Perché il pensiero che un uomo tanto normale celasse in sé una simile malvagità era peggio di qualunque incubo. I mostri, come quelli delle fiabe, erano talmente orripilanti da generare nelle vittime l'utopia di poterli sconfiggere. Invece, con un essere tanto banale non poteva esserci speranza di salvezza.

Magari il sandwich con l'insalata di pollo che le aveva offerto l'aveva preparato veramente la moglie. E, quando usciva da lì, andava a coricarsi con lei in un letto caldo, sotto il tetto di una casa come tante. Forse aveva figli o nipoti, sicuramente amici o compagni di scuola che pensavano di conoscerlo veramente e invece non sapevano niente di lui.

Solo io so chi è.

Fu allora che notò di nuovo il moschettone con le chiavi appeso alla cintura dell'uomo.

Poi piegò lo sguardo sul proprio ventre e con le dita andò alla ricerca della cicatrice che lo solcava.

Se sono sopravvissuta fino ad ora, vuol dire che sono più forte di quanto possa ricordare adesso. E allora decise che era giunto anche il momento di porsi la domanda che aveva evitato fino ad allora.

Chi sono io?

43

« Ho una notizia grandiosa » annunciò Green, rientrando nella stanza. « Siamo riusciti a prenderlo: il tuo rapitore è stato arrestato! »

Finse di essere ammutolita per la sorpresa. In realtà era la paura che le impediva di reagire. Pregò che lui non lo notasse. « Come è successo? »

« Purtroppo non posso ancora condividere i particolari con te, ma sappi che non ce l'avremmo mai fatta senza il tuo aiuto. » Sembrava euforico. « Puoi essere fiera di te. »

« Perciò abbiamo terminato? »

« Sì, cara » disse l'altro, recuperando la giacca dalla spalliera della sedia. « Tuo padre è arrivato in ospedale » aggiunse. « Abbiamo fatto una chiacchierata: gli ho spiegato che per te non è facile incontrarlo subito, ma ha detto che attenderà finché non sarai pronta per parlare con lui. »

« Lei dove andrà invece, dottor Green? »

Le sorrise. « Me ne tornerò a casa, ma prometto che verrò a trovarti presto. »

« Ha una bella casa? »

« E anche un bel mutuo, se è per questo. »

« Come si chiama sua moglie? » Si accorse subito che la domanda l'aveva colto alla sprovvista.

« Adriana » rispose lui dopo una breve esitazione.

Chissà se era vero, pensò. « Avete figli? »

La fissò interdetto. « Sì » disse soltanto.

« E qual è il loro nome? »

« Come mai ti incuriosisce tanto la mia vita? » Rise ancora, ma era in imbarazzo. « Non sono poi così interessante, sai? »

« Voglio sapere » disse lei, per nulla intimorita.

Allora l'uomo riappoggiò la giacca alla spalliera e si rimise a sedere al proprio posto. Improvvisamente, non aveva più premura di andar via. « Johanna è la più grande, ha trentasei anni. Poi c'è George, trentaquattro. Infine il più piccolo, Marco, che ne ha ventitré. »

Annuì, come se ne prendesse atto. Ma ancora non le bastava. « Cosa fanno? »

« Marco studia all'università, gli mancano tre esami per laurearsi in legge. George ha fondato una piccola società di servizi informatici insieme a un paio di amici. Johanna si è sposata l'anno scorso, fa l'agente immobiliare. »

Scrutava il volto dell'uomo per capire se stava recitando. No: è tutto vero, si disse. « Come ha conosciuto sua moglie? »

« Al liceo » disse con tono neutro. « Stiamo insieme da più di quarant'anni. »

« È stato difficile conquistarla? »

« Corteggiavo la sua migliore amica, è stata lei a presentarci. Dopo averla vista per la prima volta, le ho dato il tormento finché non ha accettato di uscire con me. »

La fissava intensamente, ma lei non distoglieva lo sguardo. « Le ha chiesto subito di sposarla? »

« Dopo un mese. »

« Con un anello? »

« Non potevo permettermelo, gliel'ho domandato e basta. »

« Cosa c'è nella mia flebo? »

« Un farmaco psicotico. »

« I miei ricordi sono reali? »

« In parte sì, gli altri sono allucinazioni indotte. »

« Da quanto tempo sono qui? »

« Quasi un anno. »

« Perché mi ha fatto credere di essere Samantha Andretti? »

« È un gioco. »

« Chi è lei? »

L'altro non rispose.

Lo inchiodò con uno sguardo di sfida. « Chi sono io? » gli domandò.

L'uomo le sorrise, ma adesso nella sua espressione c'era qualcosa di diverso. La dolcezza del dottor Green era svanita.

« Mi dispiace » disse lei. « Stavolta ho vinto io. »

Il mostro trasse un profondo respiro. « Complimenti, sei stata in gamba. »

« Che succederà adesso? »

« Ciò che succede sempre » affermò l'altro, poi frugò nella tasca della giacca ed estrasse una piccola siringa già pronta per l'uso. « Ti inietterò un po' di questo, dormirai tranquilla. Al risveglio, non ricorderai più nulla. »

« Quante volte abbiamo già fatto questo gioco? »

« Innumerevoli » disse. E sorrise. « È il nostro preferito. »

L'uomo si avvicinò al letto. Lei tese il braccio destro, per fargli capire che era pronta. « Facciamola finita. » È un miserabile, solo un miserabile – rammentò.

Mentre si accingeva a farle l'iniezione, lei allungò la mano sinistra e, repentinamente, afferrò l'asta della flebo. La tirò a sé con forza e la boccia precipitò sulla nuca del falso profiler, infrangendosi in mille pezzi.

L'uomo le lasciò andare il braccio e scivolò a peso morto dal letto al pavimento. Era stordito ma non aveva perso i sensi. Lei capì di avere poco tempo, perché presto il mostro avrebbe ritrovato la lucidità e sarebbe tornato alla carica.

Si lasciò cadere su di lui e gli sfilò dalla cintura il moschettone con le chiavi del labirinto. Quindi lo scavalcò e puntò l'uscita. Ancora senza fiato e con la gola in fiamme, si lanciò verso la porta. La gamba ingessata era una zavorra. Ma doveva farcela – *doveva*. Un passo alla volta, ma con quel peso la distanza che la separava dalla soglia sembrava allungarsi. Ogni tanto si voltava per controllare la situazione.

Il vigliacco si stava riprendendo. All'inizio, si portò semplicemente una mano alla testa. Poi si accorse delle chiavi e tutto gli fu chiaro. Il mite dottor Green era scomparso, ora l'odio grondava come cera dal suo volto.

Lo vide rialzarsi, pronto a gettarsi su di lei come una belva rabbiosa. Il mostro fece un balzo. I palmi delle mani la schiaffeggiarono, ma non riuscirono ad afferrarle la camicia da notte. Al secondo tentativo, non sarebbe stata così fortunata.

Giunse davanti alla porta di ferro che lui aveva dipinto di bianco per farla sembrare quella di una stanza d'ospedale, la aprì più velocemente che poté.

Varcò la soglia e tirò a sé la maniglia.

Il tempo infinitesimamente breve in cui l'uscio si richiudeva si dilatò, rallentando ogni gesto. Le sembrò di vivere un déjà-vu, come con la ragazza che lui aveva mandato per ucciderla – chissà se era reale oppure un altro delirio chimico. Mentre l'azione si compiva, inesorabile, catalogò sul volto del mostro una serie di espressioni che andavano dalla collera allo sdegno, fino all'assoluta meraviglia.

Con le mani che tremavano, lei andò alla ricerca

della chiave. Ne provò un paio, ma erano almeno una ventina. Non ce la farò mai. E rischiò persino che il moschettone le scivolasse per terra. Al quarto tentativo, sentì la serratura che girava.

Una, due, tre mandate.

Dall'interno, qualcosa si abbatté violentemente sulla porta. Era lui che cercava di liberarsi. Lo sentì urlare e percuotere il ferro, ebbe paura che alla fine ce la facesse ma decise di ignorarlo e cominciò la sua ricerca, perché era sicura che la salvezza fosse sempre stata vicina.

Col mazzo di chiavi, testò tutte le serrature. E dopo una serie di stanze vuote, ne trovò una con una scala arrugginita che conduceva in alto, fino a una botola.

Per salire, però, doveva liberarsi del gesso alla gamba. Cominciò a prendere a calci il battente della porta di ferro, finché non riuscì ad aprire delle crepe. Le allargò con le dita, strappandoselo via pezzo dopo pezzo.

Poi si arrampicò senza sapere cosa avrebbe trovato dall'altra parte. Forse perfino un altro labirinto – dopo ciò che aveva vissuto, non era più sicura di niente.

Arrivata in cima ai gradini, girò con entrambe le mani una specie di valvola di sicurezza che chiudeva il tombino. Ci volle molta energia per sollevarlo di pochissimo. Ma appena ci riuscì, fu ricompensata con una folata di aria fredda che si accompagnava alla pallida luce del giorno. Spinse più forte che poteva e il coperchio della botola ricadde all'esterno con un clangore metallico.

Si tirò su e cercò di capire dove fosse.

Sopra di lei, il rudere di un mulino abbandonato e le rovine di un incendio. Intorno a lei, un paesaggio di boschi innevati che si perdeva a vista d'occhio.

Non un suono, non una presenza umana o animale. Nessun punto di riferimento. Per quanto ne sapeva, quel luogo poteva essere ovunque. Come faceva il mostro ogni volta ad arrivare fin lì? Aveva immaginato di trovare un'auto. La parcheggia lontano da qui – è prudente. Non sapeva neanche dove fosse – o *se* ci fosse – una strada. Indossava solo una camicia leggera ed era scalza. Non riuscirò a sopravvivere a lungo con questa temperatura, si disse. Se non trovo aiuto, quando giungerà la notte morirò assiderata. L'alternativa era tornare di sotto e prepararsi meglio alla spedizione o addirittura rimandarla a quando fosse stata abbastanza in forze.

Ma voleva solo andarsene di lì al più presto. Costi quel che costi.

Prima di incamminarsi, però, rialzò il coperchio di ferro. Nel buco sotto di lei riecheggiavano ancora le grida dell'uomo del labirinto. Lasciò ricadere pesantemente il portello sulla botola. Il rumore si disperse rapidamente nell'aria. Il mostro aveva ricevuto il destino che meritava.

Sepolto vivo.

A quel punto s'incamminò nella neve che le arrivava ai polpacci. Aveva freddo, ma si sentiva libera. Capì che la condizione disagevole per il corpo aveva invece un effetto benefico sulla mente, perché all'improvviso tornarono frammenti di ricordi.

La cicatrice sulla pancia: sono madre di una bambina, ma non ho mai partorito nel labirinto. Lei è a casa, al sicuro.

Il mostro non mi ha rapita: sono stata io a cercare lui.

Faccio la poliziotta e sono in servizio al Limbo. Mi chiamo María Elena Vasquez.

Ma da sempre il mio nome è Mila.

Ringraziamenti

Stefano Mauri, editore – amico. E, insieme a lui, tutti gli editori che mi pubblicano nel mondo.

Fabrizio Cocco, Giuseppe Strazzeri, Raffaella Roncato, Elena Pavanetto, Giuseppe Somenzi, Graziella Cerutti, Alessia Ugolotti, Tommaso Gobbi, Diana Volonté e l'immancabile Cristina Foschini.

Siete la mia squadra.

Andrew Nurnberg, Sarah Nundy, Barbara Barbieri, e le straordinarie collaboratrici dell'agenzia di Londra.

Tiffany Gassouk, Anais Bakobza, Ailah Ahmed.

Vito, Ottavio, Michele. Achille.

Gianni Antonangeli.

Alessandro Usai e Maurizio Totti.

Antonio e Fiettina, i miei genitori. Chiara, mia sorella.

Sara, la mia «eternità presente».

DONATO CARRISI

IL MAESTRO DELLE OMBRE

Una tempesta senza precedenti si abbatte su Roma provocando un blackout di ventiquattr'ore. Nel caos e nel panico dilaganti, un'ombra più scura di ogni altra si muove silenziosa per la città lasciando una scia di morti e di tracce che soltanto Marcus, cacciatore del buio addestrato a riconoscere le anomalie sulle scene del crimine, può interpretare. Perché Marcus è sì un prete, ma appartiene a uno degli ordini più antichi e segreti della Chiesa: la Santa Penitenzieria Apostolica. Ma il penitenziere ha perso la sua arma più preziosa: la memoria. E questo dà un enorme vantaggio all'assassino. Basterà l'intervento di Sandra Vega, ex fotorilevatrice della Scientifica dal passato molto tormentato, ad aiutarlo nella sua disperata caccia?

LONGANESI TEA

DONATO CARRISI

LA RAGAZZA NELLA NEBBIA

In una notte di ghiaccio e nebbia l'auto dell'agente speciale Vogel è finita in un fosso ad Avechot. Vogel è illeso, ma sotto shock. Non ricorda perché è lì e come ci è arrivato. Eppure una cosa è certa: l'agente speciale Vogel dovrebbe trovarsi da tutt'altra parte. Infatti, sono ormai passati due mesi da quando una ragazzina del paese è scomparsa. Due mesi da quando Vogel si è occupato di quello che, da semplice caso di allontanamento volontario, si è trasformato prima in un caso di rapimento e, da lì, in un colossale caso mediatico. Perché è questa la specialità di Vogel: manovrare i media. Attirare le telecamere, conquistare le prime pagine. Sono passati due mesi da tutto questo, e l'agente speciale Vogel dovrebbe essere lontano, ormai, da quelle montagne inospitali. Ma allora, cosa ci fa ancora lì? Un romanzo che si imprime con forza nei nostri cuori e sfida le nostre paure.

LONGANESI TEA

Fotocomposizione Editype S.r.l.
Agrate Brianza (MB)

Finito di stampare
nel mese di novembre 2017
per conto della Longanesi & C.
da Grafica Veneta S.p.A. di Trebaseleghe (PD)
Printed in Italy